로크미디어가
유혹하는
재미있는 세상

싱크

싱크 3

2015년 4월 2일 초판 1쇄 인쇄
2015년 4월 7일 초판 1쇄 발행

지은이 현민
발행인 이종주

기획 팀 이주현 이기헌
책임 편집 이세종

발행처 (주)로크미디어
출판등록 2003년 3월 24일
주소 서울시 용산구 원효로97길 46 5층
Tel (02)3273-5135 Fax (02)3273-5134
홈페이지 rokmedia.com E-mail rokmedia@empas.com

싱크

3

† 현민 게임 판타지 장편소설 †

ROK
MEDIA
로크미디어

CONTENTS

납치

　미끄러져 내려가는 노바디의 왼쪽 허벅지를 나무뿌리가 찔렀다. 엠모르타의 촉수가 뿌리를 끊는 바람에 날카롭게 부러진 끝부분을 미처 보지 못한 탓이다. 손으로 벽을 쳐서 몸을 튕겨 내지 않았다면 그 뿌리는 옆구리까지 훑고 올라왔을지도 모른다.

　노바디는 주머니를 뒤져서 물약을 꺼냈다. 얀셀의 물약에 비할 바는 아니지만, 그 녹색의 물약도 제법 효과가 좋았다. 물약을 마셨더니 상처 부위가 시원해졌다.

　다친 곳은 전혀 문제가 되지 않았다. 오히려 쾌감이 스멀스멀 커졌다.

　이 정도 핸디캡이 있어야 좀 더 몰입할 수 있을 것이다. 더

군다나 물약까지 복용했으니 걱정할 필요는 없다.

구멍의 기울기가 완만해졌다. 위에서 흘러드는 빛이 약해졌다. 자연스럽게 미끄러지는 속도도 줄어들었다.

수직에 가깝던 구멍이 수평의 동굴로 바뀔 즈음, 빛은 완전히 사라졌다. 눈을 떠도 감은 것과 별반 다르지 않았다.

노바디는 아예 눈을 감았다. 그리고 검지와 엄지를 튕겨서 '딱' 소리를 냈다.

소리가 암흑으로 가득한 동굴로 퍼져 나가자, 청명을 익힌 노바디는 마치 섬광이 주기적으로 동굴을 밝혀서 바닥과 벽, 천장의 형태를 흑백으로 보여 주는 느낌을 받았다. 귀를 통해서 주위 지형을 '볼' 수 있었던 것이다.

반경 5미터 남짓한 범위는 비교적 정확히 파악할 수 있지만, 그 너머는 청명으로도 명확히 알아내기 힘들었다.

'어마어마한데, 이거.'

노바디는 씩 웃었다. 마음에 들었다. 비록 범위가 좁지만 이런 경험 자체가 예상외여서 신이 났다.

딱, 딱, 딱, 규칙적으로 소리를 내면서 노바디는 천천히 걷기 시작했다.

높이 2미터 남짓한 동굴은 그보다 훨씬 규모가 큰 동굴로 이어졌다. 10미터에 이르는 석주가 바닥과 천장을 잇고 있었고, 수백 개의 뾰족한 종유석들이 당장이라도 떨어져 바닥에 꽂힐 것처럼 위태롭게 박혀 있었다. 저 멀리서 물 흐르는 소리가 들렸다.

그때, 땅을 뚫고 무언가가 올라왔다.

딱.

손가락을 부딪쳐 만든 그 소리 덕분에 노바디는 어둠 속에서도 정체를 알아낼 수 있었다.

낡은 검을 쥔 해골이었다.

노바디는 천천히, 조금도 당황하지 않고 사라겐의 수부를 뽑았다. 비스듬히 굴곡진 나무 자루를 꽉 쥐자 그 감촉에 아드레날린이 분비되는 느낌이다. 입술은 이미 바싹 말라 있었다.

스켈레톤이 동굴 바닥을 이루는 딱딱한 바위, 돌멩이를 밟으며 다가오는 소리는 분필로 칠판을 긁을 때처럼 귀에 거슬렸다. 아직 완전히 썩지 않았는지 악취가 코를 찔렀다.

왼쪽 다리가 약간 불편했지만 스켈레톤을 상대하기엔 부족하지 않다. 그렇게 생각한 노바디는 빙긋 웃었다.

그 순간, 해골 병사가 검을 치켜들고 기괴한 소리를 내며 달려들었다.

노바디는 미끄러워 하마터면 넘어질 수도 있는 커다란 석회질 바위로 올라갔다. 포위당하지 않기 위해서였다. 바위 꼭대기에는 천장까지 이어지는 석주가 우뚝 서 있었다.

한 놈이 검을 앞으로 내민 채 바위 위로 올라왔다.

스켈레톤이 휘두른 검을 사라겐의 수부로 막은 노바디는

몸을 숙여 놈의 발목을 잘랐다. 동작이 느린 스켈레톤은 와르르 무너졌고, 곧 수백 개의 뼈로 흩어져 아래로 굴러떨어졌다.

두 놈이 한꺼번에 올라왔지만 결과는 마찬가지였다.

그러나 수북이 쌓인 뼈들은 자석에 끌리는 못처럼 이리저리 움직이더니 금세 원래 형태로 돌아갔다.

해골 병사들은 노바디를 노려볼 뿐 바위로 올라오지 않았다. 그중 하나가 비명 비슷한 소리를 질렀다. 바위 주변에서 더 많은 스켈레톤들이 땅을 뚫고 올라왔다.

"뼈다귀 새끼들이 많아져 봐야……."

핑.

예리한 촉이 박힌 화살이 코앞까지 다가온 순간에야 노바디는 반사적으로 고개를 젖혔다.

화살은 귓바퀴를 찢으며 지나갔다. 귀가 너덜너덜해졌다.

'화살? 궁수잖아!'

반경 5미터 남짓 범위만 정확하게 감지할 수 있는 지금 상황에서 궁수는 감당하기 어려운 적이다.

노바디는 몸을 공중으로 날렸다. 이곳으로 내려와 처음 마주친 몬스터 스켈레톤과 장난을 치다가는 엠모르타를 찾기도 전에 죽고 말 것이다.

노바디는 수라부월공의 절초 동령고송을 펼쳤다. 한 번의 도끼질에 스켈레톤 세 마리가 부서지며 사방으로 흩어졌다.

싱크

노바디는 멈추지 않고 비어초목으로 연결했다. 풀을 베듯 놈들의 발목을 노린 것이다.

핑핑핑.

화살 세 대가 등과 옆구리, 어깨를 스치고 지나갔다.

노바디는 주머니에 손을 찔러 넣어 노란색 알약이 들어 있는 약병을 꺼냈다. 뚜껑을 열고 즉시 단청단 세 알을 꺼내어 입에 털어 넣었다.

꿀꺽 삼키자 곧 그 약효가 나타났다. 반경 5미터에 불과하던 청명의 범위가 넓어지더니 급기야 이 거대한 지하 동굴을 채울 만큼 커졌다.

"지금부터야."

노바디는 사라젠의 수부를 쥐고 저 멀리 석순 뒤에 숨어서 활을 쏘는 스켈레톤을 향해 돌진했다.

안진후는 냄비에 물을 채워서 가스레인지에 올렸다. 물이 끓을 때까지 그 앞에 서 있었다. 냄비에 열을 가하는 가스레인지의 푸른 불꽃이 눈길을 끌었다. 씩씩거리던 마음이 서서히 가라앉았다.

핸드폰 벨 소리에 정신을 차린 안진후는 정수기의 물을 받아다가 냄비에 부었다. 절반이나 졸아 있었던 것이다.

"왜?"

전화를 받은 안진후가 말했다. 저도 모르게 퉁명한 목소리가 튀어나왔다.

─페플로 메시지를 보냈는데 답이 없더니, 역시 밖이었네.

윤태희였다.

"라면 끓이는 중이야."

─문 열어 놔.

"알았어."

현관으로 가서 잠금장치를 푼 안진후는 냄비를 바꿨다. 윤태희가 온다면 적어도 세 개는 끓여야 한다.

다시 물을 채우고 가스레인지 앞에 섰다. 이번에는 그 푸르스름한 불꽃을 쳐다봐도 화가 가라앉지 않았다.

"호칭부터 바꾸라고? 흥!"

마음 같아서는 당장 방으로 들어가서 대당 수천만 원에 달하는 콕핏형 커넥터를 부수고 싶었다. 두 번 다시 페플 따위에 접속하고 싶지 않았다.

안진후는 핸드폰으로 페플 디바이스 센터에 연락을 했다. 설치한 지 한 달이 안 되는 최신형 커넥터 두 대를 반품하기 위해서였다. 구입 후 한 달 동안은 단순 변심으로도 반품이 가능했던 것이다.

거기서 멈추지 않고 가족이 자주 이용하는 단골 여행사에 전화를 걸어 최대한 빠른 파리행 비행기 티켓을 부탁했다.

싱크

담당자는 간이라도 꺼내 줄 것처럼 상냥하게 '오늘 밤 10시 인천공항발 아시아나 항공 퍼스트 클래스가 있습니다.'라고 답했다.

"8시 30분까지 공항으로 갈 테니까, 거기서 티켓을 수령하겠어요."

— 그렇게 조치를 하겠습니다.

전화를 끊은 안진후는 천천히 몸을 돌렸다. 머리카락 여기저기에 빗방울이 달려 있는 윤태희가 가만히 서 있었다.

"갑자기 파리는 왜?"

"……그냥."

"도망치는 거지?"

"시끄러."

안진후는 냄비 앞으로 가서 면과 수프를 넣었다. 그리고 계란을 넣으려는데 껍질 몇 조각이 풍덩, 같이 빠졌다. 면발 사이로 숨어 버린 계란 껍질을 노려보던 안진후는 윤태희가 말리지 않았다면 덜 익은 라면을 싱크대에 쏟았을지도 모른다.

"넌 가만히 앉아 있어."

윤태희는 젓가락으로 계란 껍질을 간단히 찾아냈다.

식탁에 앉아서 쉬지 않고 손톱을 뜯던 안진후가 대뜸 말했다.

"누나가 큰형 때문에 얼마나 화가 났었는지, 이제 좀 알 것 같다."

"설마, 사귀는 사람이 있었니?"

윤태희의 눈이 커졌다.

"그런 거 아니야."

안진후는 냉정한 얼굴로 대사형의 권위를 내세우던 노바디의 모습을 떠올렸다. 왜 그때 그 재수 없는 면상에다가 주먹을 날리지 않았는지 후회가 될 정도로 화가 치솟았다.

냄비를 식탁에 놓고 김치와 물을 가져온 윤태희는 안진후를 살폈다.

저렇게 화가 나다니. 이혼한 엄마를 욕하면 누구라도 집요하게 괴롭히지만, 그 일로 얼굴이 붉으락푸르락 흥분하지는 않았다. 오히려 이성적이고 냉철한 태도로 더 깊은 고통을 상대에게 쏟아붓기 위해서 계획까지 세웠다.

생각해 보니, 안진후가 감정을 드러내 놓고 노골적으로 화를 내는 모습은 처음 본 셈이었다.

"무슨 일인데?"

"누나는 몰라도 돼."

"언제 올 건데?"

"몰라."

"넌 지금 김현과 같이 퀘스트 수행 중이잖아."

그때, 초인종이 울렸다.

안진후는 현관으로 가서 문을 열었다. 페플 디바이스 센터 직원 두 사람을 커넥터가 있는 방에 안내하고 식탁으로 돌아

싱크

와 앉은 안진후는 말없이 라면을 먹었다.

콕핏형 커넥터 두 대가 차례로 옮겨지는 과정을 지켜본 윤태희는 피식 웃었다. 이제야 무슨 일이 벌어졌는지 알아차린 것이다.

식탁으로 가서 앉은 윤태희는 맞은편 잔뜩 찌푸린 얼굴을 바라보며 키득거렸다.

"왜 웃어?"

"미국의 우주여행 회사 스페이스투어에 연락해 봐."

"무슨 말이야?"

"꼴 보기 싫은 인간을 피하려면 파리보다는 우주가 낫지 않아?"

"뭐?"

안진후의 눈이 가늘게 변했다.

"너, 김현이랑 싸웠지?"

"……아니야."

살짝 흔들리는 눈빛.

"최근 아주 친해 보이더니, 우정에 금이라도 간 거니?"

"우정? 그런 건 없었어, 처음부터."

안진후의 눈에 힘이 들어갔다.

"같이 술도 마시고, 찜질방도 갔다면서?"

"그, 그건 아무것도 아니었어."

안진후는 더 화가 났다.

윤태희는 절대 이해할 수 없을 것이다. 디월드 뎁스 파이브에서 4년이나 같이 있었다. 비록 현실을 기준으로 삼는다면 한 시간 남짓이겠지만, 안진후와 김현은 4년이라는 긴 세월 동안 서로를 의지하면서 시간을 보냈다.

차라리 그때가 나았다. 거기서는 대사형이니 이사형이니 따위로 서열을 나누지 않았으니까.

누구나 권력을 손에 쥐면 성격이 바뀌는 것일까?

대사형이라는 조그만 힘에도 사람이 달라진다면, 그보다 훨씬 크고 강한 권력을 차지하면 상상도 못 한 행동으로 주위 사람을 놀라게 할 것이다.

윤태희는 냉장고로 가서 맥주 캔 두 개를 가져왔다. 일단 마음을 식혀야 이야기를 할 수 있다.

"마셔."

"고마워, 누나."

벌컥벌컥 캔을 절반이나 단숨에 비워 버린 안진후는 이제 좀 살 것 같았다.

"오늘, 선봤어."

"정말?"

안진후는 김현의 배신을 잠시 동안 잊을 만큼 놀랐다.

"오랜만에 엄마를 보기 위해 나간 자리에 이상한 남자가 앉아 있더라고. 알고 봤더니, 맞선남이었어."

"누나 엄마가 되게 급했나 봐."

싱크

"싫은 티 내지 않으려고 무지 노력했다."

"스트레스 받았겠네. 캔 하나 더 줘?"

"응."

윤태희는 안진후가 가져온 캔을 따서 조금 마셨다.

괜찮은 남자이긴 했다. 문제는 전혀 끌리지 않는다는 점이지만.

"누난 결혼 절대 서두르지 마."

"왜?"

"이상한 사람 만나면 끝장이니까."

안진후가 침을 튀기며 말했다. 평소보다 감정이 북받쳐 올라온 상태였다.

윤태희는 맞선 자리에 지나치게 감정이입을 해서 평정을 잃은 안진후의 행동이 김현과 관련이 있다고 판단했다. 무슨 일이 있었는지 알아내고 싶지만 안진후는 살살 꼬드긴다고 쉽게 입이 열리는 사람이 아니었다. 오히려 다른 쪽을 살살 긁어야 한다.

"왜 파리로 가려는지 난 모르지만, 아깝다. 나라면 지금까지 노력해서 쌓은 걸 두고 파리로 갈 수는 없을 거야."

"노력해서 쌓은 거?"

안진후의 눈이 반짝거렸다.

"젤란드도 이젠 널 좋아해. 처음엔 거짓말이었지만 이제는 뮬란도르의 숲으로 가는 원정대도 진짜잖아. 누가 뭐라고 해도 원정대를 시작한 사람은 너야. 나라면 이 재미있는 모험을 두고 훌쩍 떠나진 못할 거야. 넌 정말이지 내가 깜짝깜짝 놀랄 정도로 쿨해."

"음."

안진후는 팔짱을 꼈다.

생각할수록 파리로 가야 할 이유가 사라졌다. 말 한마디 때문에 여기 있는 모든 것을 버리고 떠나려 했다니.

당장 비행기 티켓을 취소하고 싶지만 윤태희가 옆에 있어서 망설였다.

눈치 빠른 윤태희는 아무것도 모르는 척 자연스럽게 자기 집으로 갔다. 안진후는 페플 디바이스 센터와 여행사에 다시 연락을 했다.

노바디는 꽁지가 빠져라 달아나야 했다.

스켈레톤은 불사의 마물이었다. 아무런 속성도 없이 손도끼만 휘둘러 죽일 수 있는 몬스터가 아니었다. 아무리 쓰러뜨려도 계속 부활하는 백여 마리의 뼈다귀 귀신들에게 둘러싸여 하마터면 엠모르타를 찾지도 못하고 죽을 뻔했다.

"휴우, 휴우우."

헐떡이는 소리 때문에 손가락으로 딱딱 소리를 낼 필요가 없었다. 단청단의 약효는 이미 사라진 지 오래였다.

디월드 뎁스 파이브의 세계에서 13년이나 있으면서 사라겐의 수부로 쓰러뜨리지 못한 몬스터는 한 마리도 없었다. 그런데 이곳에서는 왜 안 되는 것일까?

노바디는 전혀 몰랐지만, 그 세계는 밸런스가 무너진 공간이었다. 그러나 이곳 페플의 밸런스는 다양한 속성, 갖가지 천적 관계로 유지되고 있었다.

어린 가쿨라를 납치했던 죽음의 기사, 데스나이트 역시 스켈레톤처럼 불사의 존재였다. 아무리 강한 검객이라고 해도 데스나이트를 죽일 수는 없다. 오히려 악을 내쫓는 성직자의 노래가 데스나이트 같은 놈들에게 치명적인 피해를 입힌다.

물론 성스러운 기운을 뿜을 수 있는 검술을 익힌다면 이야기가 달라지겠지만.

비슷한 관계가 물과 불, 불과 금속, 금속과 나무, 나무와 흙, 흙과 물 사이에도 존재한다. 유명한 동양 사상인 오행에서 차용한 원리인데, 페플 세계 전체를 관통하는 체계의 일부였다.

물의 기운은 불의 기운을 능가한다. 불의 기운은 금속의 기운을, 금속의 기운은 나무의 기운을, 나무의 기운은 흙의 기운을, 흙의 기운은 물의 기운을 이긴다.

"어?"

동굴 벽에 꽤 큰 구멍이 나 있었다. 그 구멍 안쪽의 바닥은 물론 벽과 천장까지 반듯했다. 어둠에 익숙한 눈을 자극하는 무언가가 느껴졌다.

노바디는 눈꺼풀을 밀어 올렸다. 꽤 강한 빛이 그 구멍에서 흘러나왔다. 눈이 그 빛에 익숙해지는 데 시간이 필요했다.

노바디는 호흡을 고르며 기다렸다.

구멍은 갱도였다.

벽에 통나무 버팀목들이 박혀 있었다. 양쪽 버팀목 위를 가로지르는 서까래가 천장을 지탱하고 있었다. 군데군데 부러져 방치된 나무들이 있었지만 누군가의 손으로 만들어진 갱도가 분명했다. 빛은 드워프가 갱도의 벽과 천장에 박아 놓은 야명석에서 흘러나오고 있었다.

"드워프!"

그 소리가 생각보다 크게 울려 퍼졌다.

아무 대답도, 반응도 없었다. 적어도 이 근처에는 갱도를 만든 난쟁이들은 없는 모양이었다.

갱도 왼쪽으로는 물줄기가 졸졸 흐르고 있었다.

갑자기 옛날 기억이 떠올랐다. 디월드 뎁스 파이브의 세계에서 던전 깊숙한 곳으로 안진후와 함께 내려갔을 때, 비록 둘뿐이었지만 또 다른 사람이 필요하지 않을 만큼 든든했었다.

지금은?

노바디는 혼자보다는 둘이 더 낫다는 사실을 애써 부정했

싱크

다. 벨란데르가 이곳에 함께 있으면 더없이 좋겠지만, 그는 스스로 접속을 끊었다. 밖으로 나가서 안진후에게 전화를 걸 수도 있지만, 굳이 그래야 할 필요성을 느끼지 못했다.

벨란데르가 론투엘을 괴롭힐 때마다 노바디는 몹시 불편했다. 마치 자기가 론투엘이라도 된 것처럼 울컥 화가 치솟았다. 벨란데르는 잠자리를 갖고 노는 어린아이처럼 순진한 미소와 장난스러운 태도로 론투엘을 건드렸다.

벨란데르를 존중하기 때문에, 오랜 시간을 함께 보낸 사이였기 때문에 노바디는 그동안 못 본 척해 왔다.

어떻게든 말려야 한다는 사실은 분명했다. 문제는 '왜 그렇게 예민하게 구느냐?', 또는 '왜 참견하느냐?' 따위의 반문이 벨란데르에게서 튀어나오지 않을까 하는 두려움이었다.

자신이 느끼는 감정을 설명하려면 과거의 경험을 구체적으로 건드려야 하기에, 노바디에겐 힘겨운 일이었다. 참견하는 것보다 모른 척하는 게 훨씬 쉬웠다.

노바디는 벨란데르를 부르는 대신 붉은곰 라드를 불러냈다. 비가 퍼붓는 경사진 숲을 쉬지 않고 걸어야 해서 잠시 라드를 인벤토리에 보관해 두었던 것이다.

"라드."

적갈색 털이 수북한 라드가 다가와 노바디의 몸에 코를 비벼 댔다. 언제 어느 때에 불러내도 충성스러운 라드 덕분에 벨란데르 생각은 사라졌다.

그때, 저 안쪽에서 쿵 소리가 들렸다. 갱도 전체가 흔들려 흙먼지가 우수수 떨어졌고, 낡아서 썩은 통나무 서너 개가 툭툭 부러졌다.

'지진일까?'

노바디는 갱도가 무너지진 않을까 염려했다.

라드는 바닥과 벽, 천장이 'ㅁ' 형태를 이루는 갱도를 노려보고 있었다. 점점 멀어질수록 ㅁ은 작아졌고, 어둠으로 모아드는 느낌이었다.

노바디는 거기 갇혀서 짓이겨질 것 같은 예감에 사로잡혔다. 갱도를 이루는 요철 모양의 붉은빛 돌멩이들이 왠지 모르게 죽은 자들의 피로 물들어 있는 것만 같았다.

라드가 어금니를 드러내며 입을 벌리더니, 귀가 아프도록 크게 포효했다.

놀랍게도 저 안쪽에서도 기괴한 소리가 들렸다. 마치 라드의 울음에 반응한 것 같았다.

라드가 노바디를 쳐다보았다.

그 의미를 알아차린 노바디가 몸을 훌쩍 날려 라드 위에 올라탔다. 느낌 따위에 질 수는 없다.

라드는 달리기 시작했다.

안쪽으로 들어갈수록 야명석의 빛도 강렬해져, 마치 석탄 광산 지하 갱도에 설치된 알전구의 행렬 같았다.

갱도는 둘로, 때로는 셋으로 나뉘었다. 그럴 때마다 노바

싱크

디는 라드의 후각에 판단을 맡겼다. 라드는 갈림길에서 한 번도 주저하지 않았다.

앞쪽에서 서늘한 바람이 불어왔다. 그 바람에는 불쾌한 악취가 실려 있었다. 라드가 코를 씰룩거렸다. 노바디는 오른손 팔로 코를 덮었다.

달리던 라드가 갑자기 멈췄다.

타고 있던 노바디는 관성을 이기지 못하고 앞으로 밀렸다. 라드가 덥석 노바디의 왼팔을 물지 않았다면 노바디는 어마어마하게 깊은 동굴 바닥으로 떨어지고 말았을 것이다.

허공에 대롱대롱 매달린 채 노바디는 63빌딩을 통째로 옮겨도 될 만큼 깊고 거대한 공간을 내려다보았다.

바닥에서 스스로 자라난 듯한 돌기둥의 숲은 여의도 빌딩숲처럼 보였다. 유명한 절 근처에 신심 가득한 사람들이 조그만 돌을 쌓아 올려서 만든 돌탑의 숲을 수백 배로 키워 놓았달까.

저 까마득한 바닥에는 크고 작은 석회석이 버섯, 축구공등 다양한 모양을 이루고 있었고, 중앙에는 깊고 잔잔한 호수가 있었다. 호수 위로 수십 미터에 달하는 종유석들이 바나나 뭉치처럼 위태롭게 천장에 매달려 당장이라도 떨어질 것만 같았다.

그 호수에 엠모르타가 길고 커다란 촉수를 물 밖으로 드러내고 있었다. 촉수들은 거대한 동굴 곳곳에 뚫려 있는 구멍으로 뻗어 있었다. 운 나쁜 먹잇감을 찾고 있는 것이다.

라드가 노바디를 문 채 뒤로 물러섰다.

동굴 입구에 선 노바디는 할 말을 잃었다. 엠모르타가 저토록 거대한 놈일 줄은 상상도 못 했다. 촉수 하나를 잘랐다는 이유로 가지게 된 자신감은 와르르 무너졌다.

노바디는 라드를 쳐다봤다.

"그래도 약점은 있겠지?"

라드는 깊고 맑은 눈으로 노바디를 바라볼 뿐이지만, 노바디는 그 뜻하는 바를 알 수 있었다.

라드를 인벤토리로 넣은 노바디는 동굴 끝에 서서 아래를, 거대 석순의 숲을, 호수를, 그 호수를 안방처럼 차지한 엠모르타를 내려다보았다. 그리고 몸을 날렸다.

안진후는 접속 대기 화면을 보며 잠시 머뭇거렸다. 자신만만하게 접속을 끊고 나왔는데 다시 돌아가려니 할 말이 궁색했다. 어떤 핑계를 대야 덜 쪽팔릴까?

"원하는 대로 해 주면 돼. 그렇게 대사형 대접을 받고 싶다면 말이야. 기고만장 날뛰다가 뒤통수를 맞으면 얼마나 아픈지 보여 주면 그만이야."

마음을 다잡은 안진후는 페플로 접속했다.

아까 그 동굴 안이었다.

모닥불은 꺼져 있었다. 숯불에서 연기만 몇 줄기 피어올랐다. 동굴 밖에서는 여전히 폭우가 쏟아지고 있었다. 노바디는 물론 론투엘도 보이지 않았다.

인상을 찡그리며 동굴 밖으로 나간 벨란데르는 거대한 통나무라도 쓰러진 것 같은 길고 깊은 자국을 발견하고 깜짝 놀랐다. 반사적으로 그란투모스를 뽑은 그는 주위를 살폈다. 그란투모스의 칼날에 빗방울이 후드득 떨어지는 소리가 유난히 크게 들렸다.

하수도관을 매설해도 좋을 만큼 깊은 그 구덩이 끝자락에 론투엘이 비를 맞고 서 있었다.

'한바탕 했나 본데.'

벨란데르는 그란투모스를 검집에 꽂고 론투엘을 향해 다가갔다.

생각해 보면, 저 녀석이 앓는 소리를 했기 때문에 노바디가 끼어들었고 그로 인해 관계가 깨지기 직전에 이르렀다. 저 녀석은 대가를 치러야 한다.

벨란데르는 노바디의 눈을 피해 저 녀석을 괴롭힐 방법을 이미 세 가지나 찾아냈다.

"뭐 해?"

"이크!"

놀란 론투엘이 균형을 잃고 버둥거리다 앞에 있는 시꺼먼 구멍으로 떨어지기 직전, 벨란데르가 막내의 손목을 잡았다. 론투엘의 몸은 이미 구멍 쪽으로 기울어, 손을 놓는다면 떨어지고 말 형편이었다.

"이사형!"

반가운 표정이 론투엘의 얼굴을 가득 채웠다.

"대사형은?"

론투엘을 저 구멍으로 처넣고 싶은 충동을 겨우 잠재우며 끌어당긴 벨란데르가 물었다.

"저기 아래로 내려갔어요."

"왜?"

"엠모르타를 쫓아서요."

"엠모르타? 그 육지 문어?"

벨란데르는 유명한 길드가 길드원을 총동원하여 잡으려다 실패했던 거대 몬스터의 이름을 기억해 냈다.

"네."

"혼자서 그 무시무시한 마물을 쫓아서 저 깊은 구멍으로 뛰어들었단 말이야?"

"……네."

론투엘이 벨란데르의 눈치를 봤다.

"얼마나 됐어?"

"대략 한 시간은 된 것 같습니다."

"아직 죽지는 않은 모양이네."

엠모르타의 다리에 짓눌려 죽었다면 저 동굴에서 부활했
을 터였다.

벨란데르는 비에 푹 젖어 부드러워졌다고 해도 맨땅에 저
런 자국을 남기는 거대한 몬스터를 혼자 상대하고 있을 노바
디의 전투 장면을 상상해 봤다. 그 조그만 도끼를 쥔 채 눈으
로 따라잡기 힘들 만큼 빠르게 움직이고 있을 것이다.

'노바디는 싸우는 걸 너무 좋아해.'

무엇이든 집착할 만큼 좋아하면 문제가 되는 법이다.

"이사형!"

눈이 커진 론투엘이 손가락으로 뒤쪽을 가리켰다.

천천히 몸을 돌린 벨란데르는 눈살을 찌푸리며 그란투모
스를 뽑았다.

낡은 두건을 쓴 죽음의 기사는 두 손으로 기다란 검을 쥐
고 있었다. 그 왼쪽 놈은 2미터나 되는 자루가 달린 거대한
낫을 휘두르는 중이었다. 세 번째 녀석은 촉에서 정체불명의
시꺼먼 액체가 뚝뚝 떨어지는 창을 앞으로 내민 자세로 당장
이라도 달려들 기세였다.

벨란데르는 옆을 쳐다봤다.

"빛 계열 무공이나 성직 계열의 스킬, 아는 거 있어?"

론투엘은 고개를 저었다.

"힘든 싸움이 되겠다. 넌 뒤로 물러서 있어."

"……네, 이사형."

론투엘은 부르르 떨면서 두 걸음 물러났다.

벨란데르는 엘프 도시라는 별칭을 가진 빛의 도시 엘루마에서 우연히 익힌 스킬을 떠올렸다. '반투 루쿠라'는 늙은 엘프의 부탁을 들어준 대가로 받은 낡은 책을 펼칠 때 자동적으로 무공 칸에 등록되었다. 들이는 정성에 비해 파괴력이 낮아서 그동안 내팽개친 무공인데, 죽음의 기사와 맞닥뜨릴 줄 미리 알았다면 숙련도를 끝까지 올려놓았을 것이다.

'그래 봐야 소용이 없을지도 모르지만.'

세와타트 산맥에 들어서기 전에 섭렵한 정보 어디에도 죽음의 기사는 나와 있지 않았다. 이 지긋지긋한 비처럼 저 사악한 몬스터 역시 예기치 못한 상황의 일부였다.

검을 쥔 죽음의 기사가 둥실 뜬 채로 다가왔다. 빨랐다. 그보다 더 놀라운 점은 동작의 유연한 변화였다. 보통 사람이라면 절대 할 수 없는 각도로 방향을 틀거나 기이한 방식으로 검을 휘두를 수 있었다.

벨란데르는 반투 루쿠라의 첫 번째 초식 디스칸토를 펼쳤다.

숙련도가 14%에 불과한 초식의 발동은 느렸다. 2초 후, 저절로 그란투모스가 위에서 아래로 떨어졌다. 내공이 반투 루쿠라 특유의 방식으로 그란투모스에 주입되자 사악한 기운을 내쫓는 백색의 은은한 빛이 검에서 흘러나왔다.

죽음의 기사는 즉시 반응했다. 뒤로 물러난 것이다.

그러나 셋이나 되는 죽음의 기사가 성스러운 기운을 품은 검 한 자루에 겁을 먹고 후퇴할 거라고는 벨란데르도 기대하지 않았다.

벨란데르는 동굴 쪽을 힐끔 살폈다.

'노바디! 대체 어디 있는 거야?'

그 순간, 죽음의 기사들이 서로 다른 방향에서, 시간 차를 두고 벨란데르에게 달려들었다.

동굴에서 되살아난 노바디는 눈을 감고 있었다. 흥분이 가라앉지 않아서였다.

추락 속도는 반도이폐로 줄일 수 있었다. 도끼를 휘둘러서 생기는 원심력을 적극적으로 이용하여 동작을 바꿀 수 있는 그 초식과 발을 디뎌서 속도를 줄일 수 있는 거대한 석순 덕분에 세 개의 눈이 달린 엠모르타 본체 위로 떨어졌음에도 꼴사납게 고꾸라지거나 처박히지 않을 수 있었다.

엠모르타의 눈은…… 지름이 3미터나 되는 검붉은 구체였다. 거대한 세 개의 눈깔 중 하나가 노바디를 주시하고 있었다. 엠모르타에게 노바디는 사람에게 앵앵거리며 달려드는 모기나 다를 바 없었다.

그 눈이 다른 곳을 쳐다볼 때까지 노바디는 가만히 있었다.

비교적 작은 촉수, 아마도 본체를 보호하기 위해 자라난 촉수가 머리 위를 왔다 갔다 해도 노바디는 움직이지 않았다.

그 촉수가 호수 아래로 사라지고 검붉은 눈깔이 다른 곳을 보는 순간, 노바디는 단거리 스프린터처럼 튀어 나갔다. 공중으로 몸을 띄운 노바디는 사라겐의 수부로 수라부월공 중 파괴력이 가장 뛰어난 동령고송을 펼쳤다.

내공이 실린 손도끼가 커다란 눈에 박히기 직전, 두꺼운 꺼풀이 눈을 덮었다. 사라겐의 수부가 눈꺼풀에 상처를 입혔지만 그뿐이었다.

잠시 후, 짧고 얇은 만큼 움직임이 빠른 촉수 세 개가 수면을 뚫고 올라와 달아나는 노바디를 잡았다. 공중으로 끌려 올라간 노바디는 뜯겨 나간 팔다리가 쩍 벌어진 엠모르타의 아가리 안으로 떨어지는 광경을 지켜봐야 했다.

"휴우."

노바디는 눈을 떴다.

동굴이 시야에 들어왔다. 모닥불은 불티도 남지 않고 꺼져 있었고, 막내 론투엘은 보이지 않았다.

"론투엘?"

불러도 아무런 대답이 없었다.

그제야 가슴이 서늘해지는, 불안한 생각이 머리를 스쳤다. 론투엘을 혼자 내버려 두다니.

그래도 왕세자에게 아무런 일이 없을 거라고 애써 확신하며 동굴 밖으로 나간 노바디의 눈이 커졌다.

노바디는 어느새 사라겐의 수부를 뽑고 달리고 있었다.

검은 안개를 몰고 다니는 놈들이 벨란데르를 공격하고 있었다. 그중 한 놈의 옆구리에 정신을 잃은 론투엘이 끼여 있었다.

벨란데르는 빛이 흘러나오는 그란투모스로 어떻게든 론투엘을 잡은 죽음의 기사에게 접근하려 했지만 다른 두 녀석이 교묘하게 막고 있었다.

노바디를 본 벨란데르가 소리쳤다.

"보통 공격으로는 소용없어!"

노바디는 그 말을 듣고도 몸을 날렸다.

사라겐의 수부가 론투엘을 잡고 뒤로 물러서는 죽음의 기사의 대가리를 내리쳤다. 그러나 쓰고 있던 두건만 잘렸다. 그 안에 있는 암흑, 사악한 기운의 집합체는 조금도 타격을 입지 않았다. 오히려 죽음의 기사가 뿜어낸 검은 안개, 테네파르 인스푸모가 노바디를 덮었다.

주위가 온통 어두워지자 손가락에 낀 요곤의 반지가 빛을 뿜었다. 허리에 꽂혀 있던 요곤의 단검도 마찬가지였다. 그 강렬한 빛이 노바디의 몸을 감싸며 검은 안개를 밀어냈지만, 여전히 주위에는 죽음의 기운을 머금은 테네파르 인스푸모가 깔려 있었다.

평범한 안개와 달리 질감과 무게까지 가진 죽음의 안개는 노바디를 놓아주지 않았다. 밀고 나가려 해도 호박에 갇힌 중생대의 모기처럼 꼼짝도 할 수 없었다.

오히려 죽음의 안개는 요곤의 반지, 단검이 만들어 낸 빛의 막을 바늘처럼 뚫고 조금씩 들어왔다. 시꺼먼 연기 같은 것이 피부에 닿는 순간, 노바디는 전기 충격이라도 받은 개구리처럼 몸을 떨었다.

몸은 여전히 거기 있지만 마음은 철림에서 철목을 무너뜨린 그 밤으로 돌아가 있었다. 눈앞에서 철목이 하얗게 불타올랐고, 곧 조각조각 터져 나가면서 무너졌다. 불가능한 일을 해냈다는 자부심과 겔란드의 기대에 부응했다는 뿌듯함이 가슴을 가득 채웠다.

깊은 꿈처럼 왜 거기 있는지 의문조차 가지지 않았다.

갑자기 울창한 철림이 시야에서 사라진 순간, 노바디는 천천히 눈을 떴다.

검은 안개를 몰고 다니던 놈들은 사라지고 없었다.

부러진 그란투모스를 손에 쥔 벨란데르가 검을 휘두르는 자세 그대로 딱딱하게 굳어 있었다.

"론투엘!"

소리를 질러도 대답은 없었다. 메아리만 사방에서 놀리듯 물결치며 들려왔다.

노바디는 비틀거리며 벨란데르 앞으로 걸어갔다.

벨란데르의 얼굴은 일그러져 있었다. 어깨에 손을 올려도,

흔들어도, 뺨을 가볍게 때려도 벨란데르는 깨어나지 않았다.

노바디는 요곤의 반지를 빼내어 벨란데르의 손가락에 끼웠다. 서서히 마비가 풀렸고, 곧 벨란데르는 빗물로 흥건한 바닥에 주저앉았다.

벨란데르가 노바디를 올려다보았다. 빗줄기가 얼굴을 때렸다. 얼굴근육이 풀리자 벨란데르가 입을 열었다.

"……놈들이 론투엘을 데려갔습니다. 대, 사, 형."

벨란데르는 일부러 대사형을 강조했다.

노바디는 아무 말도 못 했다. 대사형으로서 론투엘의 안전을 무엇보다 먼저 생각해야 했다. 사냥과 싸움의 즐거움에 눈이 팔려 홀로 남겨진 론투엘에 대해서는 까맣게 잊고 있었다.

벨란데르는 입술을 깨문 채 눈을 내리깐 노바디가 무슨 생각을 하는지 알아차렸다.

목까지 올라온 독설, 대사형이라면서 대체 어디를 갔느냐는 힐난을 조용히 삼켰다. 그렇다고 네가 잘못한 게 아니라는 따위의 거짓 위로를 건넬 마음도 없었다.

'명명백백히 네 책임이니까.'

벨란데르는 부러진 그란투모스를 살폈다. 주인을 잘못 만나는 바람에 이런 고생을 하다니.

"이제 어떻게 할 겁니까?"

벨란데르가 물었다.

노바디는 벨란데르를 바라보았다. 말투가 바뀐 벨란데르는

마치 오늘 처음 만난 사람처럼 굴었다. 벨란데르가 어떤 생각
으로 저런 행동을 하는지 지금은 관심을 가지기 힘들었다.

"구해 내야지."

"네?"

"가쿨라 사사형도 죽음의 기사에게 붙잡혀 간 적이 있어.
운이 좋아서 풀려났다는 이야기를 들었어."

"아, 맞습니다."

벨란데르는 죽음의 기사가 소년, 소녀를 납치한다는 이야
기를 기억해 냈다. 가끔은 건장한 청년이나 아름다운 여인을
데려가기도 했다.

데스나이트의 목적은 또 다른 데스나이트의 탄생이었다.
그 목적을 달성하려면 일련의 과정을 통과한 후에 죽여야
했다.

룬트란 왕국의 후계자가 데스나이트가 되어 나타난다면 어
떤 일이 벌어질까? 생각만으로도 전율이 등을 타고 달렸다.

"……왜 돌아온 거야?"

노바디가 물었다.

"싸우는 재미에 미친 대사형에게 론투엘을 맡긴다는 게 불
안해서요. 역시, 내 예상대로였습니다. 내가 돌아오지 않았
다면 론투엘이 어디로 사라졌는지조차 몰랐을 테니까요."

정중하면서도 싸늘한 대답에 노바디는 입을 다물었다. 아
무 말도, 변명조차도 할 수 없었다.

난 왕따였어

비 내리는 숲은 가팔랐다.

최근 계속 비가 와서 축축한 흙은 쉽게 무너졌다. 발을 잘못 디디기라도 하면 아래로 사정없이 미끄러졌다. 한두 번은 미끄럼틀을 좋아하던 어린 시절을 떠올리게 만들겠지만, 1초라도 빨리 론투엘의 흔적을 찾아내기 위해 마음이 바쁜 지금은 욕이 튀어나올 만큼 짜증이 났다.

벨란데르는 한심하다는 눈빛을 보여 준 다음, 말도 없이 접속을 끊고 사라진 지 오래였다.

'나쁜 새끼.'

머릿속으로는 수도 없이 내뱉은 말이었다.

"나쁜 놈."

입으로 말하고 보니 더 화가 났다. 아무리 이곳이 가상현실이라고 해도 론투엘은 사제가 아닌가.

노바디는 사정없이 자신의 뺨을 때렸다.

그 말을 들어야 할 사람은 벨란데르가 아니었다. 시간을 되돌릴 수 있다면 얼마나 좋을까? 대체 무슨 생각으로 론투엘을 혼자 내버려 뒀을까? 벨란데르의 말처럼 싸움의 쾌감에 미쳐 있었을까?

짙은 녹색의 이끼와 웃자란 정체불명의 풀로 덮인 곳을 밟았던 노바디는 몸의 중심을 잃었다.

오른쪽 발이 푹 꺼지자 반사적으로 허리에 힘을 주고 왼쪽으로 몸을 틀었지만 손을 뻗어도 잡을 게 없었다. 속절없이 미끄러졌고, 이내 아래로 뒹굴었다. 눅눅한 진흙과 축축한 이끼 그리고 쓸데없이 날카로운 잎을 가진 풀들이 산사태처럼 늘어나며 노바디를 쓸어서 아래로 몰고 갔다.

갑자기 아래가 허전했다.

고개를 돌린 노바디의 눈에 급류로 콸콸 소리를 질러 대며 흐르는 계곡이 보였다.

"……빌어먹을."

졸졸 흘러야 정상인 시냇물이 무엇이든 집어삼킬 기세로 맹렬하게 휩쓸고 지나가는 물줄기로 바뀌는 데는 며칠 동안 내린 꾸준한 폭우면 충분했다.

하얀 물보라가 둘로 나뉘는 곳에 자리 잡은 화강암 바위가 무시무시한 속도로 커졌다. 노바디는 그 바위에 떨어지는 순간 뼈 부러지는 소리를 들을 수 있었다. 죽을힘을 다해 몸을 젖히자 음울한 회색빛 하늘이 보였다. 저 빌어먹을 하늘은 아직도 비를 뿌렸다.

서서히 시야가 어두워졌다.

잠시 후, 그 동굴에서 되살아난 노바디는 스스로 생각하기에 손바닥처럼 훤한 숲으로 성큼성큼 걸었다. 원하는 것을 찾아내기 전까지, 이 노가다를 끝낼 생각은 조금도 없었다.

노바디는 페플에서 쫓겨났다.

미친 듯이 숲을 헤매고 돌아다니느라 시간이 얼마나 흘렀는지도 몰랐다. 페플 시스템은 건강에 문제가 될 정도로 장시간 접속을 유지하는 게이머에게 두 번 경고한 후에 강제로 접속을 끊는데, 노바디는 론투엘을 찾기 위해 폭우가 퍼붓는 세와타트 산맥의 울창한 숲을 뒤지느라 그 두 번의 메시지를 무시했던 것이다.

다시 접속을 시도했더니 8시간 후에 접속이 가능하다는 안내 문구가 나왔다.

커넥터를 겨우 빠져나온 김현은 붉은색 소파로 가서 털썩 앉았다. 피곤 때문인지 머리가 지끈거렸다. 주위가 조용하기 때문에 거친 호흡 소리가 더 크게 들렸다.

입안이 바짝 말라 있었다.

방 밖으로 나간 김현은 냉장고 문을 열고 냉수를 한 컵, 두 컵 연거푸 마셨다. 그래도 진정이 되지 않았다.

"휴우."

거실로 가서 가죽 소파에 앉았다.

베란다 너머 창밖은 캄캄했다. 아직은 새벽보다는 밤에 가까운 시간이었다.

마치 손이 저절로 움직여 리모컨을 움켜쥔 느낌이 들었다. 다음엔 손가락 차례였다. 손가락으로 한 번 누르자 텔레비전이 켜졌다.

은행이 털렸다는 뉴스가 흘러나왔다. 김현은 그 내용에 전혀 관심이 없었다. 그저 내면의 혼란이 가라앉을 때까지, 혹은 가라앉기 위해서 시간을 보내고 있을 뿐이었다.

유명한 이종격투기 선수와 관련된 뉴스도 있었다. 놀랍게도, 이종격투기 선수는 누군가에게 얻어맞아 기절했고 병원으로 실려 갔다. 비슷한 사건이 연달아 벌어진 모양인지, 경찰은 이종격투기 선수를 노리는 범인을 찾기 위해 애를 쓰고 있다고 기자가 말했다.

그 뉴스에 관심이 생겼지만 김현은 고개를 흔들었다. 지금 저런 일에 관심을 가질 수는 없다.

앞 테이블에 놓인 빨간 전화기가 눈에 들어왔다. 진후에게 전화를 걸어 볼까? 뭘 하고 있을까? 혹시 데스나이트에게 잡혀간 론투엘을 구해 낼 방법을 찾지는 않았을까?

리모컨을 눌러 텔레비전을 켠 손가락이 이번에는 전화기를 당겨서 번호를 누르고 있었다. 핸드폰 번호는 이미 알고 있었다.

신호음이 들렸다.

놀란 김현은 얼른 끊었다.

김현은 그 전화기를 노려보았다. 혹시 안진후가 전화를 걸지는 않을까 싶었다. 벨이 울린다면 모른 척 받아서 그 문제를 언급할 수도 있을 텐데.

야속하게도, 전화기는 잠잠했다.

가슴이 답답했다.

가만히 방에 앉아 있을 수가 없었다.

외투를 챙겨서 아파트 밖으로 나온 김현은 무작정 걸었다. 이른 새벽의 어둠 사이로 가로등 불빛이 도로를 비추고 있었다. 봄이 성큼 다가왔지만 여전히 밤공기는 쌀쌀했다.

걸어도, 차가운 공기를 한껏 들이마셔도 그 갑갑함은 오히려 커졌다. 그래서 김현은 뛰기 시작했다.

속도를 조금씩 높였다.

동쪽 하늘 끝자락으로 비집고 올라온 푸르스름한 빛이 하늘로 퍼져 나가는 것도 모른 채 김현은 달리고 있었다.

정신을 차리니, 아파트 맞은편에 있는 그 공원이었다. 어디를 거쳐서 공원까지 왔는지, 언제 공원에 온 것인지, 얼마나 오랫동안 뛰고 있는지 김현은 알 수 없었다. 그저 있는 힘껏, 머릿속 생각을 비워 버릴 만큼 격렬하게 움직이고 있었을 뿐이다.

숨을 헐떡거리며 그 벤치에 앉았다. 고개를 들자 소나무가 눈에 들어왔다. 올려다보는 소나무는 왠지 모르게 특별한 의미를 담고 있는 추상화 같았다.

론투엘을 영영 못 찾으면 어떤 일이 벌어질지 생각했다.

룬트란 왕국의 국왕은 그 분노를 오롯이 원정대에게 쏟아부을 것이다. 원정대를 이끄는 겔란드, 원정대를 조직하는 데 결정적 역할을 한 라마간의 시장은 수도 마르세르로 끌려가서 교수형에 처해질 것이다. 라마간은 잿더미가 되고 국왕은 거기에 소금을 뿌려 누구도 살 수 없는 땅으로 만들 것이다.

"팔건파는 라마간과 함께 사라지겠지. 난 두 번 다시 페플에 접속하지 않을 테고. 그리고 난 다시 내 방에 처박히겠지."

마치 그 말이 저절로 입 밖으로 튀어나온 느낌이지만, 그 말을 내뱉는 순간 진실이라는 사실을 깨달았다.

4년 전과는 비교할 수 없을 만큼 달라졌다고 생각했다. 성장했다고 확신했다. 디월드 뎁스 파이브의 세계에서 무려 13년이나 지내면서 얻은 지식과 지혜를 발휘한다면 굳이 페플에 접속하지 않아도 멋지게 살 수 있을 거라고 마음으로 믿었건만.

싱크

아니었다.

아무리 높이 쌓아 올린 탑이라고 해도 기반이 되는 곳, 흔들기만 해도 탑이 와르르 무너지는 기단을 빼낸다면 탑은 붕괴되고 만다. 견고하다고 생각했던 탑은 사실 약간의 충격에도 무너질 만큼 그 구조가 취약했다. 김현은 그 사실을 받아들일 수밖에 없었다.

김현은 무엇이든 집어삼킬 수 있는 구덩이를 느낄 수 있었다. 누구도 볼 수 없는, 심지어 김현 자신도 눈으로는 확인이 불가능한 그 구덩이에 빠지면, 4년이라는 긴 시간도 금세 지나간다.

벌써부터 가슴을 옥죄는 느낌이 시작되었다. 투명하나 거칠고 힘센 손이 심장을 움켜쥔 기분이었다.

생각해 보면 지극히 자연스러운 결과였다. 페플에 접속했기 때문에, 라마간의 사형들 덕분에 그 방에서 나올 수 있었다. 그러니 사형들이 죽어서 사라진다면 다시 그 방으로 돌아가야 한다.

'아니, 그럴 수 없어. 론투엘을 구해 내면 돼. 그러면 돼.'

그때, 시선이 느껴졌다.

김현은 고개를 들었다. 아는 얼굴이 안개 섞인 새벽 공기를 헤치고 걸어오고 있었다.

몸에 힘이 들어갔다. 김현은 천천히 일어서며 언제든지 주먹을 뻗거나 발로 찰 준비를 했다.

"싸우려고 온 게 아니야."

이근상이 말했다.

김현은 주위를 살폈다. 이근상처럼 비열한 놈은 혼자 올 리가 없다. 패거리를 공원 곳곳에 숨겨 놓았는지도 모른다. 저 녀석은 얼마나 자주, 얼마나 오랫동안 여기에서 기다렸을까? 나쁜 놈이지만 저 근성, 끈기는 알아줘야 할 것이다.

"혼자야. 진짜로."

이근상은 진지했다.

김현은 이근상을 쳐다보고는 속으로 놀랐다.

딱 꼬집어 말하긴 어렵다. 어디가 어떻게 달라졌는지 물어보면 설명하기가 곤란할 것이다. 양아치 특유의 분위기가 느껴지지 않아서 그런 생각이 들었는지도 모른다.

그래도 이근상을 100% 신뢰할 수는 없다.

"이런 새벽에 날 찾아온 이유는?"

"부탁이 있어서."

"부탁?"

김현은 깜짝 놀랐다.

어이가 없어서 화가 날 지경이었다. 4년 전 기억을 대부분 잃어버렸지만 이근상이 그 일에 상당한 몫을 했다는 사실은 확실했다. 4년이라는 시간을 잃어버리게 만든 원흉이 갑자기 달라진 얼굴로 나타나서 부탁이 있다?

"나랑 같이 가 줬으면 해."

"싫다. 딴 데 가서 알아봐."

김현은 몸을 돌렸다. 다가와서 어깨라도 잡는다면 바로 팔꿈치 공격을 가할 생각이었다.

이근상의 반응은 김현의 예상 밖이었다.

"그땐…… 미안했다."

"뭐라고 했어?"

걸어가던 김현은 상체를 돌려 이근상을 쳐다봤다.

이근상은 머리를 긁적거렸다.

"그때는 나도 살아남기 위해서 어쩔 수 없었어. 널 괴롭히지 않았다면 내가 왕따가 됐을 거야. 많이 늦었지만, 정말 미안해. 진심이야."

이근상은 허리까지 굽혔다.

김현이 바람처럼 다가왔다. 어찌나 빠른지 이근상은 반응할 타이밍도 잡지 못했다.

김현이 뻗은 주먹이 이근상의 명치에 꽂혔다.

이근상은 이번에도 공중으로 붕 떠올랐다.

몸은 고통으로 비명을 질러 댔지만 가슴에서 전체로 퍼져 나가는 그 묘한 기운에 마음만은 편안해졌다. 적룡회에서 쫓겨났다는 사실, 그로 인해 어디에도 속하지 못한 채 따돌림을 당할 거라는 두려움마저도 빠르게 녹아내렸다.

극심한 고통이 정신을 삼키는 순간, 이근상은 잔디밭 위로 떨어졌다. 두어 번 손이 움직였지만 기절한 상태였다.

김현은 벌겋게 달아오른 얼굴로 이근상 앞까지 걸어갔다.

정신을 잃은 이근상의 얼굴은…… 평온해 보였다. 김현은 그 표정이 싫었다. 마음 같아서는 운동화로 얼굴을 짓밟고 싶지만 그런 짓을 하면 이근상과 다를 바 없을 것 같아서 참았다.

"사과라는 말, 함부로 지껄이지 마."

김현은 몸을 돌려 공원을 빠져나갔다.

잠시 후, 쓰러진 이근상 옆으로 현기명이 뒷짐을 진 채 다가왔다. 허연 머리카락이 새벽바람에 천천히 흔들렸다. 현기명은 이근상의 몸 상태를 보고는 씩 웃었다.

"어린것들 사이에 꽤 복잡한 사연이 있는 모양이구만."

이근상을 두 팔로 가볍게 안은 현기명은 김현의 반대 방향으로 걸어서 공원을 벗어났다.

식사를 마치고 엄마 배웅까지 끝낸 김현은 방으로 돌아와 혹시나 하는 마음으로 페플 커넥터에 들어갔다. 그러나 아직도 접속이 가능하려면 세 시간 넘게 남아 있었다.

카운트다운을 노려보다가 커넥터 밖으로 나온 김현은 오랜만에 컴퓨터를 켰다. 한때 인터넷에서 가상의 삶을 창조하고 가짜 행세를 즐겼던 김현은 당시의 실력을 발휘하여 데스나이트와 관련된 내용을 찾기 시작했다.

모니터 옆에는 파릇파릇 잘도 자라는 상추 화분이 놓여 있었다. 뜯어 먹어도 될 만큼 잎이 풍성했다.

페플 관련 자료는 인터넷에 산더미처럼 쌓여 있었다. 줄잡아 10억 명에 달하는 사람들이 즐기는 가상현실 플랫폼이다 보니, 검색창에 원하는 단어를 쳐 넣기만 해도 관련 내용이 줄줄이 나타났다.

눈에 띄는 홈페이지로 들어가서 빠르게 읽은 김현은 한숨을 내쉬었다. 데스나이트를 상대하려면 빛의 계열 마법 혹은 성기사 특유의 스킬이 필수라는 언급 때문이었다.

다른 홈페이지를 여럿 찾아본 김현은 검색창에 '페플 상성'이라고 입력했다. 이번에도 수천 개에 달하는 홈페이지 목록이 아래로 떴다. 그중 정리가 잘된 블로그를 찾아내어 천천히 여유를 갖고 읽었다. 쉽지 않았다. 1초라도 빨리 데스나이트를 없앨 방법을 찾고 싶었기 때문에.

데스나이트를 솔로잉으로 잡은 기록 자체가 거의 없었다. 열이면 열 모두 상성이 다른 게이머들이 팀을 짜서 데스나이트를 사냥했다. 당연히 그 파티에는 데스나이트의 공격을 막아 내는 데 유리한 성기사가 포함되어 있고, 팀원 전체의 생명력을 높이는 사제도 있었다. 딜러인 마법사도 필수였다.

답답해진 김현은 몸을 일으켜 벽으로 가서 책장 앞에 섰다. 4년 동안 방에 처박혀 있을 때도 참을 수 없을 만큼 우울

하거나 마음이 가라앉으면 이 앞에 서서 판타지 소설, 무협 소설 그리고 기타 책들로 가득 채워진 책장을 바라보았다.

손을 뻗어 책 한 권을 꺼냈다. 그리고 훑었다.

몇 장 보지 않았는데도 전체 내용이 떠올랐다. 상성이라는 말에 예민해서인지 몰라도, 그 소설에도 상성이 존재했다. 아무리 강해도 약점이 있기 마련이고, 그 약점은 전혀 엉뚱한 인물에 의해 밝혀지거나 깨지고 만다.

한 가지 아이디어가 떠올랐다.

김현은 즉시 모니터 앞으로 가서 앉았다.

"엘프에게는 뭔가 색다른 방법이 있을지도 몰라."

검색 결과는 김현의 예상과 달랐다.

엘프의 장점은 가볍고 민첩한 몸놀림, 자연에 대한 친화력, 숲에서의 빠른 회복력 등이었다. 엘프라고 해서 자연적으로 데스나이트 같은 암흑 계열의 몬스터를 없앨 능력을 지닌 것은 아니었다. 인간처럼 엘프도 직업을 선택하는 시기가 있는데, 그때 어떤 직업을 택해서 관련 스킬을 키워 나가느냐에 따라서 속성이 달라졌다.

김현은 '페플 직업'으로 검색해 봤다.

페플에서 대안 학교가 만들어지며 거기서 일할 교직원을 모집한다는 뉴스가 눈에 띄었지만, 가볍게 무시했다. 김현이 관심을 가진 페플이 아니었기 때문이다.

현재 페플은 현실의 영역으로 확장되고 있는데, 그중 하나가 바로 교육 분야였다. 학교 폭력 문제의 심각성으로 인해 페플이라는 가상 세계에 학교를 만들어 보자는 시도가 현재 진행 중이었다.

김현은 원하는 내용을 찾았다.

"음."

직업은 일련의 퀘스트를 통해서 정해지는데, 각 직업마다 또 각 지역마다 퀘스트의 내용과 순서가 달랐다. 보통 레벨 50쯤에서 시작되지만 특정 직업은 레벨 200이 되어야 지원이 가능하기도 했다.

데스나이트를 혼자서도 대적할 수 있는 성기사의 경우, 직업 선택이 가능한 레벨이…… 거의 100이었다. 게이머에 따라서 편차가 있지만 대략 100레벨은 되어야 성기사 퀘스트가 시작되는 모양이었다.

"휴우."

천장을 올려다보며 한숨을 내쉰 김현은 '페플 데스나이트 동영상'을 검색창에 입력했다.

압도적인 차이로 1위를 차지한 동영상은 무려 2억 뷰를 돌파한 지 오래였다. 꽤 유명한지 거기 달린 댓글만 해도 만 개가 넘었다.

김현은 별 기대도 하지 않고 동영상 재생 버튼을 눌렀다. 목뒤로 깍지를 낀 채 모니터를 보던 김현의 눈이 커졌다.

"……레나세르 누나잖아."

김현은 깜짝 놀랐다.

눈을 비비고 봐도 그 레나세르였다.

신궁 레드폭스를 쥔 채 아슬아슬한 옷으로 중요 부위만 가린 레나세르는 전장의 불여우라는 별명답게 한 발의 미스도 없이 붉은 화살을 연이어 쏘고 있었다.

물론 레나세르 혼자 데스나이트를 상대하진 않았다.

성기사와 검사가 앞에서 데스나이트가 뿜는 검은 안개나 다양한 공격을 막아 내고 있었다. 그 뒤로 공격력이 뛰어난 마법사와 피부가 하얀 사제가 자리를 잡았고, 후위에서 레나세르와 해골이 가슴께에 주렁주렁 달려 있는 네크로맨서가 데스나이트를 공략하고 있었다.

그 데스나이트는 김현이 페플에서 상대한 놈과는 비교할 수 없을 만큼 컸다. 키가 10미터에 달했고, 움켜쥔 거대한 칼도 10미터나 되었다. 한번 휘두르면 강풍이 일어나 레나세르가 속한 파티를 모조리 날려 버릴 기세였다.

성기사와 사제, 마법사 그리고 네크로맨서까지 가세하여 멤버 전원에게 퍼부은 방어 스킬이 조금이라도 부족했다면 데스나이트가 오히려 게이머들을 압도했을 터였다.

눈이 휘둥그레질 만큼 화려한 공방전은 꽤 오래 이어졌다. 플레이 타임을 보니 무려 열네 시간 32분이었다.

공성전은 이보다 더 오랜 시간이 필요한 장기전이지만, 시간을 두고 전투를 벌이기 때문에 열네 시간 동안 한 번의 휴식도 없이 싸워야 하는 일은 거의 없다.

김현은 게이머 여섯 명이 열네 시간 32분 동안 화장실 한 번 안 가고 데스나이트와 싸웠다는 사실에 감탄하지 않을 수 없었다. 그러나 동영상 아래쪽 댓글을 통해 그들이 교대로 볼일을 해결했다는 사실을 알 수 있었다.

열네 시간 32분 동안 오줌도 안 싸고 페플에 접속할 수는 없다. 최고급 페플 커넥터에는 생리 현상까지 해결하는 옵션이 장착되어 있다는 이야기를 듣기는 했지만, 상상만 해도 좀 민망할 것 같았다.

성기사 규문의 몸에서는 황금색 빛이 흘러나오고 있었다. 역시 익명의 네티즌들이 정성 들여 쓴 댓글 덕분에 그 정체를 알 수 있었다. 가만히 있어도 그 능력이 유지되는 패시브 스킬 중 하나인 '율오의 광환'이었다.

검색을 해 보니, 데이스나이트가 뿜어내는 죽음의 연기, 혹은 암흑의 안개라 불리는 테네파르 인스푸모를 막아 내는 몇 안 되는 패시브 스킬 중 하나가 바로 율오의 광환이었다. 성기사가 레벨업을 하면 율오의 광환 역시 그 방어력과 범위가 늘어나는 모양이었다.

규문이 금색의 검을 앞으로 내밀자 거대한 황금색 빛이 거기서 튀어나와 데스나이트를 관통했다. 한 방에 데스나이트를 쓰러뜨리지는 못했지만 한동안 공격 시도조차 못 할 만큼 큰 타격을 입힌 게 분명했다.

김현은 댓글 목록을 아래로 내렸고, 거기서 성기사가 쏟아낸 기술의 이름을 찾아냈다.

율오의 굴광이었다.

사기에 가까운 회복력이 데스나이트에게 주어지지 않았다면 율오의 굴광 몇 방으로 놈을 죽일 수도 있을 만큼 강력한 기술이었다.

그때, 규문이 고개를 돌려 뒤쪽에 있는 레나세르를 향해 윙크를 했다. 과묵해 보이는 외모와 실제 성격은 다른 모양이었다.

―저놈을 잡으면 나랑 한 번 하자. 남궁현도보다는 내가 훨 나아. 뜨거운 밤을 보내게 해 줄게. 약속해. 내 몫의 아이템은 다 줄 테니까. 어때, 땡기지?

그 말을 들은 레나세르는 신궁 레드폭스의 방향을 틀어 규문의 이마를 향해 화살을 쏘았다.

화살은 공기를 가르며 날아가 규문의 머리를 꿰뚫었다. 데스나이트의 암흑 공격에 치중하느라 물리적 방어를 소홀히 한 탓이었다. 또한 레나세르가 진짜로 화살을 쏠 줄은 상상도 못 했던 것이다.

붉은 화살에서 열기가 흘러나오는 순간, 규문은 말 그대로 녹아내렸다.

규문 옆에서 데스나이트의 공격을 막아 내던 검사 알폰소가 레나세르를 노려보았다. 그러나 알폰소는 곧 정면을 응시

싱크

하며 내공을 '데볼루'에 쏟아부어 회백색의 벽을 두 배로 늘렸다.

알폰소 뒤에 서 있던 사제 효나도 레나세르를 힐끔 쳐다보며 고개를 흔들었다. 백색의 사제복을 입은 효나는 두 손을 모아 눈을 감으며 '비비 라브'를 펼쳤다.

빛의 소용돌이가 하늘에서 내려와 규문의 자리에서 빙글빙글 돌았다. 잠시 후, 그 소용돌이가 사라진 곳에 규문이 서 있었다. 규문을 살려 낸 효나는 숨을 헐떡거렸다.

규문이 레나세르를 쳐다봤다.

"또 죽고 싶으면 지껄여도 돼."

레나세르의 말에 규문은 씩 웃으며 손가락으로 입에 지퍼 채우는 시늉을 한 뒤, 혼자 공격을 막던 알폰소의 부담을 덜어 주었다.

"난 자네 마음을 이해하네."

레나세르 옆에서 테네파르 인스푸모와 같은 성질인 검은 구름을 공중에다 만들던 네크로맨서 켈로였다.

"아, 네."

레나세르는 화살을 시위에 메겨 데스나이트의 붉은 눈을 겨누고 쏘았다. 화살은 그 눈에 박혔지만 데스나이트에게 치명적인 타격을 입힐 수는 없었다.

김현은 동영상에 푹 빠져 마치 자신이 거기 있는 느낌을 받았다. 여섯 명의 출중한 게이머가 저 강력한 몬스터 하나를 잡기 위해 협력하는 과정은 그 자체로 인상적이었다. 비록 그들 사이의 대화에 가시가 돋쳐 있어도, 그건 그들 나름의 소통 방식일 것이다.

김현은 몸을 일으켜 소파 앞을 왔다 갔다 했다.

지금까지는 혼자 싸웠다. 원정대의 일원이지만 협력으로 몬스터를 쓰러뜨린 적은 없다. 킹자이곤은 엉겁결에 벨란데르와 손을 맞잡은 셈이었지, 실제로 마음을 합친 사냥은 아니었다.

핸드폰을 들어 올렸다. 잠시 망설였지만, 김현은 버튼을 눌렀다. 신호음이 들렸다.

─우리 현이구나.

간드러진 목소리가 들렸다.

"전화, 잘못 건 모양입니다. 죄송합니다."

─야! 나야, 나. 넌 장난 하나 못 받아 주나?

윤태희가 급히 말했다.

"장난인데, 모르셨어요?"

김현은 시치미를 잡아뗐다.

─너, 어른 놀리면 못쓴다. 무슨 일이야?

"데스나이트 동영상 봤어요."

─……그거?

윤태희에게서 망설이는 기색이 느껴졌다.

"조회 수가 2억 뷰가 넘었어요."

－그래?

무언가 숨기는, 그래서 약간은 상대가 뭘 알고 있는지 떠보려는 느낌이었다.

김현은 몇 번의 질문으로 윤태희가 먼저 그 이야기를 하도록 만들려다 참았다. 지금 전화를 건 이유는 동영상의 내용이나 윤태희의 마음과는 상관이 없었다.

"누나, 도와주세요."

－오호, 네 입에서 도와 달라는 말이 나오다니. 세상 참 오래 살고 볼 일이야.

"론투엘이 데스나이트에게 잡혀갔어요."

－뭐?

"대사형인 제 잘못이에요. 그러니까 도와주세요."

－나 혼자서는 데스나이트를 상대할 수 없어.

"그래서 말인데, 그 동영상에 나왔던 게이머들에게 부탁할 수 없을까요? 그 사람들이라면 론투엘을 충분히 구할 수 있을 것 같아서요."

－아쉽지만 그건 불가능해. 연락을 안 한 지 오래됐거든. 연락이 가능하다고 해도 그놈들은…… 대가도 없이 움직이진 않아. 성기사 규문과 사제 효나는 미국에 있다는 이야기를 들었고, 검사 알폰소는 아예 페플을 접었다는 소문도 있어서 말이야.

"아, 네."

김현은 실망했다. 레나세르가 나서면 쉽게 문제가 해결될 거라고 지레 좋아했건만.

　- 진후는?

　그 질문을 듣는 순간, 김현은 들끓는 분노에 사로잡혔다.

　충동적인 울분으로 핸드폰을 잡고 있던 손에 필요 이상의 힘이 들어갔다. 액정이 부서지고 내부 기판은 망가졌다. 조그만 불꽃이 팍팍 튀자 김현은 엉겁결에 뒤로 물러섰다.

　조금 전까지 핸드폰이었으나 이제는 부서져 원래 모양을 알아보기도 힘든 쓰레기가 된 전자 제품의 조각들이 아래로 우수수 떨어졌다.

　멍한 눈으로 핸드폰을 내려다보던 김현은 뚝뚝 손에서 떨어지는 핏방울을 발견했다.

　화장실로 가서 물로 씻었다. 파편 몇 개가 손바닥에 박혀 있었다. 병원에 갈 마음은 조금도 없었다. 인상을 찡그린 채 조각을 손으로 뽑았다. 다행히 상처는 깊지 않았다.

　거실 텔레비전 아래에 놓인 서랍장에서 소독약을 가져와서 상처 부위를 깨끗이 닦고 밴드를 붙였더니 고통은 실감이 나는 수준으로 떨어졌다.

　김현은 엄마가 보면 얼마나 놀랄지 잘 알기에 방도, 화장실도 핏자국 하나 남지 않도록 치우고 닦았다.

　"핸드폰이 약했던 거야."

　김현은 윤태희에게 연락을 하려고 유선전화기로 갔지만 전화를 걸 수는 없었다. 전화번호를 몰랐던 것이다.

"어쩌지?"

질문을 던지는 순간 답이 마음에서 솟아올랐다.

론투엘을 구하기 위해서라면 무엇이든 할 수 있다.

김현은 외투를 손에 들고 아파트를 나섰다.

"와아."

안진후는 톱니바퀴 돌아가듯 호흡이 맞는 게이머들의 활약에 깊이 빠져들었다.

거기 레나세르가 나오기 때문만은 아니었다.

성기사, 검사, 마법사, 사제, 궁수 그리고 네크로맨서의 조합, 스킬을 거는 타이밍, 서로의 능력을 잘 알기에 가능한 빠른 연타 공격 등은 왜 이 영상의 뷰가 2억 회가 넘어가는지 보여 주고 있었다.

이 동영상을 본 사람이라면, 게임을 조금이라도 좋아하는 사람이라면 누구나 저런 파티에 참가하기를 바랄 것이다. 열네 시간이 넘는 긴 시간 동안 누구 하나 뒤로 물러서지 않고 버텨서 결국 네임드 몬스터이자 죽음의 동굴 '칼리고 스펠라움'의 주인인 '콘티 말룸'을 없애는 그 경험은 돈을 주고도 얻지 못할 터였다.

페플 역사상 단 네 번밖에 없었던 메이저 업데이트로 인해 수많은 게이머에게 악몽이었던 칼리고 스펠라움도, 그 깊고 어둡고 거친 세계의 주인이었던 콘티 말룸도 사라졌다. 난이도가 지나치게 높다는 이유로 페플에서 삭제되었다는 게 다수의 의견이었다.

안진후는 핸드폰이 놓인 테이블로 눈길을 주었다. 손만 뻗으면, 그리고 버튼을 누르면 그 녀석과 통화를 할 수 있다.

문제는 그다음이다. 자존심을 굽히지 않고 어떻게 말을 해야 할까? 김현이 계속 대사형이라는 이유로 명령을 내린다면? 과연 참을 수 있을까?

일단 핸드폰을 집어 들었다.

"그래, 내가 굽히자. 론투엘을 구해 내는 게 먼저니까."

안진후는 심호흡을 한 후에 버튼을 눌렀다.

신호음이 울리나 싶더니, ARS 목소리가 나왔다. 전원이 꺼져 있다는 내용에 안진후의 얼굴이 와락 구겨졌다. 기껏 자존심을 접고 전화를 걸었는데, 아예 핸드폰을 꺼 놔?

그때, 어디에선가 쾅 굉음이 들렸다. 그와 동시에 건물이 크게 흔들렸다. 거실과 바깥을 나누는 두꺼운 강화유리가 깨지며 파편이 일부 안으로 튀었고, 나머지는 아래로 떨어졌다.

화재경보기 소리가 요란하게 복도에서 울리고 있었다.

소파 뒤에 숨었다가 겨우 고개를 내민 안진후는 조심스럽게 창가로 갔다. 엉거주춤한 자세로 깨진 유리창 바깥을 살핀 안진후는 위로 맹렬하게 올라오는 시꺼먼 연기를 보고는

싱크

화재를 직감했다.

여기가 22층이니 불이 난 곳은 대략 10층 정도로 보였다.

초인종 소리가 귀로 파고들었다.

안진후는 조심조심 유리창 파편을 피해 현관으로 갔다. 윤태희가 밖에 서 있었다. 안진후가 문을 열자 윤태희가 창백한 얼굴로 들어왔다.

"누나, 괜찮아?"

"……뭐야, 어떻게 된 거야?"

윤태희는 반쯤 정신이 나간 모습이었다.

"아래쪽에서 불이 난 모양이야. 대피해야 돼. 가자."

"그, 그래."

안진후는 당장이라도 다리에 힘이 풀려 주저앉을 것 같은 윤태희를 부축해서 복도로 나갔다.

복도에 나와서 두리번거리는 사람들은 제법 있었지만, 누구도 저 아래층에서 불이 났다는 사실은 모르는 모양이었다.

그때, 관리 사무소 소장의 목소리가 들렸다.

ー관리 사무소에서 알려드립니다. 관리 사무소에서 알려드립니다. 현재 11층에서 화재가 발생했습니다. 119에 신고를 했으니 소방차가 곧 도착할 겁니다. 그러니 입주자 여러분께서는 계단을 통해서, 반드시 계단을 통해서 천천히 아래로 내려오시면 됩니다. 서두르지 마십시오. 서두르면 사고가 납니다. 그리고……

방송은 갑자기 끊겼다.

복도로 나온 사람들은 말 그대로 사진처럼, 움직이지 않았다. 그들의 조그만 뇌가 부지런히 현재 상황을 분석하느라 팔다리를 놀릴 여유가 없는 모양이었다.

'이제 곧 난리가 나겠지.'

안진후의 예상대로였다.

비명을 지르며 계단으로 달려가는 50대 아주머니, 그 뒤를 따라 고함을 질러 대며 쫓아가다 앞선 아주머니의 어깨를 잡고 당기는 40대 남자, 옆에 있는 아이를 안고 서둘러 계단으로 달려가다가 넘어지는 30대 엄마 등 복도에 있는 사람들이 한꺼번에 계단으로 몰렸다. 당연히 그중 일부는 넘어지는 바람에 뒤쪽 사람들에게 밟히기도 했다.

"왜 안 가?"

윤태희가 물었다.

"저기 휘말렸다가는 밟혀 죽을지도 몰라."

안진후는 21층도, 그 아래층도 상황은 비슷하리라 확신했다. 계단은 내려갈수록 사람들로 가득해져서 제시간에 화재가 발생한 11층을 통과하여 그 아래로 내려갈 수 있을지 의문이었다.

아무도 올라가지 않는 위쪽 계단을 안진후는 주목했다. 헬기의 접근이 용이한 옥상이 차라리 구조에 용이할지도 모른다. 혼자라면 망설이지 않고 옥상으로 올라가겠지만 윤태희가 옆에 있기 때문에 안진후는 고민에 잠겼다.

"핸드폰, 가지고 있지? 내 건 두고 나와서."

"……여기 있어."

"이런."

안진후는 윤태희에게서 받은 핸드폰 화면을 보고는 눈살을 찌푸렸다. 신호가 뜨지 않았다. 역시 전화도 걸리지 않았다.

"왜?"

"먹통이야."

"……말도 안 돼."

윤태희의 눈이 흐려졌다. 초점이 풀리기 직전이었다. 그 당당한 여자에게 이런 연약한 면이 있을 줄이야.

찰싹.

안진후가 윤태희의 뺨을 가볍게 때렸다. 겨우 정신을 차린 윤태희가 놀란 얼굴로 안진후를 쳐다봤다.

"날 믿지?"

"응."

안진후는 씩 웃으며 다시 집으로 들어갔고, 윤태희가 그 뒤를 따랐다.

여대생은 신경질적으로 비상 연락 버튼을 눌렀다. 아무리 눌러도 반응이 없었다. 엘리베이터는 중간에 멈춘 채 올라가지도 내려가지도 않고 있었다. 벌써 10분이 지났다.

"어쩌죠?"

여대생이 엘리베이터에 갇힌 사람들을 바라보며 물었다.

"기다립시다. 관리 사무소에서 신고도 했고, 페플파크는 방화 시스템을 제대로 갖추고 있으니까."

캐시미어 재킷에 조끼까지 제대로 갖춰 입은 중년 신사가 점잖게 말했다. 그 대답에 여대생의 얼굴에서 불안한 기색이 가라앉았다.

"그러다가 타 죽으면?"

얼굴이 햇볕에 그을린 30대 남자가 히죽 웃었다. 그 사내의 턱에는 수염이 숭숭 나 있어서, 조금은 자유롭게 살아가는 사람 특유의 분위기를 풍기고 있었다.

중년 신사는 헛기침으로 대화를 끊었지만 여대생은 다시 발을 동동 구르기 시작했다.

윤태희에게 갑자기 전화가 끊어진 이유를 설명하기 위해서, 가능하면 안진후와 만나기 위해서 직접 버스를 타고 이곳 페플파크로 온 김현은 엘리베이터에 갇혔지만 겁이 나서 정신이 마비된다거나 불안으로 생각할 여유조차 잃어버리기는커녕 오히려 맑고 차분한 마음을 유지할 수 있었다.

스스로 생각해도 이상할 만큼 표정 하나 바뀌지 않았다. 오히려 눈을 감고 귀를 열었다.

곧 엘리베이터 바깥의 소음이 귀로 스며들었다. 요란한 발소리가 점점 커졌다. 그와 함께 사람들의 목소리가 들렸다.

"빨리 내려갑시다!"

"어이, 왜 안 내려가?"

"이러다 다 타 죽겠네!"

"씨발 새끼들아, 좀 내려가자!"

좁은 계단으로 한꺼번에 많은 사람들이 몰리는 바람에 내려가는 속도가 더딘 모양이었다. 아래에서 올라오는 매캐한 냄새와 아직은 흐릿한 열기에 다들 신경이 예민해져 막말이 오가고 있었다.

꽤 먼 곳에서 비명이 들렸다. 밀려서 넘어지거나 누군가에게 밟혀서 나는 고통에서 비롯된 울음과는 거리가 먼, 지금 당장 목숨이 끊어지는 상황에서나 나올 법한 소리였다.

"불이야, 불! 불이 벽을 타고 올라오고 있어!"

한 사람이 외치자, 이제 사람들은 방향을 바꾸어 위로 올라가려고 버둥거렸다. 아래에서 위로 방향만 달라졌을 뿐 사정은 마찬가지였다. 위쪽에 있는 사람들은 아직 이쪽 사정을 모르기 때문에 오히려 왜 안 내려가냐고 화를 내고 있었다.

엘리베이터 바로 바깥에서 난 기분 나쁜 소음에 김현은 눈을 떴다. 멀리서 들리는 소리는 사라졌다. 김현은 반사적으로 자세를 낮추었다.

그 순간, 엘리베이터가 추락했다.

여대생이 고함을 내질렀다. 지금까지 벌벌 떨고만 있던 할머니는 깜짝 놀라 기절해 버렸다. 중년 신사는 두려움을 이기기 위해 입술을 깨물 뿐, 그에게는 아무런 방법이 없었다.

다행히 엘리베이터는 2층 남짓 떨어지다가 멈췄지만 언제 또 추락할지 알 수 없는 상태였다.

"이거 참."

30대 사내가 여대생의 다리 사이로 흘러내리는 노란색 액체를 보고는 혀를 찼다.

그 남자는 씩 웃더니 엘리베이터 문 앞에 섰다. 그리고 암벽등반으로 단련된 손가락을 문틈에 끼워 넣고 힘을 주어 벌렸다. 문은 조금씩 열리기 시작했다.

"그, 그러면 안 됩니다. 추락할지도 몰라요."

중년 신사였다.

"가만히 있다가 죽고 싶으면 당신이나 그렇게 해. 난 그럴 마음 조금도 없으니까."

사내는 막무가내였다.

김현은 엘리베이터 천장을 올려다보았다. 영화나 드라마에서는 위급한 상황에서 천장 위로 올라가서 탈출하는 경우도 있었다. 현실에서도 가능할지는 모르지만, 기다리다가 불에 타 죽는 것보다는 나을 것이다.

위로 올라가는 뚜껑은 있지만 닫혀 있었다. 손으로 민다고 해서 그냥 열릴 것 같지도 않았다. 장비가 있어야 열 수 있는 모양인데, 지금은 여유를 부릴 때가 아니라고 김현은 판단했다.

가볍게 몸을 띄웠다.

공중으로 올라간 몸이 정점에 이르는 순간, 김현은 오른쪽 발을 위로 최대한 뻗었다. 발끝이 천장에 닿자 그 뚜껑이 위로 뜯기며 열렸다. 그 충격으로 엘리베이터가 흔들렸지만 아래로 떨어지지는 않았다.

김현이 바닥에 착지하자 엘리베이터가 또 한 번 흔들렸다.

"하, 학생!"

중년 신사의 얼굴이 붉게 물들었다.

"오호, 범생인 줄 알았는데."

30대 사내가 김현을 보며 엄지를 세웠다.

김현은 손을 뻗으며 점프해서 날카로운 모서리를 꽉 잡았다. 그리고 단번에 엘리베이터 위로 올라갔다.

김현이 주위를 살피는 동안, 그 사내가 올라왔다.

"저쪽이야."

사내는 엘리베이터를 지탱하는 검은 줄을 잡고 발로 벽을 디디며 위로 올라갔다.

김현이 뒤를 따랐다.

"내가 이쪽을 열 테니까, 넌 반대쪽을 맡아라."

사내의 말에 김현이 고개를 끄덕였다.

사내는 힘을 쏟아부었지만 문은 열리지 않았다. 그에 반해 김현은 아주 쉽게 문을 끝까지 열었다.

위로 올라가 밖으로 나간 김현이 손을 아래로 뻗었다. 사내는 김현의 손을 잡으며 말했다.

"너, 보기와는 다르다."

"올라오세요."

김현은 사내의 몸이 생각보다 가볍다고 생각했다. 마치 아이를 잡고 당기는 것처럼 쉬웠다.

사내가 바닥에 널브러져 쉬는 동안, 김현은 비상계단으로 향했다. 좁은 계단은 사람들로 가득 차 있었다. 어떻게든 위로 올라가기 위해 애를 쓰지만 이미 사람들의 얼굴에는 죽음의 그림자가 드리워져 있었다.

다행스럽게도, 위로 올라가는 속도가 조금씩 빨라지고 있었다. 아마 위쪽 사람들도 아래쪽 사정을 알아차린 모양이었다.

사내가 다가왔다.

"가자."

"엘리베이터에 사람들이 갇혀 있어요."

"아, 그 사람들? 방법이 없잖아. 네가 내려가서 하나씩 끌어 올릴 수도 없으니까. 거기서 타 죽어도 별수 없는 사람들 신경은 쓰지 마. 그러다간 너도 죽어."

그렇게 말한 사내는 위로 올라가는 사람들 사이에 끼어들었다.

김현도 그 뒤를 따랐다.

하지만 김현은 위로 올라가지 않았다. 계단 난간 위로 올라섰다가 그 사이의 공간으로 뛰어내렸다.

사람들의 눈이 김현에게로 쏠렸다. 어떤 사람은 버티지 못하고 옆으로 밀리는 바람에 추락한 거라고 생각했다.

한 층 아래로 내려온 김현은 손을 뻗어 난간 아래쪽 쇠기둥을 잡았다. 사람들이 놀라서 뒤로 물러서자 김현은 재빨리 그 틈을 뚫고 엘리베이터가 있는 곳으로 달렸다. 천천히, 조심스럽게 문을 열었다. 엘리베이터는 아래쪽에 있었고, 위쪽으로는 겨우 50센티미터 남짓 공간이 남았다.

"학생!"

중년 신사가 소리쳤다. 눈에는 눈물이 맺혀 있었다.

여대생이 앞으로 나왔다.

"살려 주세요!"

김현은 뒤쪽 벽에 기대고 앉은 할머니를 가리켰다.

"저분 먼저 끌어 올릴게요."

중년 신사의 얼굴이 와락 구겨졌지만 싫다고 말할 수는 없었다. 그는 여대생과 함께 기운 없는 할머니를 김현 쪽으로 데려왔다. 김현은 두 손을 뻗어 할머니를 위로 당겼다. 마치 커다란 인형을 끌어 올린 것처럼 힘이 들지 않아서 신기했다.

다음은 여대생 차례였다.

쇠와 쇠가 부딪쳐서 나는 소음이 귀로 파고들었다.

김현은 서둘러 여대생을 끌어 올렸다.

다음은 중년 신사였다.

그 남자의 얼굴은 사색이었다. 그도 엘리베이터가 언제든 추락할 수 있음을 알았던 것이다.

김현은 축축한 그 남자의 손목을 꽉 잡고 당겼다. 이번에는 조금 힘이 들었다. 그래도 정신을 집중할수록 몸에서 흘러나오는 힘이 강해졌다. 그 사실을 몸으로 느낄 수 있었다.

무사히 엘리베이터 밖으로 나온 중년 신사가 숨을 헐떡이며 바닥에 쓰러졌다. 여대생도, 할머니도 마찬가지였다.

김현은 거칠게 숨을 쉬면서도 활짝 웃었다.

그때, 엘리베이터가 섬뜩한 소음을 내며 아래로 추락했다. 화재가 난 곳까지 수직으로 떨어진 엘리베이터는 굉음을 내며 폭발했다. 열기와 소리가 통로를 타고 올라왔다.

"위로 가야 해요."

김현의 말에 할머니도, 중년 신사도, 여대생도 즉시 몸을 일으켰다. 어느새 그들은 김현을 리더로 인정하고 있었다.

비상계단은 비어 있지만 어느새 바로 아래층까지 화염이 번져 있었고, 그로 인해 유독 연기가 올라오고 있었다.

"이렇게 소매로 코와 입을 막고 달려요. 어서요."

김현이 시범을 보여 주자, 중년 신사가 먼저 잿빛 연기 속으로 뛰었다. 뒤이어 여대생이 비명을 지르며 뛰어들었다.

"학생, 아무래도 난 안 되겠어. 학생이나 어서 올라가. 나중에 내 딸을 만나거든, 어젯밤의 그 말…… 진심이 아니었다고 전해 줘."

"그럴 순 없어요. 할머니께서 직접 말씀하세요. 그리고 가능하면 숨을 참으세요."

김현은 할머니를 등에 업고 비상계단으로 달렸다.

까만 연기가 몸을 에워싸자 당장 가슴이 아프고 눈이 따가웠다. 몸에 힘이 빠져 하마터면 헛디뎌서 넘어질 뻔했다. 앞이 제대로 안 보이는 곳에서 쓰러졌다가는 죽을지도 모른다.

딱딱한 계단 대신 물컹한 무언가가 밟혔다. 균형을 잃고 뒤로 넘어질 뻔했다.

'사람이다.'

김현은 오싹 두려움을 느꼈다.

그 순간, 김현은 왜 아까 그 엘리베이터 안에서 전혀 무섭지 않았는지 깨달았다. 이곳 현실도 페플과 다를 바 없다고 무의식적으로 생각한 것이다. 아무리 무서운 일이 벌어져도 페플에서는 죽지 않는다, 그런 마음을 지니고 있으니 전혀 겁이 나지 않았던 것이다.

죽은 사람, 혹은 죽어 가는 사람의 등을 밟으니 현실 세계의 질감이 되살아났다.

김현은 유독가스를 한 모금 마시고 말았다. 몸이 흔들렸다. 보지도 않고 뻗은 손에 난간이 잡히지 않았다면 뒤로 굴러떨어졌을 것이다.

'포기할 순 없어. 이곳이 현실이라고 해도.'

김현은 이를 악물고 달렸다.

위로 올라갈수록 공기가 깨끗해졌다. 옥상에 가까워지자 타는 냄새가 흐릿해졌다.

"할머니, 이젠 괜찮아요."

할머니에게서 대답이 들리지 않았다.

김현은 사람을 밟았을 때와는 비교도 안 될 만큼 무시무시한 공포에 사로잡혔다. 팔팔한 자신도 힘겨웠던 유독가스를 나이 들어 연약해진 데다 엘리베이터에서 지쳐 버린 할머니가 버텨 내기는 어려웠으리라.

그래도 희망을 버리지 않았다.

옥상으로 나온 김현은 있는 힘껏 외쳤다.

"의사! 의사!"

옥상 정원 곳곳에 흩어져 쉬고 있던 사람들이 김현을 쳐다봤지만 곧 고개를 돌려 외면했다. 유독가스를 마시고 쓰러진, 당장 치료가 필요한 사람들이 거기에도 많았던 것이다.

김현은 곧 옥상의 상황을 알아차렸다. 바람 부는 곳에 할머니를 내려놓았지만 예상대로 숨은 멎어 있었다.

덩치가 큰 사람이 와서 심폐 소생술을 했다. 그 순간, 기적처럼 할머니의 호흡이 돌아왔다.

김현은 할머니 옆에 앉아서 그 변화를 보고 눈물을 흘렸다. 죽음과 삶을 가르는 얇은 경계가 바로 거기 있었다.

고마워하는 할머니의 눈빛을 확인한 김현은 멀찌감치 떨어진 벽으로 가서 기대앉았다. 아무 말도 할 수 없었고, 무슨 생각을 하는지 스스로도 알지 못했다. 구조 헬기가 다가오는 소리도 전혀 들리지 않았다.

"김현."

누군가가 자신의 이름을 부르자 김현은 반사적으로 고개를 들었다. 새파란 하늘을 배경으로 안진후가 서 있었다.

"안진후."

"······어떻게 네가 여기 있는 거야?"

"난 왕따였어."

김현은 말해 놓고도 스스로 놀랐다.

이 말이 이렇게나 쉽게 나올 줄은 몰랐다.

삶과 죽음이 엇갈리는 이곳에서 과거의 일 따위는 사소한 문제에 불과하기 때문일지도 모른다. 할머니가 딸에게 진심을 전해 달라고 부탁했던 그 일로 인해서 진실을 말할 기회가 언제 사라질지 모른다는 사실을 깨달았기 때문인지도 모른다.

"뭐?"

"중학교 때 왕따였다고. 다 기억이 나지는 않지만, 아무튼 반 친구들이 날 괴롭혔어. 최근에 그중 하나를 만나서 약간은 복수를 했지만 말이야."

피식 웃은 김현이 말을 이었다.

"아무튼, 이 이야기를 하는 이유는…… 네가 론투엘을 괴롭힐 때, 옛날 생각이 났어. 그래서 도저히 참기 어려웠어. 그 때문에 널 내쫓은 거야. 냉정하게."

안진후는 김현 옆에 앉았다.

이제 막 도착한 구조 헬기에 서로 먼저 타려고 사람들이 달려드는 동안, 안진후는 말없이 생각에 잠겼다.

자신처럼 김현도 특별한 시간을 보냈다는 사실은 알고 있었지만 그런 과거가 있는 줄은 몰랐다. 자신의 행동이 김현에게 어떻게 비쳤을지 생각하자 얼굴이 화끈거렸다.

'큰형, 작은형이 날 대한 방식과 같아. 난 두 사람을 지독하게 싫어하면서도 비슷하게 행동한 거야. 빌어먹을.'

안진후는 김현을 쳐다봤다. 김현이 여기 페플파크 옥상에 있다는 사실은 먼저 말을 걸기 위해 찾아왔다는 뜻이다. 자존심을 접고 먼저 이곳에 왔을 뿐만 아니라, 사과도 먼저 했다.

"넌 나쁜 놈이야."

안진후가 말했다.

"그럴지도."

김현은 사소한 일로 다투고 싶지 않았다. 불이 예상보다 일찍 위로 번지거나 전기 계통을 건드려 도저히 피할 수 없는 폭발이라도 일으킨다면 이 대화가 마지막이 될지도 모른다.

"난 누구든 내게 이래라저래라 하는 사람을 싫어해. 어릴 때부터 그랬어. 왜? 아버지와 형들이 내게 그랬으니까. 특히

싱크

아버지는 최고였어. 진후야, 이걸 해내면 네 엄마를 만나게
해 주마. 진후야, 이걸 해내지 못하면 다음 주에도, 다음 달
에도 엄마를 만날 수 없다. 난 천재가 될 생각도, 의지도 없
었어. 그저 어린 시절에 엄마가 보고 싶어서 죽을힘을 다했
을 뿐이야."

"너……."

김현이 놀란 눈으로 안진후를 쳐다봤다.

"다른 사람에게 말하면, 죽여 버릴 거다."

안진후는 진심이었다.

"난 아무 말도 못 들었어. 그러니까 할 말도 없지."

"쳇."

안진후는 혼자 잘난 척하는 친구를 보며 일어섰다. 여기
계속 앉아 있다가는 구조 헬기를 놓쳐서 진짜 큰일이 날지도
몰라서였다.

페플파크 주위로 수십 대의 헬기가 떠 있었다. 페플 그룹
의 영향력이 동원 가능한 헬기를 모조리 이곳으로 부른 것이
다. 그중에는 군용 헬기도 포함되어 있었다.

안진후의 부축을 받아서 몸을 일으킨 김현이 물었다.

"태희 누나는?"

"말도 마. 아까 얼마나 고생했는지 몰라."

"왜?"

김현의 눈에 염려가 어렸다.

"올라오다가 기절하는 바람에 내가 업고 왔어. 얼마나 무거운지 넌 상상도 못 할 거야. 걱정 마. 멀쩡해. 유독가스는 한 모금도 마시지 않았거든. 아예 처음부터 옥상으로 올라왔으니까. 봐, 저기 있잖아."

안진후가 가리킨 곳은 구조 헬기를 기다리는 사람들의 무리였다.

윤태희는 어떻게든 빨리 구조되기 위해 안간힘을 다 쓰고 있었다. 어찌나 울었는지 화장이 번지는 바람에, 예쁜 판다 한 마리가 거기 있었다.

가능성

응급실은 이송된 환자와 소식을 듣고 급히 찾아온 가족들 그리고 의사와 간호사로 붐볐다. 바퀴 달린 이동용 침대 소리가 묻힐 만큼 응급실은 소음으로 가득했다.

김현은 지친 의사들, 간호사들의 표정을 살피다가 조심스럽게 침대에서 내려왔다.

'별로 다친 곳도 없으니까.'

환자의 신분을 벗고 가족처럼 행동하는 일은 매우 쉬웠다. 걱정스러운 표정을 지으며 다급하게 행동하면 된다.

전혀 모르는 환자 옆을 서성거리다가 기회를 봐서 응급실 밖으로 나온 김현은 누군가 어깨를 잡자 화들짝 놀랐다.

"왜 이리 늦었어?"

"너……?"

"기다렸잖아."

안진후가 웃고 있었다.

"휴우, 놀랐다. 난 또 간호사나 의사인 줄 알았어."

"나가자. 왠지 저 뚱땡이 간호사가 눈치챈 모양이야."

안진후는 먼저 달렸다. 곧 김현이 안진후를 따라잡았다.

안진후는 김현이 자신보다 훨씬 빠르다는 사실을 깨달았다. 어릴 때부터 몸으로 하는 운동에 자신을 가져 본 적은 없지만, 그래도 자존심 상하는 순간이었다.

"그, 그만!"

숨이 턱까지 차오른 안진후가 먼저 멈췄다.

'그래도 몸에 신경 좀 썼는데. 4년 동안 방에만 있었던 저 녀석보다는 내가 나아야 하는 거 아닌가.'

안진후는 왠지 현실에서도 페플에서처럼 김현에게 기가 죽는 느낌이었다. 그다지 기분이 좋지는 않았다.

"난 집으로 바로 갈게. 페플에서 보자."

김현은 빈 택시를 잡으려고 손을 들었다.

"배 안 고파?"

"전혀. 지금은 론투엘이 중요하니까."

"앞으로 열흘은 괜찮아. 죽음의 의식은 보름달이 뜰 때 시작되거든. 굶주린 배를 움켜쥐고 서두를 필요는 없다는 뜻이야."

싱크

"……확실해?"

"왜 이래? 나 안진후야."

자신만만한 태도가 안진후의 몸에서 자연스럽게 흘러나왔다.

그때, 고민하던 김현의 배에서 꼬르륵 소리가 들렸다. 안진후가 웃음을 터트리며 말했다.

"고기 먹자."

"집에 전화부터 하고."

"아, 그래."

"핸드폰 좀 빌려줘."

"넌 없어?"

"……그게, 떨어뜨렸더니 아예 켜지지 않아. 고장 난 모양이야."

"그래?"

안진후는 괜히 오해했다는 사실을 깨달았고, 얼굴은 더 밝아졌다. 김현이 일부러 핸드폰을 꺼 놓은 게 아니었다!

안진후가 건넨 핸드폰으로 집에 전화한 김현은 간략하게 설명했지만 페플파크의 화재 이야기는 한마디도 하지 않았다. 괜히 엄마가 걱정하게 만들고 싶지 않아서였다.

"잘 썼다."

김현이 핸드폰을 돌려주려는데 핸드폰 벨이 울렸다. 화면에 '놈1'이라고 떴다.

핸드폰을 손에 쥔 안진후가 전화를 받았다.

"큰형? 나야. 응, 알아. 밖에 있다가 뉴스를 보고 알았어. 다행이지 뭐. 내가 없는 동안에 불이 나서 말이야. 응, 맞아. 회장님에겐 그렇게 말씀드려. 그래, 나중에 본가로 갈게. 응. 끊어."

전화를 끊은 안진후가 씩 웃으며 김현을 쳐다봤다. 김현은 그 이야기를 듣고도 가만히 있었다.

안진후가 말했다.

"삼겹살 먹자."

"그래."

김현은 일부러 모른 척했다. 안진후가 큰형 안형준과 사이가 나쁘다고 해도 지금은 그걸 놓고 이러쿵저러쿵 이야기하고 싶지는 않았다.

둘은 가장 먼저 눈에 띄는 음식점으로 들어갔다.

노릇노릇 잘 구운 돼지고기는 그 맛이 기가 막혔다. 고소해서, 몇 번 씹기만 해도 목구멍 너머로 사라졌다. 상추로 쌈을 해서 먹으면 또 다른 맛의 세계가 펼쳐졌다.

"우리, 합숙하자."

안진후가 입안 가득 고기를 집어넣고 오물거리며 말했다.

"합숙?"

김현은 냉면을 먹고 있었다.

"좀 더 집중하려면 그게 낫잖아."

싱크

"좋아. 근데 어디서?"

"합숙하기에 딱 좋은 곳이 있어. 내가 연락할게."

그렇게 말한 안진후는 손을 들어 삼겹살 3인분을 추가했다.

김현은 즐거웠다. 엄마와 함께 있을 때도 행복하지만 친구와 같이 먹는 삼겹살은 또 다른 기쁨이었다. 그 때문에 오해로 인한 충돌이 더 후회되고 또 두려웠다.

약점을 많이 가질수록 사람은 예민해진다. 누구든 약점을 건드리면 독 오른 뱀처럼 고개를 뻣뻣하게 세우고 이빨을 드러낸다. 하마터면 안진후라는 사람, 어렵게 얻은 친구를 잃을 뻔했다. 왕따 경험이라는 약점 때문에.

어떻게 하면 약점을 없앨 수 있을까?

김현은 잠시 그 부분을 생각해 봤지만 답을 찾지는 못했다.

일단 자신에게 어떤 약점이 있는지를 면밀히 살펴봐야 할 것이다. 그런 다음에야 약점에 대해서 과잉 대응을 하는지, 아니면 상대가 정말 잘못을 했는지 확실히 판단할 수 있을 테니까.

주위의 사람들이 입고 있는 옷은 이제 겨울이 끝나고 봄이 오고 있음을 보여 주고 있었다. 두꺼운 외투 대신 비교적 얇은 점퍼나 재킷이 주를 이루었다. 김현은 자신에게도 4년 만에 봄이 찾아왔다고 생각했다. 저절로 얼굴에 미소가 떠올랐다.

그 순간, 데스나이트에게 잡혀간 론투엘이 떠올랐다. 막내가 잡혀갔는데 대사형이라는 작자가 맛있는 고기를 먹으며 즐거워하고 있다니. 피부가 뜨거워질 만큼 부끄러웠다.

그렇다고 당장 박차고 일어나 고깃집 밖으로 나갈 생각은 없었다.

쉬어야 맹렬하게 달릴 수 있다. 먹어야 힘을 낼 수 있다.

겔란드 대사형에게 연락을 해야 한다는 생각이 머리를 스쳤지만 애써 억눌렀다. 겔란드는 물론 다른 사형들에게 실망을 안겨 주고 싶지 않았다. 실수를 했으나 제대로 만회하고 싶었다. 그래야 고개를 들고 페플에 접속할 수 있을 것 같았다.

'꼭 구해야 돼. 반드시 성공해야 돼.'

택시에서 내려 호텔 로비로 들어선 김현은 화려한 조명, 매끄러운 대리석 바닥, 웅장한 돌기둥, 척 봐도 명품으로 치장한 투숙객들로 인해 압도당했다. 안진후가 미리 내려와서 기다리지 않았다면, 손을 흔들며 이름을 부르지 않았다면 김현은 꽤 오랫동안 거기 서 있다가 오가는 사람들 중 누군가에게 부딪쳐 한 소리 들었을지도 몰랐다.

"김현! 여기야."

안진후는 자주색 반바지를 입고 있었다. 호텔 안은 반바지를 입고 돌아다녀도 될 만큼 따뜻했다.

"아."

안진후가 이처럼 반가운 적은 없었다.

"짐이 별로 없네?"

"속옷이랑 양말, 티셔츠 몇 장이면 되니까."

"내 짐 보면 너 기절하겠다."

안진후는 실실 웃었다. 이민 가방처럼 커다란 놈으로 다섯 개나 스위트룸에 넣어 두었던 것이다.

안진후가 엘리베이터 앞에 섰지만 김현은 난색을 표했다.

"난 걸어서 올라가고 싶은데."

"29층인데?"

"그래도."

"에이, 그러자."

안진후는 페플파크 화재 때 김현이 엘리베이터에 갇혔다가 겨우 탈출했다는 이야기를 이미 알고 있었다.

당시 엘리베이터에 함께 갇혔던 사람들이 기자들에게 알렸고, 그로 인해 '화염 속에 빛난 영웅'이라는 제목으로 김현의 이야기가 기사화되었다.

물론 그 영웅이 김현이라는 사실을 아는 사람은 안진후 혼자였다. 응급실에서 달아나 버려, 김현이 누구인지 아무도 몰랐던 것이다.

29층에 이를 무렵, 안진후의 숨소리가 거칠어졌다. 그에 반해 김현은 산책이라도 나온 것처럼 자연스러웠다.

"완전히 올드보이다, 너."

"올드보이?"

"영화 몰라?"

"알아. 그런데 왜 올드보이라는 거야?"

"15년 동안 만두만 먹고도 그렇게 싸움을 잘했잖아, 영화에서. 넌 4년 동안 방에 있었다면서 어떻게 헬스클럽에서 규칙적으로 몸을 단련한 나보다 체력이 좋아?"

"……타고난 거야."

김현은 대충 얼버무렸다. 페플에서의 성장이 현실로 이어진다는 말을 할 수는 없다.

29층에 이르자 안진후는 난간을 겨우 잡고 한 계단 한 계단 힘겹게 올랐다. 김현은 호흡이 짧아졌지만 허리를 굽히지도, 손을 뻗어 난간을 잡지도 않았다. 오히려 웃으며 속으로 계단 오르기가 몸에 좋으니 자주 해 봐야겠다고 생각했다.

"다 왔다!"

안진후는 두 번 다시 29층까지 계단으로 올라오는 미친 짓은 하지 않으리라 맹세하며 방으로 향했다.

스위트룸이라 복도에는 문이 몇 개 없었다. 카드 열쇠를 자물쇠 부분에 대자 문이 저절로 열렸다.

열어젖힌 문 너머를 본 김현은 이 특급 호텔 로비로 들어섰을 때보다 더 충격을 받았다. 무슨 호텔 방의 거실이 30평 아파트보다 더 넓을까? 어둡지만 광택이 나는 원목 재질의 마룻바닥 위로 딱 봐도 고급스러운 소파와 탁자가 놓여 있었다.

"우와."

김현은 안진후를 쳐다봤다. 그와 동시에 하룻밤 묵는 데 얼마나 될까 속으로 생각했다.

"편히 지내. 먹고 싶은 건 뭐든 주문해서 먹고."

안진후는 활짝 웃었다.

가방을 소파 옆 바닥에 내려놓은 김현이 간 곳은 콕핏형 커넥터 두 대가 놓인 곳이었다. 그 옆에는 기다란 테이블이 놓여 있는데, 그 위에 컴퓨터와 모니터가 설치되어 있었다.

화재로 인해 아직 출입이 자유롭지 않고 집중하는 데 방해가 될 가능성이 매우 높은 페플파크 대신 이곳 호텔을 택한 이유를 김현은 알 것 같았다. 여기라면 당분간 론투엘 구출 작전에 집중할 수 있을 것이다.

그저 전화를 걸기만 하면 방으로 다양하고 맛있는 요리가 올라온다는 사실에 김현은 기분이 이상했다.

하얀 접시에 놓인 노란색 오므라이스는 담백하면서도 맛이 좋았다. 차가운 오렌지 주스 한 모금을 마신 후 신선한 샐러드를 입에 넣고 오물거리니 천국이 따로 없었다.

"아는 게이머 중에 성기사, 없어?"

김현은 수제 햄버거의 절반을 입에 밀어 넣으며 물었다.

안진후는 스테이크를 삼킨 후에 답했다.

"내가 아는 게이머는 태희 누나뿐이야."

"인생 헛살았구나, 너."

"사돈 남 말 하네."

"맞아. 나도 그래. 앞으론 그러지 말자."

"봐서."

둘은 서로를 보며 씩 웃었다.

식사를 끝낸 두 사람은 데스나이트 공략법을 찾는 일을 재개했다. 성기사 직업을 가진 게이머가 마땅찮을 경우, 둘이 힘을 합쳐 데스나이트를 상대할 수밖에 없었다.

데스나이트와 싸울 때 성기사나 사제의 합류는 상식이었다. 그 어디에도 빛의 계열 기술이 가능한 게이머 없이 데스나이트를 성공적으로 잡았다는 이야기는 없었다.

그때, 벨이 울렸다.

안진후의 눈짓에 김현이 일어나 문으로 걸어갔다. 문을 열자 두 손 가득 무거운 짐을 든 윤태희가 서 있었다. 김현이 맥주를 비롯한 각종 과일, 술과 안주가 든 봉지를 받았다.

"꼬맹이들아, 누나가 왔다."

"울보 누나."

안진후가 다가오며 말했다.

"누, 누가 울었다고 그래?"

"뉴스에도 나오던걸. 못 봤어? 보여 줘?"

안진후는 테이블에 놓인 노트북을 가져왔다.

"데스나이트 공략법을 찾았는데, 그냥 가야겠다."

몸을 돌리는 윤태희.

"진작 얘기를 했어야지. 우리 예쁜 누나, 여기로 앉아."

안진후의 말에 윤태희는 피식 웃으며 소파로 가서 앉았다. 맞은편에 앉은 안진후, 김현이 잔뜩 기대하는 눈빛으로 윤태희를 바라보고 있었다.

"이걸 틀어 봐."

윤태희는 조끼 안쪽의 주머니에서 메모리 카드를 꺼내어 안진후에게 던졌다.

안진후는 벽에 있는 버튼을 눌렀다. 커튼이 저절로 닫히며 실내가 어두워지자 천장에서 빔 프로젝터가 아래로 내려왔다. 안진후가 메모리 카드를 컴퓨터에 꽂자 곧 그 안에 있는 영상이 빔 프로젝터를 통해 이미 내려와 있던 스크린 위에 나타났다.

"나도 여기 살고 싶다."

윤태희가 감탄했다.

안진후, 김현은 이제 윤태희를 쳐다보지도 않고 그 영상에 몰입했다. 윤태희, 그러니까 레나세르가 성기사, 사제, 네크로맨서 등과 함께 상대한 네임드 몬스터 콘티 말룸에 비하면

손색이 있지만, 거기 등장하는 데스나이트도 보통 놈은 아니었다.

"어?"

안진후의 반응이었다.

김현의 눈도 커졌다.

윤태희는 팔짱을 끼며 두 사람의 태도를 살폈다. 윤태희의 입가로 미소가 피어올랐다.

'이 정도면 페플파크에서 보인 추태는 어느 정도 덮을 수 있겠지. 내가 왜 그랬을까? 아니, 여자는 모름지기 겁이 좀 있어야 돼. 난 지극히 정상이야.'

안진후는 영상을 뚫어져라 보고 있었다.

단 두 명의 게이머가 덩치 큰 데스나이트와 싸우고 있었다. 앞쪽에 선 남자는 거대한 칼을 휘둘러 죽음의 안개 테네파르 인스푸모가 다가오지 못하도록 막고 있었고, 뒤쪽에 있는 여자는 불의 정령 파르노엘을 소환하여 데스나이트에게 불덩이를 쏟아붓고 있었다.

안진후가 고개를 돌려 윤태희를 쳐다봤다.

"저래선 데스나이트를 죽일 수 없어."

"계속 봐."

윤태희는 자신만만했다.

안진후는 미심쩍었지만 정보에서만은 윤태희를 따라갈 사람이 없기에 믿고 영상으로 눈길을 돌렸다.

안진후의 예상대로 조금씩 데스나이트에게로 무게 추가 기울었다. 기적에 가까운 회복력 때문이었다. 아무리 공격해도 데스나이트를 단번에 죽일 수 없다면 결국 무용지물이었다.

거의 두 시간이 흘렀다.

안진후가 하품을 했다.

"언제까지 봐야 돼?"

"넌 이 누님에 대한 믿음이 너무 부족해. 우리 현이를 봐. 아무 말도 하지 않고 이 누님이 힘들게 구해 온 영상을 보고 있잖아."

"후후, 김현은 아까부터 졸고 있었어. 저 녀석은 정말 대단해. 미동도 하지 않고 졸다니 말이야."

안진후의 말에 윤태희가 고개를 숙였다. 안진후가 옳았다. 김현은 한 손으로 턱을 괸 채 눈을 감고 있었다.

그때, 이전과는 비교도 되지 않는 폭발이 데스나이트를 휘감았다. 어떤 공격에도 멀쩡했던 왼팔이 떨어져 나갔고, 팔 하나를 잃은 데스나이트는 처음으로 한 걸음 뒤로 물러섰다.

"……어떻게 된 거야?"

"이제 시작이야."

윤태희는 팔짱을 끼고 다리도 꼬았다.

안진후가 김현을 흔들었다. 김현은 입가의 침을 닦고 정신을 차렸다.

둘은 달라진 분위기를 몸으로 느낄 수 있었다. 분명히 물리적 공격을 가하는 무사와 마법 공격을 펼치는 마법사 두 명인데, 왜 갑자기 데스나이트를 압도할 만큼 전투력이 증가했을까?

"저기야."

김현이 손가락으로 스크린 왼쪽을 가리켰다.

안진후의 눈이 커졌다.

칼을 든 무사가 동그란 형태로 기를 모았고, 거기에 마법사가 파르노엘의 불꽃을 집어넣었다. 기는 맹렬하게 회전하며 그릇 역할을 했다. 그릇이 줄어들자 내부의 압력과 온도가 기하급수적으로 올라갔다. 당구공처럼 줄어든 그 검붉은 기의 구체를 무사는 야구공처럼 데스나이트에게 던졌다.

콰콰쾅.

검붉은 공이 데스나이트의 가슴에 박혔다.

다음 순간, 구체가 폭발했다.

데스나이트의 팔다리가 여기저기로 흩어져 있었다. 영상은 거기서 끝이 났다.

안진후와 김현은 서로를 바라보았다. 드디어 공략법을 찾아낸 것이다. 데스나이트가 아무리 불사의 존재라고 해도 한계를 뛰어넘는 온도와 압력 앞에서도 죽지 않는 몬스터는 아니었다.

"어때?"

윤태희가 찬사를 기대하며 물었다.

안진후, 김현은 동시에 일어나더니 콕핏형 커넥터로 향했다. 둘은 윤태희를 돌아보지도 않고 커넥터로 들어가 페플에 접속했다.

김현이 집에서 가져온 음식을 식탁에 차리는 동안, 안진후는 호텔 스위트룸 특유의 고풍스러운 소파에 앉아 노트북 모니터를 들여다보고 있었다.

아버지가 준 프리벨리지 제로 권한으로 불의 정령 파르노엘과 계약한 게이머들의 명단과 그 계약 과정을 모조리 알아냈다.

계약 당시 그들의 평균 레벨은 237이었다. 최소 레벨은 139였고, 최고 레벨은 무려 388이었다. 계약에 걸린 시간은 평균이 무려 123일, 최단기 계약은 77일이었다. 정령 계약 퀘스트를 시작하고 1년을 넘긴 게이머도 여럿 있을 만큼, 파르노엘은 만만찮은 정령이었다.

"음."

안진후는 힐끔 김현을 쳐다봤다. 김현은 집에서 싸 온 음식을 식탁에 차리느라 여념이 없었다.

프리벨리지 제로의 권한을 십분 활용하고, 평소 여기저기 관련자들의 계정을 해킹해 온 결과물을 거기에 접붙인다면 당장 파르노엘과 계약할 수도 있다.

　문제는 정당하지 않다는 점이었다. 페플 그룹 회장의 아들이라는 특수한 지위를 이용해서 정령과 계약한다면 왠지 김현 앞에서 떳떳하기 힘들 것 같았다.

　'그래, 이건 아니야.'

　안진후는 정보만 이용하기로 마음먹었다. 어떻게든 파르노엘과 계약을 해야만 데스나이트에게 잡혀간 론투엘을 구해 낼 가능성이 조금이라도 생긴다.

　안진후는 세와타트 산맥에 데스나이트가 있을 만한 곳을 탐색하기 시작했다. 프리벨리지 제로는 페플 경영지원부 내부 시스템을 모조리 들여다볼 수 있었다. 이것 또한 편법이지만 론투엘을 구해 내려면 일단 그 위치부터 알아내야 했다.

　인공위성이 지표면을 내려다보며 확대하듯이 안진후도 여전히 비가 내리는 세와타트를 당겨서 볼 수 있었다.

　"어?"

　이상한 장소가 눈에 보였다. 세와타트 산맥 전체가 비구름에 뒤덮여 있는데, 그곳만 햇볕이 강렬했다. 비가 오기는커녕 땅이 사막처럼 말라 있었다. 반경 1킬로미터 남짓한 곳은 온통 메마른 바위산으로 이루어졌고, 그 중앙에 거대한 절벽을 뚫어서 만든 신전이 자리 잡고 있었다. 습기보다는 열기를 좋아하는 데스나이트가 있을 법한 곳이 분명했다.

　노력의 결과에 만족한 안진후는 이왕 프리벨리지 제로 권

싱크

한을 사용했으니 또 다른 의문에 대한 답을 찾았다. 도대체 왜 비가 계속 내리는지 알고 싶었던 것이다.

놀랍게도 천상의 도시 '천도'에 머물면서 페플 세계의 균형을 유지하는 신선 중 하나가 내린 명령 때문에 비가 내리고 있었다. 비를 담당한 신선 우사의 명령이었는데, 그 내용이 눈길을 끌었다. 우사는 비의 정령에게 노바디를 따라다니며 비를 뿌리라고 명령했던 것이다.

결국 노바디로 인해 산맥 전체에 폭우가 내리고 있었다.

그때, 김현이 불렀다.

"먹자!"

신선 우사의 명령은 나중에 알아보기로 마음먹은 안진후는 노트북을 덮고 식탁으로 갔다.

"이게 다 뭐야?"

안진후의 눈이 커졌다.

"엄마가 같이 먹으라고 해 주신 거야."

"이게 다?"

"우리 엄마 요리 솜씨 끝내준다. 먹자."

김현은 시래깃국에 밥을 말았다. 소고기볶음과 잡채 사이에서 젓가락이 잠시 방황했지만, 곧 정답을 찾아냈다. 둘 다한 움큼씩 집어서 입에 넣은 것이다.

안진후도 맛있게 먹었다.

확실히 호텔에 소속된 전문 요리사가 해 주는, 훌륭하지만 온기라고는 전혀 없는 음식이 아니었다. 엄마가 직접 해 주는 음식에는 묘한 따뜻함이 스며 있었다. 상추에다 소고기 한 점, 볶은 김치 한 점, 마늘과 고추를 각각 하나씩 올리고 한꺼번에 입에 넣었더니 그 맛이 기가 막혔다.

밥을 두 그릇이나 먹은 안진후가 말했다.

"그 방식, 통할까? 다른 사람들은 모두 먼저 레벨을 올린 후에 복잡하고 까다로운 퀘스트를 통과해서 파르노엘과 계약을 맺었어."

"내가 수라부월공을 어떻게 익혔는지 알지? 그러니까, 너도 할 수 있어. 문제는 시간인데, 보통 사람들이 쓰는 방법으로도 긴 시간이 필요하잖아."

김현은 자신만만했다.

"넌 어때?"

"손도끼로 회백색 기를 뽑아내어 부막을 만들 수는 있는데, 빗방울이 뚝뚝 떨어질 만큼 틈이 많아. 압축은 아직 시작도 못했고. 시간 내에 가능할지 모르겠다."

"그래도 넌 뭔가를 하고 있는 거네. 난 큰일이다."

"셀레스카르가 준 구슬에서 드래곤 헤라를 봤다면서? 드래곤이 정령과 계약한 방식으로 파르노엘과 계약할 수 있다면, 넌 드래곤처럼 정령을 다룰 수 있을지도 몰라."

"아, 그건 그러네."

안진후의 눈이 반짝거렸다.

김현이 시래깃국을 더 가져오는 동안, 안진후는 핸드폰을 만지작거렸다. 그러다 웃으며 말했다.

"너 완전 유명해졌다. 엘리베이터에 갇혔다가 빠져나와서 거기 있던 사람들을 구한 이야기 말이야. 여기 뉴스에 달린 댓글이 천 개가 넘었어. 다들 널 숨은 영웅이래. 진짜 영웅 말이야."

그냥 인터넷 뉴스로 나왔을 때는 사람들을 구한 학생의 정체가 알려지지 않았지만, 방송 뉴스로 엘리베이터 내부 CCTV 화면이 공개되자 김현을 잘 아는 사람들은 금세 알아본 것이다.

"그 뉴스 때문에 아예 집에 갇힐 뻔했다. 엄마가 보셨거든."

"지금은?"

"그래서 말인데, 엄마가 여기 오고 싶어 하셔. 내가 어떻게 지내는지 보고 싶으신 모양이야. 유독가스 때문에 후유증이 생기지는 않을까 염려도 하시는 것 같고."

"난 좋아. 언제든지 모시고 와도 돼."

"고맙다."

김현이 빙긋 웃었다.

그때, 문 두드리는 소리가 들렸다.

"내가 나갈게."

안진후가 일어섰다.

누가 왔을까 생각하면서 문으로 간 안진후는 윤태희를 떠올렸다. 병원에서는 아무런 이상이 없다고 진단했지만 여기가 아프다, 저기가 아프다 등 아픈 곳을 찾아내느라 바빴던 윤태희가 정신을 차리고 왔을지도 모른다.

문을 연 안진후는 웃고 있는 중년 여성을 발견했다.

"객실 청소는 안 해도 된다고 지배인에게 말씀드렸는데요."

"저는 김현 엄마예요."

"네? 아, 죄송합니다."

안진후는 당황했다. 객실 담당 직원이라고 착각했던 것이다.

안진후가 뒤로 물러선 사이, 엄마는 스위트룸으로 들어와 주위를 살폈다. 감탄한다기보다는 약간 우려 섞인 시선이었다. 정상적으로 학교를 다녔다면 아직 고등학교도 졸업하지 않은 나이인데 이토록 화려한 호텔에서 지내도 될까 싶었던 것이다.

"엄마?"

김현이 다가왔다.

"내가 좀 마음이 급해서. 연락을 한다는 게 깜빡 잊었구나."

그렇게 말한 엄마는 김현 옆을 스치듯 지나가 식탁을 보고 거실에 놓인 두 개의 콕핏형 커넥터를 살폈다. 집으로 오라고 말하고 싶지만 두 개의 커넥터를 동시에 놓을 공간을 고려한다면 오히려 여기 스위트룸이 나은 선택인지도 몰랐다.

"안진후입니다."

안진후는 친구의 엄마에게 반듯한 인상을 보여 주기 위해서 고개를 꾸벅 숙였다.

"반가워요."

"말씀 편하게 하세요."

"그럴까? 음, 라면이 쌓여 있네. 라면을 무지 좋아하나 봐. 하긴 요즘 아이들치고 라면을 싫어하는 아이는 없지."

엄마는 안진후가 편의점에 가서 쓸어 온 라면 더미를 가리켰다.

"엄마, 우리는 페플에 들어갈게."

김현이 끼어들었다.

"그래, 여긴 엄마에게 맡겨."

엄마는 소매를 걷고 있었다.

김현과 눈짓을 주고받은 안진후는 서둘러 커넥터로 향했다.

어마어마한 양의 물이 콸콸 내려가고 있었다.

하얀 물보라를 남기며 여기저기 솟아 있는 바위를 휘감고 흐르는 급류 옆 평평하고 너른 화강암 위에 노바디가 서 있었다. 그 널찍한 바위 가장자리는 이끼로 덮여 짙은 녹색이었는데, 급류에서 멀어질수록 화강암 특유의 회백색으로 밝아졌다.

"휴우."

노바디는 심호흡을 했다. 조급해지려는 마음을 다잡기 위해서였다.

사라겐의 수부를 뽑았다. 왼발을 앞으로 내밀며 손도끼를 앞으로 휘둘렀다. 손도끼의 날에서 하얀 선이 뿜어져 나왔다. 오랜 수련으로 쌓인 기가 도끼에서 흘러나온 것이다.

노바디가 몸을 회전시키며 손도끼로 크게 원을 그리자 도끼에서 흘러나온 기, 즉 원형의 부기가 완성되었다.

노바디는 그 부기가 소멸되기 전 원을 하나 더 그렸다. 하얀 선은 이전보다 훨씬 굵어졌다. 세 번째 회전이 더해지자 부기는 손가락 굵기만큼 커졌다.

각도를 조금씩 바꾸면서 회전을 거듭할수록 하얀 선은 백색의 면이 되었고, 점점 노바디를 덮기 시작했다. 완전한 구체를 이루기 위해서는 수백 번의 회전이 필요했지만 노바디는 꾹 참고 그 일을 해냈다.

지름 2미터에 가까운 부막이 구체의 형태로 완성되었다.

노바디는 숨을 헐떡거렸다. 다리가 후들거려 당장이라도 주저앉을 것만 같았다. 그래도 뿌듯했다.

그러나 그 기로 만들어진 구체 아래로 빗물이 흘러내리자 노바디의 얼굴이 일그러졌다. 이번에도 눈에 띄지 않을 만큼 작은 틈으로 비가 스며들었고, 내부에 고인 빗물이 아래로 떨어진 것이다.

기진맥진한 노바디는 털썩 앉았다. 기의 공급이 끊어진 구체는 서서히 흐려졌고 오래 지나지 않아 사라졌다.

노바디는 누웠다. 가슴이 오르락내리락했다. 하늘에서 떨어지는 빗방울 때문에 눈을 뜰 수는 없지만, 오히려 얼굴을 때리는 빗방울의 감촉 덕분에 마음이 차분해지는 느낌이 들었다.

'어떻게 해야 견고한 그릇을 완성할 수 있을까?'

수도 없이 자신에게 던진 질문이었다.

수라부월공의 불동이경을 응용하여 부막을 형성하면 간단히 해결할 수 있다고 확신했건만, 실제로 해 보니 장애물이 만만치 않았다. 빗방울이 새어 들어오는 것도 막지 못하는데 어떻게 뜨거운 불덩이를 압축할 수 있을까.

벌써 나흘이 지났다.

시간이 흘러갈수록 쫓기는 기분이 자주 찾아왔다. 하루에도 몇 번씩 겔란드 대사형에게 알려야 하지 않을까, 도움을 받아서라도 빨리 론투엘을 구하는 게 옳지 않을까 생각했다. 실수를 만회하려는 의지가 어쩌면 이기적인 판단일지도 모른다는 의문도 그를 괴롭혔다.

'성공해야 돼.'

털이 붉은 원숭이 한 마리가 계곡 위로 드리운 나뭇가지 끝까지 이동하더니 훌쩍 몸을 날렸다. 빠지면 그대로 휩쓸려서 죽고 말 급류가 굉음을 내며 흐르는데도 원숭이는 자신만만했다.

그 원숭이는 빗줄기를 뚫고 맞은편 나뭇가지 위로 안착했다. 그러더니 커다란 바위에 누워 있는 노바디를 쳐다보고 '깍깍!' 원숭이답게 울었다.

노바디는 몸을 일으켰다. 왠지 저 원숭이에게 무시를 당한 기분이었다. 옆에 돌멩이라도 있으면 던지고 싶은 충동이 일었다. 참지 않았다면 사라겐의 수부를 날렸을지도 모른다.

원숭이는 사라졌다.

노바디는 손도끼를 꽉 쥐고 다시 도전했다.

이번에는 회전 방향이 다른 두 개의 구를 이중으로 만들 계획이었다. 옷을 두 겹으로 입으면 몸이 비에 덜 젖으니, 비슷한 원리를 그릇에 응용한 셈이다.

안쪽의 구는 윙윙 소리를 내며 왼쪽으로 맹렬하게 돌고 있었다. 노바디는 그 위로 오른쪽으로 회전하는 구를 만들었다. 지쳐서 쓰러지기 직전인데도 포기하지 않았다.

그때, 두 개의 구가 균형을 잃고 부딪쳤다. 쌓인 피곤 때문에 구를 다루는 힘이 약해진 것이다.

쾅!

노바디가 온힘을 다해 쏟아부은 기의 구조물은 어마어마한 파괴력을 뿜으며 충돌했고, 터져 버렸다.

노바디는 뒤로 튕겨 나갔다. 그리고 급류에 떨어졌다. 거기서 빠져나올 힘은 없었다.

노바디가 계곡에서 어떻게든 기의 그릇을 만들기 위해 사투를 벌이는 동안, 벨란데르는 아늑한 동굴 깊숙한 곳으로 들어가 모닥불을 피워 놓고 그 앞에 앉아 빨간 불꽃을 응시하고 있었다. '꼭 이래야 할까?' 따위의 부정적인 생각, 하품, 졸음을 쫓으면서 어찌 보면 아름답고, 또 달리 보면 자연현상에 불과한 불을 바라보았다.

탁탁.

장작 타는 소리는 마치 깨진 드럼을 칠 때 나는 불규칙적인 소음 같았다. 장작에서 흘러나온 수액이 거품을 내며 아래로 흘러내렸다. 가끔 모닥불에서 기이할 만큼 좋은 향기가 뿜어져 나와 동굴 안을 가득 채웠다.

벨란데르는 불을 노려보며 불에 대해 생각했다.

제일 먼저 프로메테우스가 떠올랐다. 그리스신화에 등장하는 프로메테우스는 불을 훔쳐 인간에게 준 장본인이다. 그로 인해 영원히 독수리에게 간이 쪼여 먹히는 형벌을 받게 되었다.

처음 그 신화를 접했을 때, 프로메테우스의 멍청한 행동을 안진후는 비웃었다. 왜 사서 고생을 할까, 그렇게 생각했다.

도와줘 봐야 필요할 때 도움을 돌려받지 못하는 존재를 위해서 그 위험을 감수하다니. 정상적인 사고방식이라면 절대 내려서는 안 될 결정이었다.

프로메테우스의 그 행동으로 인해 판도라의 상자가 열렸다. 평온했던 세상에 온갖 악이 넘치게 된 것 역시 프로메테우스의 선택 때문이었다.

그 모든 결과를 감수할 만큼 인간에게 불이 필요했을까? 뭐, 인류 진화의 시작이 불이었으니, 그럴 만도 하겠지만.

불은 사실 산소와 물질의 결합에 불과하다. 빛과 열이라는 에너지를 내뿜은 후에 시꺼먼 숯, 즉 탄소만 남기는 자연현상이라고 해도 과언이 아니다.

거대한 불덩어리인 태양의 본질은 핵융합반응이며, 태양이 뿜어낸 거대한 에너지는 지구 생태계의 근원이라는 사실은 오늘날 잘 알려져 있다. 스테이크를 썰고 상추로 쌈을 싸서 먹지만 실은 태양에너지의 축적물을 먹고 마시는 셈이다.

오행에서의 불이 가진 속성, 소돔과 고모라에 대한 심판으로서의 불, 샐러맨더의 유래 따위가 연이어 벨란데르의 머릿속을 차지했다. 벨란데르는 그럴 때마다 처음으로, 모닥불을 응시하며 불의 정령 파르노엘과 계약을 맺기를 기대하는 상태로 돌아왔다.

"난 생각이 너무 많아."

벨란데르는 하품을 했다. 입이 찢어지는 줄 알았다. 늘어지게 기지개를 켰는데도 몽롱한 기분은 오히려 더 커졌다.

잠시 후, 벨란데르는 졸기 시작했다. 모닥불의 온기도 벨란데르를 잠의 왕국으로 데려가는 데 한몫 제대로 했다.

화들짝 놀라며 눈을 뜬 벨란데르는 어마어마한 열기에 손으로 얼굴을 가렸다. 눈이 아플 만큼 샛노란 빛 때문이었다. 거기서 참기 힘든 열이 뿜어져 나오고 있었다.

본능적으로 뒤로 물러선 후에야 벨란데르는 자기가 선 곳이 용암이 들끓는 분화구라는 사실을 알아차렸다. 움푹 들어간 지형이어서, 벨란데르의 눈에는 절벽 같은 병풍이 원형으로 둘러쳐진 것처럼 보였다. 암벽등반 전문가라도 올라가기 힘들 만큼 절벽은 가팔랐다.

열기와 함께 뜨거운 연기를 내뿜는 용암의 연못을 처음에는 쳐다보기도 힘들었다. 그러나 서서히 그 빛과 열기, 분위기에 익숙해졌다.

그리고 중요한 사실 하나를 깨달았다.

'이건 꿈이야. 난 분명히 그 동굴 안에 있었으니까. 모닥불 앞에 앉아서 꾸벅꾸벅 졸다가 꿈을 꾸고 있을 테지.'

벨란데르는 마음이 편안해졌다. 지옥 같은 분화구의 용암 못도 꿈이라면 두려워할 게 못 된다.

또 다른 의문이 벨란데르의 머리 한쪽 구석에서 솟아났다. 페플에서 꿈을 꾸다니. 처음 듣는 이야기였다. 페플 자체가 하나의 정교한 꿈이라 해도 과언이 아니기 때문에, 보통은 페플에서 꿈을 꾸지 않건만.

"어?"

그제야 용암 바로 앞에 앉아 있는 사람을 발견했다.

진홍색 머리카락은 등을 가리고도 남을 만큼 풍성했다. 어깨의 윤곽으로 봐서 여자가 분명했다.

그 여자는 용암을 응시하고 있었다. 오직 거기에만 마음을 쏟는 듯 뒤를 돌아보지도 않았다. 용암이 들끓어 밖으로 튀는데도 개의치 않았다.

그 모습에서 벨란데르는 한 사람을 떠올릴 수 있었다. 바로 노바디였다. 어디가 닮았는지는 꼬집어 말하기 힘들었다. 아마도 목표를 향한 집중력과 끈기 때문일지도 몰랐다.

그때, 그 여자가 고개를 돌렸다.

강렬한 시선이 먼저 눈에 들어왔고, 핏빛의 짙은 눈썹은 그다음이었다. 시원한 콧날과 탐스럽지만 약간은 도발적인 입술을 살핀 순간, 벨란데르는 자신도 모르게 탄성을 터트렸다. 어떤 배우도 저 여자처럼 아름답지는 못할 것 같았다.

꿈에 그리는 이상형이 눈앞에 나타난 느낌이었다.

"이방인이군."

그 목소리를 듣는 순간, 벨란데르는 그 여자가 누구인지 기억해 냈다. 바로 드래곤 헤라였다.

"저는 벨란데르입니다."

"안다. 셀레스카르의 두 번째 제자라는 것도."

"아."

벨란데르는 그리 놀라지는 않았다. 꿈이니까 드래곤 헤라가 그런 사실을 알고 있다고 해도 자연스럽다.

"여기는 왜 왔지?"

"그게, 불의 정령 파르노엘과 계약을 맺고 싶습니다. 어떻게 해야 불의 정령과 계약을 맺을 수 있을까요?"

질문에 간절함이 실리지는 않았다. 벨란데르는 꿈이라는 사실을 알기에 그냥 물어봤을 뿐이다.

"불멸의 존재는 정령과 계약을 맺을 수 없다."

"파르노엘과 계약을 맺은 이방인, 꽤 많습니다. 못해도 수십만 명은 될걸요."

"흥, 한 명도 없다. 거짓 계약에 속지 마라."

헤라의 얼굴에 감정이 떠올랐다. 바로 경멸이었다. 커다란 바퀴벌레라도 본 것 같았다.

벨란데르는 어깨를 으쓱거렸다. 드래곤 헤라가 없다면, 뭐, 없는 것이다. 어차피 꿈이니 아니라고 말할 필요는 없다.

'얼른 이 꿈에서 깨고 싶은데.'

벨란데르는 멀찌감치 거리를 두고 용암 연못을 한 바퀴 돌았다. 저 용암으로 뛰어든다면 꿈에서 깨어날 테지만, 왠지 그런 짓까지 할 만큼 이 꿈에서 벗어나고 싶지는 않았다. 저기 앉아서 용암을 바라보는 아름다운 존재 때문이었다.

몇 번을 봐도 믿기 힘들 만큼 드래곤 헤라는 매혹적이었다. 사실 용암 연못을 돌기 시작한 것도 헤라의 얼굴, 특히 정면을 제대로 보기 위해서였다. 꿈에서 깨는 순간, 다 잊어도 저 얼굴만은 꼭 기억하고 싶었다. 현실이라면 전화번호라도 받아 놓을 텐데.

헤라가 몸을 일으켰다. 그리고 다가왔다.

벨란데르는 묘한 기대감에 가슴이 뛰었다. 꿈이라는 사실을 알기에 가질 수 있는 환상이었다.

헤라는 성적 매력이 뚝뚝 묻어나도록 활짝 웃었다.

벨란데르도 미소 지었다.

"그대에게는 계약의 가능성이 있어 보이는군."

"……그런가요?"

벨란데르는 헤라가 무슨 말을 하든 상관없었다. 약간 허스키하면서도 기이할 만큼 가슴으로 파고드는 목소리를 들려준다면 영원히 만족할 수 있을 테니까.

"셀레스카르의 안목은 인정해야겠어."

그 순간, 헤라가 뻗은 새하얀 손이 벨란데르의 목을 움켜잡았다.

벨란데르는 숨을 쉴 수 없어 헤라의 손목을 잡고 힘을 줬지만, 드래곤의 힘은 어마어마했다.

헤라는 토끼를 잡은 것처럼 쉽게 벨란데르를 끌고 용암 연못으로 들어갔다. 벨란데르는 발버둥을 쳤지만 소용이 없었다.

발이 용암에 닿자 기분 나쁜 소리가 나면서 불이 붙었다. 불은 위로 올라왔지만 거기 신경 쓸 여유는 없었다. 용암에 발이, 다리가, 무릎이 타면서 동시에 녹아내리는 그 고통은 상상을 초월했다.

헤라가 활짝 웃고 있었다.

더 이상 아름답게만 보이진 않았다. 죽음의 여신이 있다면 딱 저런 표정일 것 같았다.

"그대는 행운아야."

헤라는 벨란데르를 용암으로 처넣었다.

악몽에서 깨어날 때처럼 크게 놀라며 몸을 일으킨 벨란데르의 얼굴이 일그러졌다. 분명히 꿈이었다고 생각했던, 그 꿈에서 벗어나리라 확신했던 바로 그 분화구였다.

드래곤 헤라도 저기 있었다.

벨란데르는 살금살금 뒤쪽으로, 절벽의 그늘로 숨었다. 그리고 생각을 정리했다.

'혹시…… 큰형이 디월드 뎁스 파이브를 재개한 걸까? 그게 아니라면 왜 난 여기 있지?'

하늘을 살폈다. 달은 구름에 가려서 보이지 않았다. 저 짙은 구름이 흘러가면 다섯 개의 달이 나타날 것만 같아서 두려웠다. 이곳엔 김현도 없다. 혼자서 그 긴 시간을 버텨 내지는 못할 것이다.

헤라가 몸을 일으켜 다가왔다.

벨란데르는 달아났지만 잡히고 말았다. 드래곤의 속도는 잔상이 남을 만큼 빨랐다.

"불멸의 존재라는 게, 이토록 장점이 될 수도 있군."

헤라는 망설이지 않고 벨란데르를 용암 연못으로 끌고 갔다. 벨란데르가 비명을 지르고 몸부림을 쳐도 헤라를 당해 낼 수가 없었다.

벨란데르는 겁이 났다. 얼마나 아픈지, 고통스러운지 알기에 더 무서웠다.

세상에는 절대 익숙해질 수 없는 경험이라는 게 존재한다. 반복될수록 공포만 더욱 커지는, 그런 경험.

"음, 이건 아니야."

벨란데르를 용암에 밀어 넣기 직전, 헤라가 중얼거렸다.

벨란데르는 그 말에 희망을 가졌지만 곧 절망의 나락으로 떨어졌다. 헤라가 불의 정령 파르노엘을 소환했고, 파르노엘은 헤라의 명령을 빠르고 정확하게 수행했다.

벨란데르는 두 번째로 얼굴이 녹아 없어지는 경험을 했다.

분화구 가장자리에서 되살아났을 때, 벨란데르는 고함을 지르는 등 제정신이 아니었다. 정신을 차렸을 때는 키가 3미터나 되는 거대한 정령 파르노엘에게 붙잡혀 용암으로 끌려가고 있었다. 정신을 완전히 잃기를, 그래서 고통도 느낄 수 없기를 바랐으나, 그 끔찍한 고통은 전혀 줄어들지 않았다.

일곱 번 용암으로 끌려갔다가 되살아난 순간, 벨란데르는 몸이 달라졌다는 느낌을 받았다. 용암 연못이 뿜어내는 열기가 처음보다 훨씬 줄어든 것 같았다.

그 변화를 깊이 생각할 여유 따위는 없었다. 파르노엘이 어느새 다가와 기다리고 있었다.

벨란데르는 끌려가느니 차라리 두 발로 걸어갈 마음을 먹었지만, 몸의 선택은 달랐다. 그 끔찍한 고통은 상상조차 하기 싫었던 것이다. 이번에도 파르노엘에게 한쪽 다리를 붙잡혀 질질 끌려갔다.

노바디는 급류 옆 화강암 바위에 앉아 눈을 감았다.

손도끼에서 뽑아내는 부기로 그릇을 만든다는 발상 자체를 폐기했다. 새로운 방법으로 그릇을 완성시키기 위해서였다.

돌파구는 쉽게 생각나지 않았다.

파괴적인 생각이 노바디를 괴롭혔다. 이미 론투엘은 데스나이트로 변해 버렸을지도 모른다. 벨란데르가 날짜를 착각했거나 세와타트 산맥의 데스나이트는 변종이라서 그 죽음의 의식도 다른 방식으로 해치웠는지 누가 알 수 있을까.

그 뒤는 저절로 사건이 진행되었다.

라마간이 불탄다. 팔건파는 죽거나 왕세자 살해범으로 수배되어 쫓기다가 결국 잡혀서 교수형으로 삶을 마감한다.

'나는…… 두 번 다시 페플에 접속하지 않겠지. 안 돼. 안 돼. 이런 생각은 전혀 도움이 되지 않아!'

노바디는 마음을 다잡는 데 도움이 되는 각종 격언을 떠올렸다.

마르쿠스 아우렐리우스의 명상록 중 한 부분이 생각났다. 자연은, 세상은 당신이 감당할 수 없는 일은 결코 계획하지 않는다는 내용이었다. 또 누구나 지금 이 순간, 즉 현재를 살아간다는 부분도 기억났다. 과거는 지나갔고 미래는 알 수 없으니 현재에 집중해야 한다는 뜻이었다.

조금씩 날뛰던 마음이 가라앉았다.

마음이 편안해지자 소리가 들리기 시작했다.

이리저리 휘감고 내려가는 계곡의 물줄기 소리를 듣고 있으니, 따뜻한 햇살 아래 폭포수가 떨어지고 그 사이로 아름다운 무지개가 뜬 장면이 생각났다.

다음에는 나이아가라폭포의 규모와 비옷을 입은 관광객들이 떠올랐다. 어릴 때 개울가에서 물장구를 치고 놀던 일도 기억났다. 비눗물로 누가 더 커다란 방울을 만드는지 경쟁했던 적도 있었다.

비눗물을 만드는 배합 방법에 따라서 비눗방울의 크기는 달라졌다. 가끔은 1미터가 넘는 비눗방울을 만들 수도 있었는데, 그럴 때면 세상을 다 가진 것처럼 기분이 좋았다.

매끈한 표면에 무지개가 기이한 형태로 새겨진 느낌에 한참 동안 비눗방울을 들여다본 적도 있었다. 비눗방울 너머의 광경을 보기 위해 꽤 오래 비눗방울 하나를 따라다니기도 했다.

생각해 보면, 비눗방울은 누구나 간단히 만들 수 있다. 동그랗고 조그만 플라스틱 구멍에 비눗물을 묻혀서 훅 불면 아름답고 신비한 비눗방울이 탄생한다.

마법처럼.

어린 시절에는 비눗방울 하나만으로도 행복할 수 있었다.

자라면서 행복의 조건은 복잡해졌고, 또 까다롭게 변했다. 그러다가 4년 전 행복은커녕 절망의 구렁텅이로 굴러떨어지고 말았다.

노바디는 밝게 웃었다. 지금 이 순간이 얼마나 행복한지 깊이 깨달았다. 비록 론투엘이 데스나이트에게 잡혀갔고, 노력을 해도 데스나이트를 없애고 론투엘을 구해 낼 방법을 찾기 어렵지만, 지금 여기 있으며 무엇인가를 하고 있다는 사실만으로도 충분히 기뻤다.

빼앗긴 사람만큼 빼앗긴 것의 가치를 잘 아는 사람도 없을 것이다.

갑자기, 모든 것이 느껴졌다.

화강암에서 올라오는 바위의 기운.

계곡을 흐르는 급류의 기운.

계곡을 둘러싼 숲의 기운.

비를 뿌리는 먹구름의 기운.

그리고 노바디 자신의 기운까지.

눈을 감고도 마치 보는 것처럼 주위를 파악할 수 있는 청명과는 또 다른 감각이었다. 아니, 감각이라기보다는…… 연결되어 저절로 느껴지는 단계에 가까웠다.

기를 이토록 생생하게, 확실하게 느껴 본 적은 없었다. 피부를 스치는 실바람보다 더 실제적이었고, 손가락 사이로 빠져나가는 차가운 물보다 더 실감 났다.

기는 흐르고 있었다. 여기로, 저기로, 이쪽으로, 저쪽으로.

또한 기는 춤추고 있었다.

노바디는 그 춤에 깊이 빠져들었다. 춤을 느꼈고, 춤의 일부가 되었다. 몸이 저절로 움직였다.

오른발을 내디딘 순간, 바위틈에서 겨우 싹을 틔운 잡초들이 시간을 빨리 돌린 것처럼 자랐다.

왼발로 무게중심을 옮긴 순간, 그 잡초들이 꽃을 틔웠다.

두 손을 앞으로 내밀자 꽃이 지고 열매가 맺혔다.

눈을 감은 채 노바디는 춤을 추었다. 바로 옆에 급류가 있다는 사실도 잊었다. 위태로울 만큼 급류 쪽으로 가까이 갔다가도 다시 안전한 곳으로 돌아오기를 반복했다. 무수한 기의 흐름이 노바디를 위험에서 구해 낸 것이다.

노바디는 자신을 둘러싼 그 대자연의 기에게 아무것도 요구하지 않았다. 그 거대하면서도 안개처럼 흐릿한 기에 깊이 파묻혀 자신을 잊고 거기에 동화되었을 뿐이다.

노바디의 관심사는 어떻게 하면 더 멋진 춤을 출 수 있을까, 어떻게 해야 더 신비한 경지에 이를 수 있을까였다. 노바디는 더 이상 그릇에 마음을 쓰지 않았다.

바위에서, 급류에서, 숲에서 그리고 빗줄기에서 기운이 조금씩 흘러나와 노바디 앞에서 형체를 이루었다. 기의 방울이었다. 노바디가 상상하며 즐거워했던 그 비눗방울을 닮은 '기령'이었다.

노바디는 눈을 뜨지 않고도 자기 앞에 무엇이 있는지 알았다. 기적이 일어났다.

"고맙다."

그 말에 대한 답이 어렴풋이 저 멀리서 들려오는 것 같았다. 흐르는 물에서, 바위 저 아래 깊은 곳에서, 숲을 이루는 수많은 나무들에게서.

노바디는 눈을 떴다.

타조 알 같은 기령이 공중에 둥실 떠 있었다.

가볍게 손을 대자 기령은 풍선처럼 뒤로 밀려났지만 다시 앞으로 돌아왔다. 노바디가 숲으로 들어서자 기령이 따라왔다. 나뭇가지에 부딪칠 것 같으면 살짝 위로 떠오르거나 아래로 가라앉았다가 다시 원래 높이로 돌아가며 노바디 뒤를 따랐다.

노바디는 동굴로 들어섰다. 꺼져 가는 모닥불 앞에 벨란데르가 앉아서 졸고 있었다.

평소였다면 깨워서 한마디 했을 것이다.

노바디는 벨란데르의 몸에서 열기를 느꼈다. 모닥불보다 더 강한 기운이 벨란데르에게서 흘러나왔다. 주기적으로 그 몸이 타 버릴 것처럼 뜨거운 열기를 뿜어내는 것 같았다.

벨란데르에게도 중요한 변화가 일어나고 있는 모양이었다.

노바디는 인기척을 죽이며 동굴 밖으로 나왔다. 저 꾸준한 빗줄기도 더 이상 지겹거나 싫지 않았다.

노바디는 활짝 웃으며 접속을 끊었다.

반복이 드디어 위력을 발휘했다.

몇 번인지조차 모를 만큼 빈번하게 용암의 열기를 몸으로 경험한 벨란데르는 불의 본질을 느꼈다.

불은 무법자인 동시에 강탈자이며, 가혹한 살인자였다. 불은 대상이 누구든, 무엇이든 그 내부에 깃든 에너지를 모조리 꺼내어 빛과 열로 뿜어낸다.

또한 불은 화가인 동시에 조각가이며, 진정한 작가였다. 아무리 허름한 소재를 던져 줘도 불은 거기서 최고의 아름다움, 최고의 스토리를 뽑아내어 세상을 밝힌다.

무엇보다, 불은 심판자였다.

벨란데르는 그 점이 마음에 들었다.

더 이상 용암 연못에 뛰어드는 일이 두렵지 않았다. 여전히 고통스럽지만 그에 맞먹는 희열을 찾아냈기 때문이다. 벨란데르는 불에 탄다고 생각하지 않았다. 오히려 자신이 그 신비롭고 파괴적이면서도 모든 것을 정화시키는 불이 된다고 확신했다.

"어?"

용암 연못에 서 있는데도, 벨란데르는 멀쩡했다. 아프지도 않았다. 뜨거운 온탕에 들어온 느낌이었다.

드래곤 헤라가 다가왔다.

"가까스로 통과했군. 셀레스카르에게 안부나 전해."

그 순간, 시야가 깜깜해졌다.

벨란데르는 천천히 눈을 떴다.

활활 타오르던 모닥불은 이제 붉은빛이 끝에만 살짝 걸쳐 있는 숯으로 변해 있었다.

정신을 차린 벨란데르는 몸을 떨었다. 그 기이한 꿈에서 벗어나기가 쉽지 않았다. 고통은 아직도 몸 곳곳에 남아 있었고, 드래곤 헤라의 얼굴도 또렷이 기억났다.

그때, 숯불이 너울거리며 커졌다.

조그만 도마뱀처럼 생긴 불꽃이 튀어나왔다.

정령이었다.

잃어버린 사제 되찾기

접속을 끊고 나온 안진후는 옆에 놓인 커넥터를 살폈다.
역시 김현은 거기 없었다.

어찌나 기쁜지 소리라도 버럭 지르고 싶었다. 김현을 보면
아무 말도 하지 않고 와락 안고 싶은 마음뿐이었다. 드디어,
드디어, 드디어 불의 정령을 보았다! 아직 계약을 맺지는 않
았지만, 볼 수 있으니 얼마든지 계약도 가능할 것이다.

'시간문제다. 시간문제야.'

안진후는 거실로 나갔다.

김현은 소파에 책상다리로 앉아 있었고, 명상이라도 하는
것처럼 눈을 감고 있었다.

안진후는 살금살금 김현 뒤로 걸어갔다. 김현이 놀라는

모습, 어쩌면 짜증 낼지도 모르는 그 순간을 기대하느라 가슴이 설레었다. 사소한 장난에 이처럼 기대를 한 게 얼마 만인가.

등을 손바닥으로 확 밀고 고함을 지르려는 순간, 김현이 고개만 살짝 돌려 '왁!' 외쳤다.

안진후는 놀라서 앉아 버렸다.

김현이 씩 웃으며 일어섰다.

"할 말이 있어."

안진후가 말했다.

"그런 얼굴이네. 말해. 내 귀는 활짝 열려 있으니까."

김현의 웃음에는 시원한 바람 같은 느낌이 묻어나고 있었다.

"긴 꿈을 꿨어. 페플에서 말이야. 너, 페플에서도 꿈을 꾼다는 거, 알아?"

"처음 듣는데."

"그렇지? 그렇지?"

안진후는 소파에 앉을 마음은 없었다. 그저 엉덩이를 뒤로 옮겨 벽에 기댄 채 김현을 올려다보았다. 소파에 앉아야 훌륭한 대화를 나눌 수 있다는 생각 따위는 저 멀리 사라진 지 오래였다.

"그게 전부는 아닌 것 같은데."

김현은 소파 등받이에 걸터앉아 다리를 가볍게 흔들었다.

싱크

"나, 불의 정령을 봤어. 모닥불에서 꿈틀꿈틀하더니, 도마 뱀처럼 생긴 게 기어 나왔어. 진짜야."

안진후는 꿈 내용은 일부러 말하지 않았다. 경국지색이라 해도 될 만큼 아름다운 드래곤 헤라에 대한 이야기는 누구에게도, 심지어 김현에게도 지금은 하고 싶지 않았다.

"난 널 믿어."

김현은 담백했다.

"넌 어땠어?"

"아직은 잘 모르겠다."

알아낸 것을 괜히 입에 올렸다가 그 의미를 잃어버릴까 싶어서 김현은 조심했다.

"열심히 하면 될 거다. 배고프지? 우리, 라면 먹자. 내가 끓일게."

"좋아."

김현은 엄마의 신신당부를 잠시 잊기로 했다. 지금은 라면을 먹어야 하는, 즐겨야 하는 순간이니까.

안진후가 주방으로 희희낙락 달려가더니 냄비를 꺼내어 물을 채우고 가스레인지 위에 올렸다. 평소처럼 불을 켰는데, 안진후는 그 푸르스름한 불꽃에서 눈을 뗄 수가 없었다.

그 불꽃이 조금씩 움직였다. 바람이라도 부는 것처럼 불꽃이 춤을 추고 있었다. 그러다가 검붉은 도마뱀이 불꽃에서 기어 나오더니, 안진후를 올려다보았다.

안진후는 눈만 깜박거렸다.

길이가 10센티미터 정도인 불도마뱀은 입을 벌려 빨간 혓바닥을 날름거렸다.

안진후가 떨리는 손가락으로 불도마뱀을 가리켰다. 잠시 후에야 고함이 터져 나왔다.

"기, 김현!"

불도마뱀은 사라졌다.

소리를 듣고 달려온 김현에게 안진후는 버벅거리며 설명했다. 스스로 생각해도 말도 안 되는 이야기를 지껄인다고 확신했지만, 누구에게든 말하지 않고는 못 버틸 것 같았다.

김현은 안진후를 침대로 데려가 눕혔다. 그런 후에 다시 주방으로 돌아와서 불을 끈 가스레인지 위에 손을 얹었다.

김현의 눈이 커졌다.

침대에 누워 이불을 머리끝까지 올린 안진후는 입술을 깨물고 자책하는 중이었다. 아무리 당황해도, 이상한 게 보여도 김현을 불러서는 안 된다. 어떻게 얻은 친구인데 이토록 쉽게 잃을 수는 없다. 진실을 털어놓아서는 안 된다. 그랬다가는 아무리 김현의 마음이 넓다고 해도 여기 1초도 더 머물고 싶지 않을 것이다.

환시는 처음이었다. 환청은 옛날부터 꽤 자주 들렸다. 주로 엄마의 웃음소리였다. 이름을 부르는 목소리도 가끔 있었다. 그래서 은밀히 정신과 치료도 받았다.

'재발했을까? 형들이 좋아하겠어.'

안진후는 우울했다.

김현이 다가와 침대 옆에 앉는 게 느껴졌다.

"너, 미친 거 아니야."

"……정말?"

안진후는 당장 이불을 걷어 젖히고 몸을 일으켰다.

"그건 불의 정령이야."

"넌 정말 좋은 놈이야. 이런 순간에도 내 생각을 해 주니까. 휴우, 약 먹으면 돼. 정신과 의사는 분명히 페플 접속 시간을 줄이라고 할 거야. 지나치게 몰입하면 환시가 보일 수도 있다고 하겠지."

안진후는 김현의 말을 오해했다.

김현은 들고 온 꽃병에서 장미 한 송이를 꺼냈다. 가시를 피해서 줄기를 잡은 김현이 눈을 감자, 갑자기 조용해진 분위기를 느낀 안진후가 김현과 장미꽃을 번갈아 살폈다.

장미꽃에서 변화가 일어났다. 다큐멘터리에서나 본, 오랫동안 촬영해 놓고 시간을 빨리 돌리는 효과가 눈앞에서 실제로 나타났다. 꽃봉오리가 활짝 열렸을 뿐 아니라 꽃잎 색깔이 짙어지고, 무엇보다 그 향기가 수십 배나 진해져 방을 가득 채웠다.

"휴우."

눈을 뜬 김현이 길게 숨을 내쉬었다.

"어, 어떻게 한 거야?"

안진후가 급히, 더듬거리며 물었다.

"디월드 뎁스 파이브에서 내가 알려 준 거 있지? 꽃이나 나무 내부에 깃든 힘을 적절히 건드리면 기적 같은 변화를 일으킬 수 있다고 했잖아."

"난 끝까지 배우지 못한 거니까 절대 잊을 수 없지. 설마, 그게 현실에서도 가능한 거야?"

"봤잖아."

"……말도 안 돼."

"불의 정령도 말이 안 되기는 마찬가지야."

"설마, 그럴 리가 없어."

안진후는 고개를 절레절레 흔들었다.

씩 웃은 김현이 안진후의 손을 잡았다.

김현에게서 청량하면서도 부드러운 기운이 흘러들자, 안진후는 자신도 모르게 깔깔 웃기 시작했다. 엄마를 다시 만나서 함께 살기로 결정 난다고 해도 이처럼 웃지는 못할 것이다.

강제적인 웃음이 아니었다. 진심으로 마음 깊은 곳에서 유쾌한 웃음이 솟아올랐다.

김현이 손을 떼자 안진후는 아쉬웠다. 하지만 곧 그 의미를 깨닫고 심각해졌다.

"……진짜구나."

싱크

"다행이라고 생각해, 나는. 사실, 나만 이상한 줄 알았거든."

김현은 진지했다.

잠시 김현을 바라보던 안진후가 물었다.

"언제부터였어?"

"좀 됐어. 아마도 처음 페플에 접속했을 때부터 이런 변화가 시작된 것 같아. 내가 빨리 달릴 수 있는 것도, 지구력이 좋은 것도 페플에서의 수련 덕분이니까."

"정말이야?"

"응."

김현은 속이 시원했다. 누구에게도 털어놓지 못할 비밀을 안진후에게 말할 수 있게 될 줄은 상상도 못 했다.

혼란스러워하는 안진후를 보면서 김현은 속으로 안도했다.

신경 쓰지 않으려 마음먹었지만 자신에게 문제가 있다는 생각이 불쑥불쑥 솟아올랐다. 아무에게도 말할 수 없었다.

엄마에게 이야기를 했다가는 당장 정신과 의사가 집으로 들이닥치거나 엄마의 성화에 못 이겨 병원으로 가야 했을 것이다. 눈앞에서 화초의 색이 진해지고 잎이 자라는 모습을 본다고 해도, 엄마는 어떻게든 검사를 받게 했을 것이다.

오래전에 본 영화가 기억났다. 제목은 잊어버렸다.

바보 같고 어수룩한 시골 남자는 자기 생일날 밤하늘에서 번쩍이는 섬광을 보고 기절한다. 정신을 차린 후, 그 남자는 완전히 다른 사람이 되었다. 쉬지 않고 책을 읽었다. 똑똑해진 것이다. 순식간에 다른 언어를 마스터하고, 염력으로 볼펜을 움직이며, 심지어 지진파를 몸으로 느껴서 지진을 예측해 버린다.

알고 보니 그 남자의 머릿속에 치명적인, 수술로도 해결할 수 없는 종양이 자리 잡고 있었다. 그 암 덩어리로 인해 기이한 능력이 발휘된 것이다.

김현은 자신에게도 비슷한 일이 벌어지는 게 아닐까 생각했고, 그 때문에 샤워를 하다가 머리를 자주 만졌다. 두개골 안쪽에 있을 종양이 만져질 리 없지만, 왠지 손가락으로 더듬으면 무언가 이상한 부위가 발견되지 않을까 싶어서였다.

그 영화 속 주인공은 죽는다.

김현은 자신도 이 변화로 인해 일찍, 어쩌면 올해 안에 죽을지도 모른다고 몇 번쯤 생각했었다.

안진후에게 벌어진 일은 그 망상을 송두리째 깨뜨렸다. 김현 혼자만의 변화가 아니라는 증거였던 것이다.

김현은 한 가지 사실을 깨닫고 깜짝 놀랐다. 안진후가 현실에서, 가스레인지의 불꽃에서 불의 정령을 보았다면……무려 10억 명에 가까운 페플 게이머들 중에도 그와 유사한 변화를 겪었거나 체험 중인 사람들이 있을 것이다. 다만, 그들이 겉으로 드러나지 않았을지도 모른다.

한 번은 우연일 수 있다.

싱크

그러나 두 번은 필연이다.

어디엔가 이 기이한 능력의 원인이 있을 것이다.

이번에는 제목까지 아는 영화가 떠올랐다. 바로 '엑스맨' 이었다. 뮤턴트라 불리는 인간과 보통 인간 사이의 충돌과 전쟁을 다루는 그 영화가 현실이 되고 있는지도 모른다.

풋, 웃음이 터졌다.

"왜? 고민하는 내가 웃겨?"

안진후는 심각했다.

"전혀."

김현은 왜 웃었는지 말했고, 안진후는 고개를 흔들더니 호탕하게 웃기 시작했다.

그러나 곧 웃음은 잦아들었다. 누군가의 이야기라면 마음 껏 웃고 떠들다가 잊어버리면 그만이지만, 자신에게 벌어진 변화이기에 진지해지지 않을 수 없었다.

안진후는 즉시 컴퓨터 앞으로 향했다. 키보드에 손을 올린 그는 잠시 고민했다. 뭐라고 적어야 제대로 된 내용을 검색 할 수 있을까?

검색창에 적당한 문구를 쳐 넣으려던 순간, 안진후는 벌떡 일어나 뒤로 물러섰다.

"왜 그래?"

김현이 물었다.

"내 말을 들어 봐."

돌아선 안진후가 김현을 똑바로 쳐다봤다. 그리고 말을 이었다.

"두 가지 가능성을 생각할 수 있어. 첫 번째, 너와 나처럼 페플에서의 성장이 현실로 이어지는 사람이 어디엔가 또 있다고 가정할 때, 왜 그 쇼킹한 이야기가 방송은 물론 인터넷 뉴스나 소문으로도 떠돌지 않을까? 내 팔뚝에서 뛰노는 조그만 불덩어리를 실제로 본다면, 아니 유투브 같은 곳에 올라온 영상이라도 본다면, 클릭 수를 늘리기 위해서라면 가족까지도 팔아먹을 기자들이 벌 떼처럼 달려들 텐데 말이야. 김현, 네가 내게 보여 준 그 기적도 마찬가지잖아."

"음, 모르겠는걸."

"아주 힘센 누군가가 진실을 막고 있다는 결론에 이르게 돼."

"설마."

언론과 인터넷을 통제할 수 있으려면 상상을 초월하는 권력이 필요할 것이다.

"그렇다면 두 번째 경우를 고려해야지. 그런 변화를 겪는 게 우리 둘뿐이라는 거지. 그렇다면 인터넷 검색은 아무 도움도 안 돼. 우리 외에는 없으니까."

"오호, 그럴듯하다."

김현은 고개를 끄덕였지만 안진후의 설명이 크게 와 닿지 않았다. 실감 나지 않았던 것이다.

"우리가 처음일까? 아니, 네가 나보다 먼저 능력이 생겼으니까, 네가 처음일까?"

안진후는 더없이 차분했다.

"아니라고 생각해."

김현 역시 침착했다.

"그렇게 생각한 이유는?"

"디월드 뎁스 파이브에 오랫동안 있으면서 본 책에 이런 문구가 있었어. 무엇을 생각하든, 무슨 일이 일어나든 이미 과거에 누군가가 생각했고, 누군가에게 일어난 일이라고."

"260만 년 전, 굴러다니는 돌멩이를 쪼개서 사용하기로 마음먹은 최초의 원시인류의 생각과 그가 한 일은 처음이었어. 그 남쪽 원숭이 덕분에 우리가 페플이라는 가상현실 게임을 즐기는 거고."

"난 그렇게 특별하지 않아."

"그 오스트랄로피테쿠스도 자신을 특별하다고 생각하지 않았을 거야."

"설마, 날 그 구부정한 원숭이 사촌이라고 생각하는 거야?"

김현은 분위기를 바꾸기 위해 일부러 장난스럽게 말했지만, 지금은 그 시도가 통하지 않았다.

"중요한 일이니까. 내가 호들갑을 떠는 것일 수도 있지만, 너로 인해 내가 변했다면…… 그리고 나로 인해 누군가가 변할 수 있다면…… 그렇게 된다면…… 인류는 새로운 진화의 단계로 접어들게 돼. 완전히 새로운 단계로 말이야. 인류가 지구에 나타난 이후 꾸준히 쌓아 온 진화의 흐름이 너로 인해, 우리로 인해 한 단계 도약하는 것인지도 몰라."

"야."

김현은 한 걸음 뒤로 물러섰다.

안진후가 들려주는 말은 감당하기 힘들 만큼 무거웠다. 귀를 씻어 아예 못 들은 걸로 만들 수 있다면, 당장 욕실로 달려갔을지도 몰랐다.

"헤헤, 그럴듯했지?"

씩 웃는 안진후.

"난 네가 미친 줄 알았다."

"그런 생각을 가지고 있긴 해. 희미한 가능성이지만. 아직은 배제할 수 없으니까."

"비약이 심하다, 너."

"그럴지도 모르지. 하지만 조금 진지하게 생각하면 그 부분을 다룰 수밖에 없어."

안진후의 의견은 김현에게 적지 않은 영향을 주었다.

애써 그런 생각 자체를 하지 않았을 뿐이지, 김현 역시 자신에게 찾아온 능력, 그 기이한 변화가 심상치 않다고 생각하고 있었다. 특별해지기를, 탁월해지기를, 스스로 자랑스러워할 정도로 강해지기를 바라지만, 안진후가 말한 것처럼 새로운 진화의 시발점이 되고 싶지는 않았다.

"확인해 봐야겠어."

안진후가 몸을 일으켜 거실로 나갔다.

김현이 뒤따랐다.

안진후는 조심스럽게, 천천히, 한 걸음씩 힘겹게 주방에 이르렀다. 김현의 부축을 받아 가스레인지 앞에 선 안진후는 심호흡으로 마음을 가라앉혔다.

"내가 켜?"

"아니."

안진후는 덜덜 떨리는 손으로 가스레인지 손잡이를 잡고 꾹 누르면서 돌렸다. 가스가 나옴과 동시에 딸깍거리는 소리가 들렸다. 곧 새파란 불이 붙었다.

뒤로 물러서려다 다리에 힘이 빠져 주저앉을 뻔한 안진후를 김현이 잡아 주었다. 안진후는 고맙다고 말하며 주먹을 꽉 쥐었다. 그리고 몸을 일으켜 똑바로 섰다.

안진후는 그 불꽃을 바라보았다.

오래 지나지 않아 변화가 시작되었다.

김현은 직접 보지는 못했었기에, 파란 불꽃이 춤을 추다가 그 일부가 밖으로 나오는 장면을 반쯤 정신을 잃고 지켜보았다. 엄지 크기의 불꽃은 조금씩 길어지더니 도마뱀의 형체로 바뀌었다. 그 불도마뱀은 고개를 들어 안진후를 바라보고 있었다.

안진후가 김현을 쳐다봤다.

"……어떻게 하지?"

자신감은 불도마뱀의 등장에 사라진 것이다.

"계약을 맺어. 페플에서처럼."

"페플에서? 아, 그래."

안진후는 불의 정령 파르노엘과 계약을 맺는 과정을 떠올렸다. 수십 개의 동영상을 본 터라, 어떤 절차를 따라야 하는지 잘 알았다.

손에 불이 붙지는 않을까 두려워하며 안진후가 김현에게로 고개를 돌렸다. 김현은 이미 냉장고에서 꺼낸 물병을 들고 있었다. 행여 불이 옮겨붙으면 그 물을 끼얹을 태세였다.

안진후는 친구를 믿고 한 걸음 앞으로 걸어갔다. 이제 손을 뻗으면 손가락 끝이 불도마뱀과 닿을 만큼 가까워졌다.

"휴우, 행운을 빌어 줘."

"올해 내 행운을 다 빌려줄게."

김현의 말에 안진후는 씩 웃을 수 있었다.

그래도 겁이 났다. 고통 중 화상으로 인한 통증이 가장 괴롭다는 이야기기 생각났다. 피부가 벗겨지고 거기서 고름이 흘러나올지도 모른다.

'할 수 있어. 난, 할 수 있어.'

그러나 뻗은 손은 더 이상 앞으로 나가지 않았다. 몸이 거부하고 있었다. 의지로는 불가능한 간격이었다.

그때, 김현이 안진후를 앞으로 밀었다.

눈이 당구공처럼 커진 안진후가 앞으로 쏠리자, 손가락 끝이 그 불도마뱀에게 닿았다.

머릿속으로 작고 앙증맞은 목소리가 들렸다. 이제 유치원에 들어간 여자아이의 음성 같았다.

ㅡ저랑 계약하실래요?

"……응."

ㅡ고마워요. 너무 오랫동안 혼자라서 외로웠거든요.

불도마뱀은 훌쩍 뛰어 안진후의 손등 위에 착지했다. 놀란 안진후가 마치 벌레를 쫓듯 손을 흔들었지만 불도마뱀은 본드로 붙여 놓은 것처럼 착 달라붙어 있었다. 열기가 느껴지지 않는다는 사실을 깨달은 후에야 안진후는 진정했다.

"괜찮아?"

물병을 들고 있는 김현이 물었다.

"응. 그런 것 같아."

안진후는 진이 빠져 쓰러질 지경이었다. 꿈이라고, 현실이 아니라고 믿고 싶지만 신기한 눈으로 불도마뱀을 바라보는 김현의 존재, 화려한 호텔 스위트룸의 공간감이 망상을 끊임없이 깨뜨리고 있었다. 어릴 때는 이런 식의 능력을, 남과 다른 특별함을 원했지만, 현실로 실현된 꿈은…… 더 이상 설레지 않았다.

안진후는 불도마뱀을 살피며 조심조심 소파로 가서 앉았다.

김현은 여전히 물병을 든 채 따라와서 맞은편에 앉았다.

"뜨겁진 않지?"

"전혀."

"말 잘 듣는 애완동물 같다."

"……그래?"

안진후는 그렇게 좋아 보이면 네가 데려가라고 말하고 싶었다. 실제로 김현의 능력이라면 가능하지 않을까 생각한 순간, 불도마뱀이 입을 벌렸다.

─싫어요!

그 입에서 조그만 불꽃이 튀어나왔다. 콩알 같은 불은 소파 옆에 있던 쿠션에 닿았다. 믿기 힘들 만큼 빠르게 쿠션이 타올랐다. 김현이 기다렸다는 듯 뚜껑을 열고 유리병 안에 있던 물을 쏟지 않았다면 큰일이 날 뻔했다.

"그렇게 안 할게. 그렇게 안 한다니까. 그러니 진정해."

안진후는 불도마뱀을 보며 말했다.

김현이 쳐다보자 안진후는 자초지종을 설명했다.

"성깔 있는 녀석이네."

"자극하지 마. 또 불을 뿜을지도 몰라."

"알았어."

김현은 조그만 불도마뱀을 바라보며 활짝 웃었다. 안진후보다는 그 불의 정령을 쉽게 받아들인 것이다. 오늘 처음 기괴한 세계로 발을 내디딘 안진후와 달리, 김현은 상식을 깨

싱크

는 일에 익숙해져 있었다.

안진후는 믿기 힘든 현실을 받아들일 수밖에 없었다. 손바닥과 손등을 오가는 이 조그만 녀석은 진짜 불의 정령이었다. 그가 아는 모든 물리학 지식, 화학 상식, 생물학 체계를 송두리째 깨뜨리는, 소위 과학자라고 불리는 사람들의 뒤통수를 박살 나도록 때리는 쇠몽둥이 같은 존재가 바로 눈앞에 있었다.

안진후는 일단 애완동물이라고 생각했다. 정령이 어디에서 왔는지, 정체가 무엇인지 도저히 알 방법이 없어서였다. 혹시나 해서 불도마뱀에게 물어보았다.

"너, 어디서 왔어?"

─어둠에서 나왔어요. 주인님이 불러 주셔서 얼마나 기쁜지 몰라요.

불도마뱀은 혀를 날름거렸다.

"어둠은 어디에 있지?"

─어둠은 어둠에 있지요. 이상한 질문이에요.

"……내가 널 돌려보내면 넌 어둠으로 돌아가야 하는 건가?"

안진후는 긴장했다. 맞은편에 앉아서 급히 물을 채운 유리병을 든 김현도 마찬가지였다.

─계약을 무로 돌리지 않으면 전 항상 주인님 곁에 있어요. 비록 보이진 않아도요.

"음, 그러면 지금은 잠깐 들어가 있을래? 배도 고프고, 생각할 게 있어서 말이야. 절대 널 버리거나 어둠으로 보낼 생각은 아니야!"

안진후는 불도마뱀이 또 불덩이를 토해 내지 않을까 겁이 나서 뒷말을 덧붙였다.

–알았어요.

의외로 불도마뱀은 지시를 순순히 따랐다.

불도마뱀이 사라지자, 안진후는 뻗었다. 소파에 앉아 축 늘어져, 누가 건드리면 아래로 흘러내릴 것 같았다.

김현은 탁자에 물병을 내려놓았다.

"이거, 꿈은 아니겠지?"

안진후가 물었다.

"꿈이야."

김현이 답했다.

"……꿈이 아니구나."

"배고프다. 라면 끓일게."

김현이 일어섰다.

"너 때문이야."

안진후가 충동적으로 말했다.

"그래그래, 다 나 때문이야. 세상 모든 일이 다 내 탓이야. 그러니까 푹 쉬고 있다가 부르면 와."

미소를 머금은 김현이 주방으로 갔다.

안진후는 웃음을 터트렸다.

비 오는 침엽수림을 통과하자 햇살이 내리쬐는 황갈색의 바위 지대가 나타났다.

노바디는 경계에 서서 하늘을 올려다보았다. 절반은 먹구름으로 덮여 있고, 나머지 절반은 파란 하늘이 드러나 있었다. 경계 이쪽에서는 폭우가 쏟아졌고, 경계 저쪽에서는 여름 땡볕이 땅을 달구고 있었다.

보이지 않는 실에 묶인 풍선처럼 노바디를 따라다니는 기령의 표면으로 빗방울이 뚝뚝 떨어지고 있지만, 노바디가 앞으로 내민 손바닥에는 따가운 햇살이 쏟아지고 있었다.

절대 자연적인 현상이 아니었다.

"죽음의 기사 때문이겠지?"

노바디가 물었다.

"아마도."

벨란데르는 신선이 바로 너를 지목하여 비를 내리라고 명령했다는 이야기를 굳이 지금 꺼낼 필요는 없다고 생각했다. 괜한 일에 마음을 쓰면 눈앞의 일에 집중하기 어려워진다.

질척질척하고 밟기만 해도 푹푹 빠지는 땅에서 벗어나 보드랍고 따스한 모래를 밟으니 노바디도, 벨란데르도 기분이 좋았다. 둘은 서로를 보며 씩 웃었다.

선인장이 모인 곳 너머로 높이 300미터가 넘는 바위 절벽
이 보였다. 절벽 사이로 좁고 긴 통로가 나 있었다. 마치 거
대한 바위가 둘로 쪼개지고 그 틈이 길이 된 것 같았다.

노바디는 가까이 다가갈수록 그 규모에 압도되었다. 바위
는 전체적으로 황갈색이지만 지층의 결에 따라서 담황색, 적
갈색, 암적색 등 다양한 색깔을 품고 있었다. 대리석 특유의
부드럽고 화려한 곡선 문양이 드러난 곳도 있었다.

두 사람은 절벽 사이의 길로 들어섰다. 폭은 5미터 남짓이
지만 좁은 곳은 1미터 정도여서 같이 걷기는 어려웠다. 사라
겐의 수부를 손에 든 노바디가 앞에 서고, 언제든지 불의 정
령을 소환할 준비를 마친 벨란데르가 뒤를 따르며 후방을 살
폈다.

가슴이 뛰었다. 노바디는 이 옥죄는 느낌이 좋았다. 전투
직전의 이 순간, 몸은 언제든 싸울 수 있도록 있는 힘을 끌어
내고 있었다. 시위를 힘껏 당겨 화살을 쏘기 직전의 긴장감
비슷한 것이 몸에서 흘러나와 주위 공기로 퍼져 나가는 게
느껴졌다.

모랫바닥을 뚫고 몬스터가 올라왔다.

스켈레톤이었다.

노바디는 눈살을 찌푸렸다. 스켈레톤 역시 불사의 몬스터
였다. 된통 당한 경험도 있었다.

핑핑핑.

검은 화살이 날아왔다. 사라겐의 수부를 휘둘러 튕겨 내지 않았다면 위험했을 것이다.

뒤에 있던 벨란데르가 파르노엘을 소환했다. 송아지만 한 불도마뱀이 공기를 뚫고 나오자 안 그래도 뜨뜻한 공기가 달구어져, 참을 수 없을 만큼 뜨거워졌다.

"태워 버려."

벨란데르의 말에 파르노엘이 불을 뿜었다. 뜨거운 불줄기가 화염방사기에서 뿜어져 나온 것처럼 일직선으로 나아가다가 크게 퍼지며 스켈레톤 무리를 덮쳤다.

남은 게 뼈밖에 없는 스켈레톤도 불의 정령이 뿜어낸 화염에 고통을 느끼는지 몸부림을 쳤다. 불타는 뼈가 조각조각 흩어졌고 일부는 열기를 이기지 못하고 부서졌다.

언데드 계열이지만 스켈레톤은 상대적으로 불에 약했다. 뜨거운 화염으로도 없앨 수 있는, 언데드 몬스터 중에서는 비교적 약한 축에 속했다.

대략 열 마리 남짓한 스켈레톤을 태워 버린 파르노엘은 서서히 흐려지더니 사라졌다.

"어때?"

뿌듯한 얼굴로 노바디에게 묻는 벨란데르.

"재소환하는 데 얼마나 걸린다고 했지?"

노바디의 관심사는 달랐다.

"음, 대략 5분."

그때, 땅바닥은 물론 절벽 표면에서도 허연 뼈가 퍽 소리를 내며 튀어나왔다. 뼈만 남은 손가락이 먼저 보였다. 그리고 팔이 밖으로 나왔으며, 곧 눈구멍이 어두컴컴한 두개골이 흙에서, 절벽에서 빠져나왔다.

무려 백 마리가 넘는 스켈레톤 병사들이 노바디, 벨란데르를 에워쌌고, 절벽 중간의 튀어나온 바위에서는 스켈레톤 궁수들이 자리를 잡고 화살을 쏠 준비를 마쳤다.

"이건 예상왼데."

벨란데르가 중얼거렸다.

수십 대의 검은 화살이 두 사람을 덮치기 직전, 노바디가 사라겐의 수부를 휘둘러 부막을 만들었다. 도끼에서 나온 강렬한 기는 털 뭉치처럼 막을 형성했고, 검은 화살은 그 막에 부딪쳐 튕겨 나갔다. 화살 하나가 틈을 뚫고 들어왔지만 다행히 벨란데르의 가랑이를 통과하여 바닥에 박혔다.

벨란데르의 눈이 커졌다.

"몸 하나쯤은 지킬 수 있지?"

노바디가 물었다.

"당연하지."

"내가 시간을 벌 테니까, 파르노엘을 불러."

"알았어."

벨란데르가 대답한 순간, 노바디는 흙바닥을 박차고 절벽으로 뛰어올랐다. 먼저 궁수를 제거하기 위해서였다.

통로의 왼쪽 절벽을 발로 걷어차면서 얻은 도약력으로 3미터 남짓 높은 오른쪽 절벽에 이르고, 그곳을 발로 디디면서 더 높이, 거의 10미터 높이로 올라간 노바디는 화살을 시위에 메긴 궁수들이 서 있는 바위 아래쪽을 손도끼로 때렸다.

텅, 충격이 바위를 흔들었지만 한 번의 타격으로 무너질 바위가 아니었다.

위로 솟구친 노바디는 날아오는 화살을 부러뜨리며 그 바위에 내려섰고, 곧 발을 굴렀다. 어마어마한 힘이 발에서 흘러나가 바위 곳곳으로 파고들자 곧 사방으로 금이 갔다.

노바디가 뒤로 점프하여 움푹 파인 절벽 부분으로 내려서자 그 바위는 스켈레톤 궁수들과 함께 아래로 추락했다.

"벨란데르! 조심해!"

위를 쳐다본 벨란데르의 눈이 커졌다.

노바디가 빌려준 요곤의 단검을 휘두르다 급히 옆으로 몸을 날린 벨란데르 옆으로 깔렸다가는 뼈도 못 추릴 바위들이 쏟아졌다.

바위들은 판단이 느린 스켈레톤들을 깔아뭉갰다. 제아무리 불사의 몬스터라고 해도 그 무거운 바위를 뚫고 나올 수는 없는 모양이지만, 아직 절반 이상의 스켈레톤이 남아 있었다.

노바디는 고함을 지르며 바닥에 내려섰다. 스켈레톤들이

일제히 노바디를 향해 몰려들었다.

비어초목이 펼쳐졌다. 맹렬하게 회전하는 사라겐의 수부가 스켈레톤의 발목과 정강이를 자르고 부수었다. 와르르 무너진 뼈들은 기가 집중된 노바디의 발에 밟혀 박살이 났다. 여전히 모여들어 부활하고 있지만 그 속도가 현저히 느려졌다.

맹부단월, 박비위중, 동령고송, 작이변풍, 불리위구 그리고 반도이폐 등 수라부월공의 초식들이 연이어 언데드 몬스터들을 강타했다. 초식이 매끄럽게 이어질수록 수라부월공의 또 다른 장점이 빛을 발했다.

노바디는 전혀 몰랐지만, 이미 그 연속 공격은 정교하면서도 파괴적인 콤비네이션이었다. 콤비네이션 공격이 길어질수록 타격에 실린 힘이 커졌고, 그로 인해 스켈레톤은 도끼에 스치기만 해도 산산조각이 났다.

옆에서 지켜보던 벨란데르의 입이 벌어졌다.

"……콤보 공격이잖아."

비록 흩어진 뼛조각들이 서로를 끌어당겨 부활하고 있지만, 그 속도가 파괴력을 이기지 못할 만큼 노바디의 콤보 공격의 위력은 어마어마했다.

벨란데르는 일부 콤비네이션은 콤보로 인해 추가적인 대미지가 가능하다는 사실을 알고 있었다. 특히 고급 무공이나 마법일수록 연속적인 사용은 시너지 효과를 발휘한다.

적에게 반격할 틈도 주지 않고 일정한 순서대로 스킬을 펼친다면, 그 연속 횟수가 늘어날수록 적에게 가하는 충격은 기하급수적으로 증가한다.

노바디가 공격을 멈추자, 주위에는 뼛조각들만 하얗게 흩어져 있었다. 햇살을 받아 빛을 반짝이는 그 뼛조각들이 움직이자 마치 보석을 뿌려 놓은 것처럼 바닥이 영롱하게 빛났다.

"네 차례야."

노바디는 숨을 고르면서 말했다.

"좋아."

벨란데르가 소환한 파르노엘은 내버려 두면 부활할 그 뼛조각을 깔끔하게 태웠다.

바닥과 절벽에서 튀어나온 스켈레톤을 모조리 해치우자 노바디와 벨란데르 앞에 메시지 창이 동시에 나타났다. 스켈레톤들은 구혼의 팔찌, 스켈레톤의 심장, 낡은 골검 등 짭짤한 아이템과 무려 200골드라는 돈을 남겼다. 아이템과 돈은 전투 공헌도에 따라 자동적으로 두 사람의 인벤토리로 나뉘었다.

"나 레벨 50을 돌파했다."

벨란데르였다.

"난 레벨 32야."

노바디는 이전과 달리 레벨이 올라서 기분이 좋았다. 일

정한 레벨에 올라야 직업 선택이 가능하기 때문이다. 죽음
의 기사처럼 속성을 지닌 몬스터는 물리적 공격으로는 답이
나오지 않기에, 노바디는 레벨을 올려 빨리 직업을 갖고 싶
었다.

"가자."

노바디가 앞장섰다.

좁은 통로가 끝나자 꽤 광활한 터가 나타났지만, 노바디와
벨란데르는 바위산을 통째로 깎아서 만든 신전 입구에 잠시
넋이 나갔다. 연갈색의 바위 절벽은 높이가 대략 500미터였
는데, 신전 입구의 문은 무려 100미터에 달할 만큼 그 규모
가 거대했다.

기둥, 돌출된 지붕에 새겨진 조각을 본 노바디는 누가 이
어마어마한 기적을 이뤄 냈는지 알 수 있었다. 바로 드워프
였다.

투구를 쓰고 해머를 손에 든 드워프들이 양각으로 곳곳에
조각되어 있었다. 표정도 다르고, 저마다 동작도 다른 드워
프들의 수는 셀 수도 없을 만큼 많았다. 신전 입구만 봐도 단
단한 바위 절벽 내부로 파고 들어가서 문을 만들고, 통로를
뚫고, 홀과 방 그리고 계단까지 완성시켰을 드워프의 끈기와

추진력을 고스란히 느낄 수 있었다.

노바디는 결과물보다 이 예술품을 만들어 낸 존재에 대해 깊은 관심이 생겼다.

이곳에 드워프는 없을 것이다. 드워프 일족이 버린 곳이거나, 데스나이트에게 빼앗긴 장소일 테니까.

"여기지?"

노바디와 달리, 벨란데르에게 이 거대한 건축물은 버려진 폐허에 지나지 않았다.

"이곳이 중심이니까."

노바디는 주위를 살폈다. 지켜보는 시선도, 수상한 움직임도 없었다.

그때, 뜨거운 바람이 뒤에서 불어와 노바디와 벨란데르를 스치며 신전 안으로 들어갔다. 그 바람에는 참기 힘든 악취가 담겨 있었다.

노바디, 벨란데르가 동시에 몸을 돌렸다.

한 사람이 비틀거리며 좁은 통로로 걸어오고 있었다. 걸음걸이가 이상했다. 팔다리에 문제라도 있는지 경직되고 뻣뻣한 자세였다.

"……좀비야."

벨란데르가 속삭였다.

"어떻게 죽여야 해?"

"대가리를 뽀개면 돼. 보통은."

대화를 나누는 동안 통로는 좀비로 가득 들어찼다. 시야가 닿는 곳까지 온통 좀비의 물결이었다.

처음 나타난 녀석이 입을 벌렸다. 날카로운 이빨 사이에는 붉은 살점이 끼여 있었다. 뒤쪽의 좀비들도 다 같이 기괴한 소리를 냈다.

바람에 실린 냄새는 더 악화되었다. 노바디와 벨란데르는 이제 머리가 지끈거릴 정도였다.

노바디가 사라겐의 수부를 뽑았다.

벨란데르는 요곤의 단검을 꽉 쥐었다. 정말 필요한 순간까지는 파르노엘을 소환할 생각이 없었다.

선두에 선 좀비가 뛰기 시작했다.

다른 놈들도 달리고 있었다.

노바디는 앞으로 나아가며 자세를 낮추어 좀비들의 발목을 노렸다. 수라부월공의 비어초목이었다.

발목이 잘린 놈들은 침을 질질 흘리며 기어서 다가왔다. 동령고송으로 머리를 박살 내자, 그 맹렬한 움직임이 멈췄다.

'좀비는 그나마 나아. 죽일 수 있으니까.'

그 생각은 곧 사라졌다.

아무리 죽여도 좀비의 수는 오히려 늘어나기만 했다. 줄잡아 삼백 마리의 좀비들이 노바디, 벨란데르를 에워싸고 있는데도, 절벽 사이의 통로는 여전히 좀비들로 가득 차 있었다. 피 냄새에 흥분한 놈들은 광기를 참지 못하고 앞에 있는 동족을 공격하기도 했다.

죽은 좀비들이 쌓이기 시작했다.

노바디는 물컹물컹한 놈들의 몸 위에서 싸웠다. 시체의 언덕으로 기어올라 오는 놈들의 대가리를 손도끼로 정확히 노리는 일은 쉽지 않았다. 팔 하나를 잃어도 맹렬히 달려드는 놈을 죽여 봐야 다른 놈이 그 자리를 차지했다. 끝도 없는 전투였다.

맹부단월로 좀비 하나를 둘로 쪼갠 노바디는 숨을 헐떡이며 벨란데르를 쳐다봤다.

벨란데르의 사정은 그나마 나았다. 요곤의 단검에 깃든 성스러운 힘 덕분에 꼭 머리를 베거나 터트리지 않아도 좀비를 죽일 수 있었던 것이다.

벨란데르는 노바디가 딛고 선 시체의 산이 자신이 쌓은 것보다 훨씬 높다는 사실에 기분이 약간 상했다. 노바디와 경쟁해 봐야 아무런 의미가 없다고 생각하면서도, 이왕이면 이기고 싶은 기분을 억누르기 어려웠다.

"휴우, 안으로 가자. 이놈들은 끝도 없이 몰려올 것 같다."

노바디였다.

"……그래."

"내가 길을 열 테니까, 따라와. 뒤처지면 두고 간다."

"아니, 내가 길을 열 거야."

벨란데르는 파르노엘을 소환하며 시체의 언덕에서 뛰어

내렸다. 아직 살아 있는 좀비가 손을 뻗어 발목을 잡는 바람에 한 바퀴 뒹굴었지만 운이 좋았다. 자연스럽게 낙법을 한 셈이 되어, 흙바닥에 내려올 즈음에는 저절로 일어설 수 있었다.

"불로 날려 버려."

-알았어요.

파르노엘의 두 볼이 부풀어 올랐다.

벨란데르와 노바디가 깜깜한 신전 안으로 들어선 순간, 파르노엘은 강력한 화염의 폭풍을 쫓아오는 좀비들에게 퍼부었다. 백 마리의 좀비가 단숨에 불이 붙어 뒹굴었지만, 그 뒤쪽의 좀비들은 불타는 동족을 짓밟고 괴성을 지르며 신전으로 몰려들었다.

군데군데 설치된 야명석 덕분에 내부가 완전히 어둡지는 않았지만, 벨란데르는 어디로 가야 할지 몰랐다. 길은 미로처럼 갈림길로 나뉘었다. 벨란데르는 발길 닿는 대로 달렸다. 어차피 그도 노바디도, 신전 내부의 구조에 대해서는 아는 바가 없었다.

"철문이야!"

노바디가 뒤에서 소리쳤다.

벨란데르는 활짝 열린 철문의 왼쪽을 잡고 당겼다. 노바디는 오른쪽을 맡았다. 노바디가 힘을 주자 오래되어 굳어 버린 철문의 한 짝이 끼이익 소리를 내며 움직였다. 벨란데르가 있는 힘껏 미는 철문은 요지부동이었다.

노바디가 다가왔지만, 아무 말도 하지 않았다. 벨란데르의 자존심을 잘 알아서였다.

"……뭐 해? 도와줘야지."

벨란데르는 잠시 자부심을 접기로 했다. 여기까지 와서 죽는다면 스켈레톤부터 다시 상대해야 할 것이다.

씩 웃은 노바디가 벨란데르 옆에 서서 두 손으로 밀기 시작하자 철문이 움직였다. 벨란데르는 노바디가 온몸으로 뿜어내는 힘에 깜짝 놀랐다. 물리적인 힘에서 노바디를 당해낼 수 없다는 점은 명백했다.

'역시 내 적성은 마법사야.'

철문이 완전히 닫히기 직전, 좀비들이 몰려들었다.

쾅!

철문이 틈도 없이 서로 맞물리며 닫히자, 그 요란한 발소리도 참기 힘든 악취도 사라졌다. 대신 철문을 두드리는 주먹 소리만 희미하게 공기를 울리고 있었다.

"아슬아슬했어."

벨란데르는 철문에 기대고 앉았다.

"그래."

노바디는 녹색 물약을 꺼내어 옆에 있는 벨란데르에게 건넸다. 그리고 자신도 한 병 꺼내어 마셨다. 몸이 시원해지는 느낌을 받았다.

"이제 놈들이겠지?"

스켈레톤에 좀비까지 상대했으니 다음은 데스나이트이기를…… 그래서 이 피곤한 구출 작전이 성공적으로 끝나기를 벨란데르는 간절히 원했다.

"그랬으면 좋겠다."

노바디도 마찬가지였다.

잠시 쉰 두 사람은 야명석의 빛을 의지하여 좁아진 길을 걷기 시작했다. 주위는 기이할 만큼 조용했다.

직각에 가까운 모퉁이를 도는 순간, 두 사람은 약속이라도 한 것처럼 그 자리에 멈췄다.

"설마, 아니겠지?"

"아니어야 해."

해골 벽이 양쪽으로 펼쳐져 있었다. 두개골이 마치 벽돌처럼 차곡차곡 쌓여 있고, 그 옆에는 뼈로 벽화라도 그린 것처럼 대퇴골, 견갑골 등으로 문양이 만들어져 있었다. 해골 벽은 저 멀리까지 이어져 있어, 만약 저 해골들이 모조리 스켈레톤으로 되살아난다면…… 줄잡아 수천 마리의 언데드 몬스터와 이 좁은 통로에서 싸워야 할 것이다.

노바디도, 벨란데르도 입을 다물고 가만히 있었다. 한 놈이라도 스스로 움직여 벽을 뚫고 나온다면 먼저 공격하기 위해서였다. 다행히 무시무시한 분위기를 풍기는 해골 벽에는 아무런 변화도 생기지 않았다.

싱크

"휴우."

둘은 동시에 숨을 내쉬고, 서로를 보며 웃었다.

그 순간, 어두운 그림자가 벨란데르를 덮었다. 마치 검은 융단이 저절로 움직여 벨란데르를 감싼 것 같았다.

또 다른 그림자가 노바디도 노렸으나, 노바디는 예리한 감각 청명 덕분에 뒤로 몸을 날려 그 위기에서 벗어났다.

"아아악! 아무것도 안 보여!"

벨란데르였다.

검은색 타이즈를 머리부터 발끝까지 입은 것 같은 벨란데르는 얼굴도, 손도 까만색으로 덮여 있었다. 버둥거리며 움직이다가 해골 벽에 부딪치는 바람에 두개골 하나가 부서졌다.

"……이 녀석은 어둠의 시종, 티파 칼리고야! 잡히면 시력을 잃고 다른 감각까지 흐려져. 물리적인 공격으로는 이길 수 없어. 아무래도 다시 도전해야 할 것 같아. 난…… 앞이 안 보여. 아무것도 안 보여!"

벨란데르가 외쳤다.

노바디는 자신을 노리고 달려드는 그림자를 손도끼로 찍고 베었지만 벨란데르의 말처럼 소용이 없었다. 데스나이트를 상대할 때와 비슷한 느낌이었다.

다시 도전하는 게 현명한 판단일지도 모른다.

그러나 노바디는 페플이 평범한 게임이 아님을 잘 알았다. 누군가 론투엘을 구하러 왔다가 실패했다는 사실을 데스나이트 놈들이 알게 된다면, 의식을 서두를지 모른다. 그러면……
구해도 구한 게 아닐 것이다.

'최선을 다하는 거다.'

노바디는 뒤로 물러나며 단청단을 다섯 알 입에 털어 넣었
다. 그리고 눈을 감았다. 티파 칼리고, 어둠의 시종이라 불리
는 녀석의 실체를 알아내기 위해서였다.

몸 전체의 감각이 곤두서는 느낌이었다.

벨란데르의 기가 느껴졌다. 밖은 차갑지만 내부는 따뜻하
고, 소용돌이 같으면서도 뜨거운 불꽃을 지닌 기운이었다.

티파 칼리고도 기를 품고 있었다. 그 힘은 마치 의도치 않
게 손을 뻗었다가 뱀을 만졌을 때처럼 섬뜩한 면을 가지고
있었다. 노바디는 티파 칼리고, 저 검은 그림자 내부에 뱀 한
마리가 똬리를 틀고 있다고 확신했다. 그 뱀을 없애야 벨란
데르는 물론 론투엘까지 구해 낼 수 있을 것이다.

물리적인 공격, 즉 수라부월공으로는 불가능했다.

노바디는 공중에 뜬 기령을 바라보았다. 데스나이트를 없
애기 위해 만들었지만, 지금 참는다고 해도…… 다시 도전
한다고 해도…… 저 티파 칼리고를 없앨 수 있을지 의문이
었다.

'해보자.'

노바디가 손을 뻗자 기령이 날아왔다.

노바디는 기령을 쥐고서 티파 칼리고를 향해 돌진했다.

기령이 품은 숲의 기운을 느낀 티파 칼리고가 달아났으나 노바디가 한발 빨랐다. 기령은 티파 칼리고의 중심으로 파고들었다.

기령이 티파 칼리고의 기운을 빨아들이기 시작했다. 기령을 쥐고 있던 노바디는 티파 칼리고의 사악한 기운을 느낄 수 있었다. 이유도 없이 공격하는, 그 무조건적인 폭력성이 무엇인지 잠시나마 경험했다.

새하얗던 기령은 서서히 검게 변했다. 기령이 기를 흡수할수록 티파 칼리고는 줄어들었다.

기령의 표면이 까만색으로 번들거릴 무렵, 벨란데르가 티파 칼리고로부터 풀려났다. 벨란데르를 뒤덮은 그림자마저 기령으로 빨려든 것이다.

티파 칼리고를 이루는 기는 노바디의 예상보다 강대했다. 그릇을 채우고 남은 기는 노바디에게로 흘러들었다. 기령을 놓으면 티파 칼리고가 그릇을 깨뜨리고 되살아날 게 뻔한 상황이었다.

기령을 쥔 손이 물리적 실체를 잃고 그림자가 되었다. 손목과 팔꿈치까지 티파 칼리고처럼 변한 것이다.

노바디는 깜짝 놀랐다.

"손을 놔! 파르노엘을 소환할 테니까."

벨란데르였다.

노바디는 손을 놓고 싶었다. 아니, 손을 놓았다고 생각했다. 그러나 이미 손은 노바디의 일부가 아니었다. 기령을 통해 흘러든 티파 칼리고가 오른팔을 잠식한 것이다.

넌 내 것이다.

음산한 목소리가 머릿속에서 울렸다. 티파 칼리고였다.

노바디가 벨란데르에게로 고개를 돌리는 순간, 티파 칼리고는 어깨까지 올라왔다.

"태워, 얼른."

"뭐?"

"팔을 태워!"

그 말에 벨란데르는 파르노엘을 불러냈다. 파르노엘은 그림자처럼·일렁이는 노바디의 오른팔에 화염을 쏟아 냈다. 정령의 불에 약하기에 벨란데르부터 덮쳤던 티파 칼리고는 가진 힘을 잃고, 기령으로 빨려 들어가 완전히 갇혔다.

노바디는 바닥에 주저앉았다.

"너……."

"……난 괜찮아. 팔이 하나 없어졌을 뿐이야."

노바디는 허전한 오른쪽 어깨를 힐끔 쳐다봤다. 너무나 당연하기 때문에 잃을 수도 있다는 가능성 자체를 고려하지 않았다. 꽤 충격적인 모습이지만, 노바디는 거기에 깊이 빠질 생각이 없었다.

몸을 일으키던 노바디는 비틀거렸지만 곧 중심을 잡았다.

"가자."

"넌 오른팔을 잃었어."

벨란데르였다.

"알아. 사라겐의 수부를 쥘 수 없으니, 수라부월공을 펼칠 수도 없지."

"그런데도 간다는 거야?"

"적어도 저 앞에 무엇이 있는지 알아 둬야 도움이 될 테니까."

"……그건 그래."

벨란데르는 노바디가 몸으로 뿜어내는 의지를 느낄 수 있었다. 마치 론투엘 구출에 목숨을 건 사람 같았다. 단순히 가상현실에서 게임을 즐기는 사람의 태도가 아니었다.

처음 노바디에게 관심을 가졌던 순간이 생각났다. 노바디는 한마디로 미친 게이머였다. NPC를 실제 사람으로 대하는 노바디의 행동을 벨란데르는 도저히 이해할 수 없었다.

그러다가 벨란데르는 두 눈 딱 감고 노바디처럼 행동했고, 그 결과 지금에 이르렀다. 페플 외에도 이런 스타일의 게임을 여러 번 즐겼지만, 지금처럼 즐겁고 재미있고 순간순간이 만족스러운 경험은 없었다. 벨란데르는 완전히 다른 방식의 게임 스타일을 찾은 셈이었다.

'난 너를 따라잡았다고, 너처럼 생각하고 행동한다고 확신했는데, 아무래도 그건 아니었던 모양이다. 여전히 내게 이 세계는, 페플은 가짜 세상 같으니까.'

노바디가 앞장섰다.

벨란데르는 그 옆으로 따라붙었다. 무엇이 튀어나오든 노바디보다 먼저 움직이기 위해서였다.

꽤 오래 걸은 후에야 좁은 통로는 끝이 났다.

야명석으로 쌓아 올린 벽 덕분에 마치 야간경기가 열려 전광판이 모두 켜진 잠실 운동장처럼 환한 홀이 나타났다. 홀 중앙에는 제법 높은 제단이 놓여 있고, 그 위에 론투엘이 누워 있었다. 제단 주위에는 일곱 마리의 데스나이트들이 원을 그린 채 새까만 검을 머리 위로 쳐들고 있었다.

"드디어 왔다."

얼굴도 몸도 땀으로 범벅인 노바디가 씩 웃었다.

"내가 놈들을 공격할 테니, 넌 론투엘을 구해. 그게 마지막 작전이야."

벨란데르였다.

"……좋아."

노바디가 고개를 끄덕이자 벨란데르는 파르노엘을 소환했다. 인기척을 느끼고 몰려드는 데스나이트를 향해 불도마뱀이 뜨거운 화염을 뿜었다. 그 열기만으로 데스나이트를 죽일 수는 없지만, 놈들이 쥔 검을 녹이고 놈들의 움직임이 느려지도록 만들 수는 있었다.

그 틈을 타서 노바디가 달렸다. 오른팔을 잃었지만 수라부월공으로, 오랫동안 마보 수련으로 단련된 다리는 여전히 힘

싱크

을 발휘했다. 그 어느 때보다 빠르게 달려 제단 위로 올라간 노바디는 론투엘을 구해 내어 무사히 이 저주받은 신전을 빠져나갈 수 있으리라 확신했지만, 곧 그 마음은 산산조각 깨지고 말았다.

론투엘의 다리가 죽음의 연기, 테네파르 인스푸모로 바뀌어 서서히 흔들리고 있었다. 팔도 마찬가지였다. 머리와 몸통은 물리적인 실체를 가지고 있지만, 오래지 않아 몸 전체가 데스나이트로 변할 터였다.

티파 칼리고로 인해 오른팔을 잃은 노바디는 그 변화가 무엇을 의미하는지 즉시 깨달았다.

'……늦었다.'

데스나이트들은 죽음의 의식을 이미 치렀다. 그 결과, 론투엘은 데스나이트로 변하고 있었다.

"서둘러!"

데스나이트들에게 둘러싸인 벨란데르가 소리쳤다.

노바디는 그 순간 결정을 내리고, 따라다니는 기령을 향해 왼손을 뻗었다.

왼손에 잡힌 기령은 회백색이었다. 기령 내부에 갇힌 티파 칼리고가 소멸되었고, 그 흔적만 남았던 것이다.

노바디는 기령을 잡은 손으로 론투엘의 가슴을 쳤다. 기령의 절반이 가슴 내부로 쑥 들어가자 론투엘의 몸이 요동쳤다. 팔다리를 잠식한 테네파르 인스푸모가 기령에 즉시 반응했다. 팔과 다리를 내버려 두고 가슴으로 몰려든 것이다.

싸움이 시작되었다.

기령을 깨뜨리려는 데스나이트의 기와 기령을 지킬 뿐 아니라 데스나이트의 기를 그 안에 가두려는 노바디의 의지가 치열하게 전투를 벌였다.

온전한 몸으로도 감당하기 힘들 만큼 테네파르 인스푸모의 기는 강했다. 일곱 마리의 데스나이트가 쏟아부은 죽음의 기운은 오른팔을 잃은 노바디를 압도하기에 충분했다.

"윽."

버티던 노바디는 자기가 해야 할 일을 깨달았다.

'내 잘못이니, 내가 책임지는 수밖에.'

노바디는 데스나이트의 기, 테네파르 인스푸모를 몸으로 받아들였다. 론투엘의 몸을 죽음의 연기로 바꾸려던 그 사악한 기는 노바디의 몸으로 흘러들었다.

노바디의 왼손 엄지가 형체를 잃고 새까만 연기로 변했다. 곧 손 전체가 몽글몽글한 흑색 안개가 되었다.

왼팔과 두 다리가 테네파르 인스푸모에 잠식될 무렵, 론투엘이 정신을 차렸다.

"……대사형?"

"다행이다, 다행이야."

"어떻게……?"

"당연히 널 구하러 왔지."

"대사형."

"이사형도 왔다. 저기 보이지?"

노바디는 눈짓으로 벨란데르가 있는 곳을 가리켰다.

론투엘이 눈물을 보였다.

"시간이 없다. 내 말 잘 들어. 제단에서 내려가서 천천히 움직이다가, 내가 소리를 지르면 벨란데르와 합류해. 벨란데르는 네 손을 잡고 즉시 이곳을 빠져나갈 테니까, 그 순간을 놓치지 마."

"대사형은?"

"사제를 괴롭힌 저놈들을 그냥 둘 수는 없지. 박살 낸 후에 따라갈 테니까 염려 마."

"……알겠습니다."

론투엘은 제단에서 일어나 살금살금 계단을 딛고 내려갔다. 죽음의 의식에 대량의 기를 소모한 데스나이트들은 요곤의 단검을 쥐고 화려한 검술을 펼치는 벨란데르를 에워쌀 뿐 제압하거나 쓰러뜨리진 못하고 있었다.

그때, 가슴까지 죽음의 안개로 뒤덮인 노바디가 외쳤다.

"벨란데르! 막내를 데리고 나가!"

제단을 내려온 론투엘을 발견한 벨란데르는 데스나이트의 포위망을 뚫고 달려왔다. 론투엘이 뻗은 손을 잡는 순간, 벨란데르는 메시지 창을 볼 수 있었다.

─잃어버린 사제 되찾기 퀘스트를 완수하셨습니다.

-요곤의 지팡이를 획득하셨습니다.

-죽음의 성질석을 획득하셨습니다.

-죽음의 서《테네파르 인스푸모》를 획득하셨습니다.

-레벨이 62로 올랐습니다.

섬광이 터졌다.

강렬한 빛은 벨란데르와 론투엘을 감쌌다.

눈이 부셔서 반사적으로 고개를 돌린 벨란데르는 축축한 공기를 느꼈다. 고개를 들어 주위를 살핀 벨란데르는 안도의 한숨을 내쉬었다.

비가 내리는 숲이 보였다. 벨란데르는 동굴 앞에 서 있었다. 노바디와 언쟁을 벌이다가 화가 나서 접속을 끊었던 바로 그 동굴이었다.

이젠 저 비가 반가웠다.

"고생했지?"

벨란데르는 노바디가 어디 있는지 좌우를 살피며 말했다.

"……전 이사형이 절 구하러 올 줄은 몰랐습니다."

"내가 널 좀 괴롭히긴 했지만, 다 네가 잘되라고 그런 거야. 그리고 난 네 사형이야. 그걸 잊지 마."

"알겠습니다."

벨란데르는 밟기만 하면 푹푹 빠지는 숲을 돌아봤지만 어디에도 노바디는 없었다. 퀘스트를 완수했는데, 왜 노바디는 여기로 오지 않았을까?

싱크

사실, 벨란데르는 론투엘 구출 작전이 퀘스트인지조차 몰랐다. 아마도 히든 퀘스트인 모양이었다.

"⋯⋯대사형은 못 올지도 모릅니다."

론투엘이었다.

"무슨 말이야?"

"그게⋯⋯."

"말해, 어서."

벨란데르의 재촉에 론투엘은 자신에게 벌어진 일을 설명했다. 그리고 노바디가 대신 테네파르 인스푸모를 흡수했다는 사실도 알렸다. 마지막으로 봤을 때 대사형의 팔다리는 물론 가슴 언저리까지 죽음의 안개로 뒤덮였다는 말도 덧붙였다.

벨란데르는 무슨 일이 벌어졌는지 감을 잡았다. 론투엘을 대신하여 노바디가 데스나이트가 된 것이다.

그때, 비가 그쳤다. 먹구름은 물러가는 중이었다. 저쪽 하늘에는 햇살이 비치고 있었다.

벨란데르는 말없이 하늘을 올려다보았다.

비가 내린 이유는 바로 노바디 때문이었다. 왜 지금 폭우가 갑자기 멈췄을까?

잠시 고민한 벨란데르는 레나세르에게 급히 메시지를 보냈다. 갑자기 어머니의 호출을 받는 바람에 오늘 구출 작전에 참가하지 못한 레나세르에게서 금방 답장이 왔다.

레나세르가 와이번 샤넬을 타고 이곳 세와타트 산맥 깊은 곳까지 날아올 동안 벨란데르는 생각을 거듭했다.

퀘스트가 끝났는데도 노바디가 이곳으로 오지 않은 이유는 하나뿐이었다. 데스나이트의 기운이 노바디의 몸을 집어삼킨 것이다. 그러니 페플 시스템은 노바디를 이방인, 즉 게이머라 간주하지 않고 언데드 계열의 몬스터라 판단한 것이다.

와이번을 타고 온 레나세르에게 론투엘을 맡긴 벨란데르는 아무 설명도 하지 않고 접속을 끊었다. 노바디를, 아니, 김현을 만나기 위해서였다.

싱크

전생 퀘스트

　노바디는 아무것도 할 수 없었다. 아니, 제멋대로 움직이는 몸을 구경하는 것만이 할 수 있는 유일한 일이었다.

　한때 노바디였던 그 몸은 이제 여덟 번째 데스나이트가 되어 그 저주받은 신전의 주인 중 하나로 자리매김했다. 노바디는 들끓는 살의와 무엇이든 부수고 싶은 파괴적인 충동을 끊임없이 느꼈다.

　벌써 다섯 번째 접속이지만 결과는 같았다. 캐릭터 노바디는 데스나이트가 된 것이다.

　커넥터 밖으로 나온 김현은 촉감이 좋은 고급 소파에 앉아 두 손으로 뺨과 코언저리를 문질렀다. 그 결정, 후회하지는 않는다. 다시 그 순간으로 돌아간다고 해도 같은 방식으로 행동할 테니까.

앞머리가 땀에 젖어 이마에 찰싹 붙은 채로 안진후가 다가 왔다. 이제 막 커넥터에서 나온 모양이었다.

"어떻게 된 거야?"

"그보다 론투엘은?"

"무사해. 지금쯤 원정대에 합류했을 거야. 태희 누나에게 부탁했거든."

"다행이다."

"말해 봐. 대체 뭐야?"

"나, 먹혔어."

"뭐?"

"지금 나는, 그러니까…… 노바디는 데스나이트야. 죽음 의 기사가 되어 그 신전 깊은 곳을 어슬렁거리고 있어. 동족 과 함께."

웃음이 터질 뻔했다. 김현은 즉시 깔깔 웃고 싶었지만 자 존심 센 안진후를 그런 식으로 자극하고 싶지는 않았다.

"말도 안 돼."

"그러니까."

"가만 있어 봐. 내가 좀 알아볼게. 아무래도 그거 버그 같 아. 난 게이머의 캐릭터가 몬스터로 바뀔 수 있다는 이야기 를 들은 적이 없어."

안진후는 컴퓨터 쪽으로 걸어갔다.

"⋯⋯그래."

김현은 소파에 누웠다. 마음은 비교적 편했다. 론투엘이
무사히 원정대로 돌아갔기 때문이다. 이제 라마간도, 젤란드
대사형을 비롯한 팔건파 사형들도 안전하기 때문이다.

긴 꿈을 꾼 기분이었다.

그런데 왜 이리 마음이 가라앉을까?

왜 눈물이 나려고 할까?

라마간을 담당했다가 극심한 스트레스에 시달리던 양현섭
은 담당 구역을 옮겨 달라고 요청했다. 라마간에 집중된 관
심과 그로 인한 영향력을 면밀히 판단한 페플 경영지원부문
마룬타 지역 제3부 12팀 팀장은 양현섭을 비교적 한산한 세
와타트 산맥 북부 지역에 배치했다.

처음에는 앓던 이가 빠진 것처럼 좋았다. 불꽃망치 드워프
일족이 가끔 지하에서 소동을 일으켰지만 엠모르타를 비롯
해 산맥 지하 깊숙한 곳에 있는 각종 몬스터 사이의 밸런스
를 유지하는 일은 비교적 쉬웠다. 라마간의 골치 아픈 팔건
파 NPC들에 비하면 그 몬스터들은 온순하기 짝이 없는 페
플 세계의 일부였다.

바깥 세계, 즉 현실에서 겨울이 물러나고 봄이 온 것처럼

GM, 게임 매니저로서의 삶에도 훈풍이 불었다. 일찍 퇴근할 수 있었고, 최근에 소개팅으로 만난 여자와는 썸을 탈 만큼 자주 만났다. 서울 근교로 드라이브를 갈 수 있을 정도로 여유로운 생활은 그가 바라던 삶이었다.

그 꿈에 얼마 전부터 조금씩 금이 갔다.

세와타트 산맥 전체를 맡은 수석 게임 매니저가 모임을 소집했다. 바로 이유를 알 수 없는 폭우 때문이었다.

양현섭은 그동안 게임 매니저로서 쌓아 온 노하우를 총동원했지만 원인을 찾아내는 데 실패했다. 다만 잦은 회의를 통해 비를 관장하는 하늘의 도시 '천도'의 신선과 관련이 있다는 결론에 이르렀다.

양현섭은 천도로 올라갈 수도, 거기서 벌어지는 일을 살필 수도 없었다. 그의 권한은 세와타트 산맥 북부에 한정되었던 것이다. 다행히 노련한 수석 게임 매니저가 천도를 담당하는 직원에게 도움을 요청했고, 조사가 진행 중이었다.

지긋지긋한 비로 인해 세와타트 산맥의 균형은 붕괴 직전에 이르렀다. 곳곳에서 산사태가 일어났다. 퀘스트 수행을 위해 세와타트 산맥 깊숙한 곳으로 찾아온 게이머들 수십 명이 흙더미에 묻혀서 죽었다. 그들은 불평불만을 게임 매니저인 양현섭에게 쏟아 냈다. 그들을 달래고 적절한 보상을 주는 것 역시 그의 몫이었다.

폭우는 지하에도 문제를 일으켰다.

불꽃망치 드워프가 자랑하는 바위와 흙의 도시 '투월령'으로 지하수가 범람했다.

투월령 주변에는 지하수를 가두어 언제든지 사용하기 위해 만들어진 저수지가 무려 여덟 개나 있었다. 평소 그 저수지는 두 개, 혹은 세 개만 물이 차 있고 나머지는 텅 비어 있었다. 폭우로 불어난 지하수는 그 저수지를 모두 채우고도 모자라 투월령의 거리로 쏟아졌다.

불꽃망치 일족 드워프들이 쉬지 않고 배수로를 만들었지만 세와타트 산맥 전체에 뿌려지는 비의 양을 감당하기는 어려웠다.

결국 투월령의 지도자이자 불꽃망치 일족의 족장이며 동시에 국왕인 파둥은 대피령을 선포했다. 수십만에 달하는 드워프가 각자 짐을 등에 지고 투월령을 벗어나 안전한 지대로 이동을 시작했다. 전문가들이 문제를 해결할 때까지 그들의 피난은 계속될 터였다.

드워프의 대이동은 도미노처럼 문제를 퍼트렸다.

엠모르타, 스펜드라, 아라크 등 거대 몬스터 중 다수가 둥지를 버리고 새롭고 안전한 보금자리를 찾기 시작했다. 오래된 동굴이나 통로가 무너지고 새로운 동굴이 만들어졌다. 그 진동은 비로 인해 약해진 세와타트 산맥의 산사태를 몇 배나 늘리는 데 한몫했다.

영역 침범으로 몬스터들 사이에 끔찍한 전투가 벌어졌다.

엠모르타 한 마리는 기다란 촉수를 다 잘린 후 초거대 흑거미 아라크에게 체액이 빨려서 죽었다.

그 아라크는 방심하다가 뒤에서 들이닥친 스펜드라에게 돌돌 말리는 바람에 풍선이 터지듯 몸이 터져서 죽었다. 몸길이가 무려 300미터에 달하는 거대 지네 스펜드라의 몸에서 빠져나온 크고 작은 지네들이 죽은 아라크의 몸에 달라붙어 영양분을 빨아 먹기 시작했다.

스펜드라도 하루가 지나기 전에 더 깊은 곳에 사는, 더 크고 포악한 몬스터에게 잡혀 삶을 마감했다.

답답해서 없던 폐소공포증도 생길 것 같은 곳으로 내려간 양현섭은 빌딩처럼 커다란 몬스터들 사이에서 영역을 지정해 주고 구역을 정리하느라 데이트는 꿈도 꾸지 못했다.

양현섭은 밀려드는 신고를 처리하느라 연일 야근이었다.

라마간의 공포가 되살아났다. 그때는 NPC가 엿을 먹이더니 이곳에서는 저 빌어먹을 비였다. 게임 매니저를 그만둬야 하는 게 아닐까 진지하게 생각할 만큼, 스트레스가 쌓이고 있었다.

그때, 신고 하나가 모니터에 떴다. 제목만 봐도 얼마나 골치 아픈 일인지 알 수 있었다.

—캐릭터가 언데드 계열인 데스나이트로 바뀌었습니다. 통제가 불가능합니다. 버그 같은데, 확인해 주세요.

그 아래에 열 장 가까운 스샷이 올라와 있었다.

스크린샷에서 낯이 익은 게이머를 발견한 양현섭은 할 말을 잃었다.

'또 그 녀석이잖아.'

따지고 보면 노바디를 피해서 이곳 세와타트 산맥으로 왔다고 해도 과언이 아니다. 전생에 무슨 원한이 있기에 이런 곳까지 따라와서 괴롭히는 것일까?

양현섭은 솟구치는 짜증을 억누르며 신고에 나와 있는 내용을 확인했다. 그리고 게임 매니저용 커넥터로 들어갔다. 모니터로도 살필 수 있지만, 왠지 직접 들어가야 할 것 같은 강렬한 예감 때문이었다.

세와타트 산맥 북부 중심부에서 약간 서쪽으로 치우친 봉우리에 내려선 양현섭은 굽이치는 산마루와 파도치는 계곡을 보며 활짝 웃었다. 이곳 세와타트 산맥의 풍경은 기가 막혔다. 현실이 아님을 알지만 직접 보면 가슴까지 시원해진다.

양현섭은 하늘로 날아올랐다. 곧 바위 지대가 나타났다.

"폭우, 산사태, 지하 문제에 신경 쓰느라 여기 이런 곳이 생겼는지도 몰랐네."

양현섭은 절벽 사이의 통로에 내려섰다.

스켈레톤들이 땅을 뚫고 올라왔지만 양현섭이 손을 흔들자 원래 위치, 땅 아래로 사라졌다.

양현섭은 뒷짐을 지고 그 좁은 통로를 걸었다. 왠지 요르

단의 페트라 신전을 본떠서 만든 느낌이었다. 통로가 끝나면서 시야를 가득 채운 신전 입구는 페트라와 닮아 있었다.

뒤에서 역겨운 냄새가 몰려왔다.

양현섭은 이번에도 손을 들어서 흔들었다. 달려들던 좀비는 서로를 쳐다보더니 방향을 바꾸어 절벽 사이의 통로 너머로 사라졌다.

"가끔은 지나치게 생생해. 특히 언데드는."

몸서리를 친 양현섭은 양손을 앞으로 내밀어 거대한 모니터를 만들어 냈다. 일종의 홀로그램 모니터였다.

게임 매니저는 간단한 조작만으로 특정 지역에서 벌어진 과거 영상을 끄집어내어 확인할 수 있었다. 레이드 후 아이템 분배 문제로 게이머들이 충돌하면, 게임 매니저는 레이드 영상을 불러내어 모두가 납득할 수 있는 방식으로 아이템과 돈을 나누어 줄 수도 있었다.

"어디 한번 볼까?"

신고 내용에 정확한 시간이 나와 있어서 영상 재생은 매우 쉬웠다. 양현섭은 특정 장면을 선택하고 재생 버튼을 눌렀다.

곧 주위 모든 것이 잠시 떨렸다.

양현섭은 노바디와 벨란데르가 죽은 좀비들의 언덕 꼭대기에서 올라오는 좀비를 상대로 싸우는 모습을 볼 수 있었다. 아니, 그는 바로 그 현장에 있었다.

"이거, 굉장하잖아!"

싱크

양현섭은 좀비들에게 둘러싸여 있으면서도 엄청나게 빠르고 엄청나게 강한 방식으로 손도끼를 휘두르는 노바디를 보며 감탄을 터트렸다. 벨란데르도 대단했지만 눈길을 끄는 게 이머는 단연 노바디였다.

만약 이 영상을 유튜브에 올리면 어떤 반응이 나올까? 게임 매니저로서 해선 안 될 행동이지만, 무척이나 궁금했다. 물론 그런 짓을 했다가는 소송에 걸려 알거지가 될 뿐 아니라 콩밥을 먹어야 할 것이다.

양현섭은 라마간에서 본 그 노바디가 맞는지 헷갈렸다. 얼굴은 같은 사람인데 자연스럽게 이어지는 저 무술은…… 양현섭이 이제껏 만난 어떤 네임드 게이머에게서도 보지 못한 무언가를 담고 있었다.

노바디와 벨란데르가 갑자기 시체의 산에서 뛰어내려 신전 안으로 달렸다.

양현섭은 그 뒤를 따랐다.

한참 도망친 두 게이머는 철문을 닫았다. 현명한 조치였다. 끝도 없이 튀어나오는 좀비를 정면으로 싸워서 이길 수는 없다.

해골로 이루어진 벽에서 검은 그림자가 벨란데르를 덮쳤을 때, 양현섭은 깜짝 놀라서 소리쳤다.

"저, 저게 뭐야!"

이미 지나가 버린 과거의 영상을 재생했을 뿐인데도, 양현섭은 어느새 그 사실을 잊을 만큼 몰입하고 있었다.

양현섭은 검은 그림자가 들어가도록 손가락으로 사각형을 만들었다. 곧 녀석의 정체가 메시지 창으로 떴다.

"티파 칼리고? 오호, 대단한 놈이네. 물리적 공격은 통하지 않는다? 저놈한테 당했나? 아니지. 데스나이트라고 했으니, 저놈은 아니야. 근데, 저건 뭐지?"

양현섭은 그제야 노바디를 따라다니는 허연 공을 발견했다. 그 공 역시 손가락으로 만든 사각형, 즉 게임 매니저의 고유 능력인 '아이덴박스'로 확인했다.

"기령?"

처음 듣는 이름이었다. 아이덴박스는 기령이 대자연의 기로 만들어진 구체라고 알려 줄 뿐, 그 이상의 내용은 없었다. 이렇게 심플한 데이터는 처음 봤다.

양현섭은 더 이상 거기에 신경 쓸 수 없었다. 노바디의 오른팔이 검은 그림자로 바뀌었던 것이다. 그때, 벨란데르가 불러낸 불의 정령이 그 오른팔을 태워 버렸다. 노바디는 한 팔을 잃고도 의연하게 일어나 전진했다.

노바디에게서 느껴지는 태도에 양현섭은 순간 압도당했다.

노바디와 벨란데르가 거대한 홀, 중앙에 제단이 놓인 곳에 이를 무렵, 양현섭은 노바디의 몸을 정밀히 살폈다. 정상적인 환경에서는 절대 벌어질 수 없는, 일어나서는 안 될 변화가 노바디의 몸에서 진행되고 있었다. 분명히 게이머가 만들

싱크

고 성장시킨 캐릭터인데 몸의 일부는 언데드 몬스터로 바뀐 것이다.

노바디가 론투엘이라는 이름의 NPC 대신 스스로 데스나이트의 기운을 받아들이는 광경에 양현섭은 주먹을 꽉 쥐었다.

머리는 이곳이 가상현실이며, 저기 있는 노바디와 벨란데르는 돈을 내고 게임을 즐기는 고객에 불과하다는 사실을 잘 알았다. 그러나 마음은 론투엘을 구하기 위해 모든 것, 목숨을 포기하는 노바디의 결단에 어마어마한 감동을 받았다. 눈물이 그렁거릴 정도였다.

노바디의 희생으로 풀려난 론투엘이 벨란데르의 손을 잡는 순간, 섬광이 터졌다. 그 빛이 사라지자 벨란데르와 론투엘은 거기 없었다. 퀘스트가 완료되어 처음 위치로 이동한 것이다.

노바디는…… 제단에 누워 버둥거리고 있었다.

데스나이트들이 제단 주위로 몰려들었다.

잠시 후, 노바디는 데스나이트가 되어 제단에 우뚝 섰다. 새까만 검을 든 데스나이트들이 마치 충성을 맹세하는 기사처럼 노바디를 향해 한쪽 무릎을 꿇었다.

제단에서 내려온 노바디는 완전한 데스나이트였다.

양현섭은 손가락을 오므려 아이덴박스를 만들었다. 곧 노바디의 정체가 메시지 창으로 나타났다.

-데스나이트 렉스.

더 이상 노바디가 아니었다.

새로운 언데드 계열의 몬스터, 데스나이트 렉스였다.

신고 내용을 확인한 양현섭은 접속을 끊고 밖으로 나와 보고서를 썼다. 상당히 위험한 버그로, 게이머의 캐릭터가 몬스터가 되었다. 밖으로 알려지면 언론이 한바탕할 만큼 중대한 문제였다.

"넌 소동을 몰고 다니는 모양이다."

완성한 보고서를 메일로 보낸 양현섭은 모니터에 떠 있는 노바디를 바라보며 말했다.

손도끼를 휘두르는 저 진지한 얼굴. 양현섭은 한동안 바탕화면으로 사용할 생각이었다.

고형덕은 고개를 들어 하늘을 찌를 기세로 서 있는 페플파크를 올려다보았다.

"휘유."

저기서 살려면 적어도 수십억 원이 필요하다. 전세를 면치 못하는 고형덕에게는 꿈도 꾸지 못할 곳이었다.

주머니에 손을 찔러 넣은 채 엘리베이터가 있는 곳으로 걸어가자 경비원이 앞을 막아섰다. 화재 이후로 오가는 사람들에 대한 확인이 철저해진 모양이다. 고형덕은 지갑을 꺼내어

싱크

신분증을 보여 주었다. 경비원은 그제야 옆으로 물러섰다.

껌 하나를 꺼내어 입에 넣고 오물거렸다.

기껏 화재 사건 때문에 특별수사본부가 만들어졌고, 끝까지 반대했는데도 고형덕은 그 특수본에 차출된 신세였다. 미국 FBI에서 파견된 브레인을 중심으로 수사가 이뤄지는 상황으로 볼 때, 고형덕은 자신이 그저 머릿수를 채우기 위해 이곳으로 온 형사들 중 하나라고 확신했다.

엘리베이터는 흔들림 없이 올라가다가 11층에서 멈췄다. 처음 불길이 치솟은 1107호는 노란색 폴리스 라인으로 출입이 통제되고 있었다. 의경 두 명이 그 앞을 지키고 있었다.

신분증을 보여 주자 의경은 반사적으로 경례를 붙였다. 살짝 고개를 끄덕이며 안으로 들어간 고형덕은 당장 이사 와도 될 만큼 깔끔한 거실, 방, 주방, 욕실을 볼 수 있었다. 수상쩍은 물건은 모두 국립과학수사연구원으로 가져간 것이다.

고형덕은 베란다로 나가며 담배 한 대를 꺼냈다. 입에 물고 불을 붙이며 아래를 내려다보았다. 그리 높지는 않지만 페플파크여서 그런지 도시를 내려다보는 느낌이었다.

몸을 돌려 난간에 기댄 채 거실을 바라보았다.

"누가 왜 여기에 불을 질렀을까?"

벌써 열흘 가까이 흘렀는데도 용의자 하나 추려 내지 못했다. 사건 당일 날 페플파크에 출입한 사람들을 하나씩 다 확인했지만 방화범의 프로파일에 적합한 사람은 없었다.

그 때문에 특수본을 이끄는 대가리들은 난감한 상황에 처했다. 큰소리를 친 모양인데 용의자 하나 없으니 자칫 잘못하면 모가지가 날아갈지도 몰랐다. FBI에서 온 수사관도 이렇다 할 활약을 보여 주지 못한 채 곧 미국으로 돌아갈 예정이었다.

해결책은 간단하다. 방화가 아니라 화재라고 결론을 내리면 된다.

문제는 그런 결론에 만족하지 않을 고위층이었다.

페플파크라는 이 값비싼 건물 뒤에는 가상현실을 주도하는 페플 그룹이 있다. 사고로 인해 불이 났다는 사실을 페플 그룹은 인정하고 싶지 않을 것이다. 그러니 처음부터 방화라고 단정을 지어 버렸다.

고형덕은 지갑에서 사진 한 장을 꺼냈다. 특수본에서 입수한 사진으로, 바로 사건 당일 이곳 페플파크에 들어온 외부인 중 한 명이 찍혀 있었다.

"음, 왜 네가 여기 있었을까?"

고형덕은 사진 속 김현을 보며 말했다. 윙윙 바람 소리가 대답을 대신했다.

22층에 사는 친구 안진후를 만나러 가다가 엘리베이터에 갇혔다는 이야기는 이미 들어서 알고 있었다. 안진후에게 확인 과정도 거쳤다. 아무런 문제가 없었다.

그러나 고형덕은 엘리베이터 안에서 보여 준 김현의 침착한 태도, 탈출할 때의 민첩함, 갇힌 사람들을 다 구해 낼 때의 차분함을 떠올리며 왠지 석연치 않은 직감을 느꼈다.

'왜 난 너와 그 화재가 관련이 있는 것 같을까?'

물론 이런 이야기를 특수본 관계자에게 말하진 않았다. 그랬다가는 미친놈 소리만 들을 테니까.

화장실로 간 고형덕은 오줌을 누고 담배꽁초를 버린 다음 물을 내렸다. 물 내려가는 소리도 컸다. 비싼 곳이라 그런지 화장실도 좋아 보였다.

고형덕은 나가기 전 한 번 더 집 안을 살폈다.

딱히 무엇을 발견할 거라고 기대하진 않았다. 그에게 현장 방문은 일종의 습관이었다. 생각을 정리할 뿐 아니라 새로운 방향을 찾기 위한 시간이었다.

복도로 나가려는데, 섬찟한 느낌을 받았다. 무시무시한 위험이 바로 코앞에 있는 기분이었다.

고형덕은 본능적으로 옆으로 뛰었다.

그 순간, 천장에 매달려 있던 샹들리에 중앙의 쇠줄이 끊어지며 아래로 추락했다. 몸을 날리지 않았다면 그 무거운 샹들리에에 깔려 등뼈가 으스러지고 말았을 것이다.

소리를 듣고 의경들이 달려왔다.

"괜찮으십니까?"

"조명등이 떨어진 것뿐이야."

고형덕은 숨을 길게 내쉬며 몸을 일으켰다. 속으로는 조금

전 그 기이한 느낌이 무엇인지 생각했지만 겉으로는 여전히 건들거리며 복도로 나와 엘리베이터 쪽으로 걸었다.

특수본 합류 이후 처음으로 고형덕은 하나의 결론에 이르렀다. 그 화재는 사고가 아니었다. 누군가에 의해 이루어진 교묘한 방화 사건이었다. 근거? 당연히 없었다.

고형덕은 껌 하나를 꺼내어 입에 넣고 오물거렸다.

회장의 호출을 받고 급히 달려온 안형준은 엘리베이터 안에서 옷매무새를 살폈다. 목에 립스틱 자국이 남아 있었다. 안형준은 씩 웃으며 손가락에 침을 발라 뜨거운 미녀의 흔적을 급히 지웠다.

'꼰대가 왜 날 불렀을까? 둘째가 없으니 믿고 일을 맡길 사람이 나 하나뿐이니까? 후후후, 재미있어. 진작에 택현이 그 새끼를 보내 버릴걸.'

페플 그룹 본사 최상층으로 바로 올라간 엘리베이터가 멈추고 문이 열렸다.

"좀 늦었습니다."

아버지인 동시에 거대 그룹을 이끄는 수장인 안종화의 강철 같은 표정을 예상한 안형준은 느긋한 자세로 소파에 다리를 꼰 채 앉아 있다가 천천히, 여유롭게 일어서는 최준을 보고는 얼굴을 구겼다. 왜 저 자식이 여기 있는지 알 수가 없어서 답답했다.

'혹시 내 뒤를 캐고 있었을까?'

최준은 페플 그룹 감찰부문 소속인 동시에 전통적인 재벌 CRS 그룹의 사람이었다.

"오셨군요."

"최 부장이 왜 여기 있는 거지?"

"회장님께서는 조금 전 공항으로 출발하셨습니다. 안 이사님께서 좀 늦으셔서, 회장님의 심기가 불편해지셨습니다."

"갑자기 호출을 받았으니까 어쩔 수 없었어."

"아, 그러셨군요."

최준의 입가에 미소가 어렸다. 마치 네가 어디서 무슨 짓을 했는지 다 안다는 표정이었다.

안형준은 아무 말도 하지 않았다. 최준 같은 새끼를 상대하려면 흥분해선 곤란하다. 빌미를 주면 끝까지 물고 늘어질 놈에겐 아무것도 주지 말아야 한다.

안형준은 소파에 앉았다.

"무슨 일이야?"

"페플파크 때문입니다."

맞은편에 앉아서 긴 다리를 들어 무릎에 걸치며 최준이 대답했다.

"페플파크? 불이 난 곳 말이야?"

"맞습니다."

"이유는?"

"제이슨이 방화일 가능성이 높다고 알려 왔습니다."

최준이 친근하게 이름을 부르는 제이슨 터크는 FBI 수사관이었다.

"그래?"

"제이슨은 그 방화가 이사님의 동생을 노렸을 가능성이 매우 높다고 결론 내렸습니다."

"진후를 노려? 말도 안 돼. 진후는 그날 페플파크 밖에 있었어. 특수본조차 헤맬 만큼 정교하게 방화 사건을 일으켰다면 진후가 어디 있는지 모를 리가 없잖아."

"아, 모르셨군요."

최준은 테이블에 놓인 노트북 화면을 돌려 안형준에게 보여 주었다. 최준이 스페이스 바를 누르자 안진후가 구조 헬기에 오르는 장면이 나왔다. 안형준의 얼굴이 와락 구겨졌다.

'저 새끼가 거짓말을 해? 이 개새끼.'

안형준은 속내를 감추는 데 실패했다. 그러나 머리까지 완전히 마비되진 않았다.

"하하, 진후 녀석, 나와 아버지가 걱정할까 봐 말을 하지 않은 모양이군. 정말 기특한 녀석이야."

"회장님께서는 이번 사건을 제게 맡겼습니다. 감찰부문에 속한 전문가들이 방화 사건의 진실을 알아내기 위해 오늘부

싱크

터 움직일 겁니다. 물론 특수본도 움직여야겠지요."

"아버지가 날 부른 이유는?"

안형준은 소파에 등을 기댔다. '아버지'라는 호칭은 최준에게 무슨 짓을 해도 넘어서지 못하는 장벽을 의미했기에, 안형준은 기회가 있을 때마다 사용하고 있었다.

"안진후 도련님을 노린 자가 있다면, 안형준 이사님을 타깃으로 삼을 가능성도 매우 높지 않을까요?"

"재미있는 이야기야."

"해서 이사님께 경호원을 붙여 드리겠습니다. 오화연 대리!"

최준이 부르자 웬만한 모델 뺨치는 경호원 오화연이 문을 열고 안으로 들어왔다.

오화연은 안형준 앞에 멈춰 서서 고개를 숙였다.

"오화연입니다."

"오호."

안형준은 목에 키스 마크를 남겼던 그 탤런트보다 더 매력적인 경호원의 몸을 위아래로 훑었다.

오화연은 눈도 깜짝하지 않았다.

"불편하시더라도 안전을 위해서 참아 주십시오."

"그러지 뭐."

"셋째 도련님에게도 경호원을 보냈습니다."

"알아서 잘했겠지."

안형준은 오화연에게서 눈을 떼지 않았다. 어떻게 해야 저 여자를 침대에 눕힐 수 있을지 생각하는 중이었다.

최준은 그런 안형준에게서 멀어지며 잠시 경멸 어린 표정을 지었다.

안진후는 입구 앞에 서서 두 손을 공손히 배꼽 위에 놓은 채 이쪽을 바라보는 남자를 노려보았다.

곰이라고 해도 될 만큼 덩치가 큰 그 사내는 경호원이었다. 회장님의 명령이라는 이유로 방으로 밀고 들어온 저 녀석 때문에 이 넓은 스위트룸마저 답답한 느낌이 들었다.

"계속 거기 서 있을 거야?"

"죽어도 나갈 수 없습니다, 도련님."

"……도련님이라고 하지 말랬지!"

"알겠습니다, 도련님."

"야!"

안진후는 화가 났지만 쏟아 내지는 않았다. 옆에 앉은 김현 때문이었다.

김현은 노바디를 잃은 이후 우울증에 걸린 것처럼 말수도 줄고, 웬만해서는 웃지도 않았다. 집에 가려는 것을 억지로 말려서 이곳에 머물게 한 지 벌써 사흘째였다.

담당 게임 매니저는 버그로 인한 게이머의 캐릭터 상실을 위로 보고했다. 프리벨리지 제로 권한을 활용하여 직접 읽은 그 보고서는 매우 훌륭했다. 객관적이면서도 약간은 흥분이 묻어나는 스타일은 매우 경험이 풍부한 게임 매니저에게나 기대할 법한 소양이었다.

보고서는 절차를 따라서 위로, 위로 올라가고 있었다.

결정권을 가진 사람이 누군지 안진후는 잘 알았다. 바로 페플 그룹 경영지원부문의 실세인 큰형 안형준이었다. 연락해서 김현의 문제를 잘 처리해 달라고 부탁하고 싶지만, 오히려 역효과가 날 가능성이 높아서 참았다. 전화를 해서 설명을 한다면 안형준은 걱정 말라고 안심시킨 후에 뒤통수를 칠 위인이었다.

프리벨리지 제로로 돌아가는 사정을, 보고서가 어디까지 올라갔는지, 누가 검토하고 있는지 확인하고 싶었다. 참은 이유는 지나치게 조바심을 내비치지 않기 위해서였다. 당사자인 김현이 아무 말도 하지 않는데 옆에서 나서는 게 좀 민망했다.

그때, 유리 테이블에 놓인 핸드폰이 진동했다. 김현의 핸드폰인데, 주인은 전화가 왔는지도 몰랐다. 골똘히 생각에 빠져 마치 다른 세상으로 가 버린 느낌이었다.

한숨을 내쉰 안진후가 전화를 받았다.

–페플 그룹 경영지원부문 마룬타 지역 제3부 12팀 소속 게임

매니저 양현섭입니다. 김현 씨, 맞습니까?

"네, 맞습니다."

안진후는 김현을 힐끔 쳐다봤다. 전화를 받을 상태가 아니었다.

─지난번 신고 내용 때문에 전화를 드렸습니다. 페플 그룹은 김현 씨의 캐릭터 노바디의 문제에 깊은 사과의 말씀을 드립니다. 캐릭터의 몬스터화는 앞으로 페플 그룹이 내놓을 대규모 업데이트를 통해 공개될 히든 퀘스트 중 하나입니다. 버그로 인해 그 일이 김현 씨에게 벌어진 점, 깊이 사과드립니다. 안타깝게도 노바디 캐릭터를 되살리기는 어렵습니다. 현재 시스템을 점검하고 방법을 찾고 있지만, 손을 대면 오히려 일이 커질 가능성이 매우 높다는 결론에 이르렀습니다. 김현 씨, 듣고 계십니까?

"계속하세요."

안진후는 일단 다 들은 후에 행동할 생각이었다.

─해서 김현 씨가 새로운 캐릭터를 만드신다면, 페플 그룹은 버그로 인한 손실을 만회할 수 있도록 보상을 할 계획입니다. 일단 50만 골드를 드리고, 레벨에 관계없이 착용 가능한 영웅급 아이템과 레벨 100 이하에서 익힐 수 있는 무공 중 어떤 것이든 원하는 무공서 한 권을 드리겠습니다. 다시 한 번 사과의 말씀을 드립니다.

양현섭에게서 조심스러워하는 태도가 느껴졌다.

안진후가 드디어 입을 열었다.

"500만 골드, 레벨에 관계없이 착용 가능한 신급 아이템과

싱크

마룬타 대륙 100대 무공 중 하나를 주세요."

－그, 그건……

"그게 안 된다면 당장 방송국에 연락하겠습니다."

－아, 네, 알겠습니다. 의논을 한 후에 연락드리겠습니다.

그 말을 끝으로 곧 전화는 끊겼다.

안진후는 그 요구를 페플 그룹이 받아들일 수밖에 없다는 사실을 잘 알았다. 언론이 나서면 페플 그룹은 난처해진다. 버그로 인한 캐릭터 상실은 그 파급효과가 엄청날 테니, 과한 요구 조건도 들어줄 수밖에 없는 것이다.

잠시 후, 페플 경영지원부문 한정주 부장이 연락을 해 왔다. 아버지를 따라서 참석한 전체 회의에서 몇 번 본 적이 있는 사람이었다.

결론은 안진후의 예상대로였다. 500만 골드에 신급 아이템 하나 그리고 100대 무공을 받을 수 있게 되었다.

전화를 끊은 안진후는 그 이야기를 들려줬지만 김현의 기분은 전혀 나아지지 않았다.

"노바디, 꽤 정이 들었던 모양이야."

김현이 말했다.

"나도 그럴 것 같아, 벨란데르를 잃으면."

"휴우, 이렇게 축 처져서 있을 수는 없지. 그래도 다행이야, 론투엘이 무사해서."

"들어가자."

"그래."

김현은 몸을 일으켜 커넥터가 있는 곳으로 걸었다.

어마어마한 돈, 누구나 부러워할 만한 아이템 그리고 강력한 무공은 그에게 아무런 도움이 되지 않았다. 김현이 페플에 접속하려는 이유는 단 하나, 노바디를 기억하고 있을 사람들 때문이었다.

겔란드 대사형을 만나면 기분이 나아질 것 같았다. 콜마 육사형, 가쿨라 사사형을 보면 마음이 편해질 것이다. 론투엘과 엘루스를 만나면 다시 활력이 솟아날 것이다.

커넥터 내부가 조금 낯설었다. 노바디로 접속하지 않고 새로운 캐릭터를 선택했다.

김현은 망설였다. 어떤 이름을 정해야 할지, 어떤 외모를 택해야 할지 몰라서였다.

"난 노바디야."

김현은 씩 웃으며 외모도 익숙한 곰 인형 얼굴을 선택했다. 이전 캐릭터를 잃었다고 해도 사형들은 이 모습을 기억하고 있을 것이다.

"어?"

라마간의 광장과 분수대를 기대한 노바디는 바람에 흔들리는 갈대밭에 혼자 서 있는 자신을 발견했다. 저 멀리 장벽이 길게 세워져 있고, 철문이 하나 있었다.

노바디는 고개를 갸웃거리며 철문을 향해 걸었다.

확실히 옛날 그 몸이 아니었다. 새로운 몸에 익숙해지는 데 꽤 시간이 걸릴 것 같았다. 더 이상 대지의 기운도, 바람의 감촉도 느껴지지 않았다.

노바디가 철문의 손잡이를 당기자, 경첩이 삐거덕 소리를 내며 열렸다. 좁은 통로가 안으로 이어졌다. 천장에 야명석이 박혀 있어, 노바디는 드워프의 갱도를 떠올렸다.

통로 끝에 또 다른 철문이 있었다.

그 철문을 열자 울창한 숲을 낀 호수가 보였다. 호숫가에는 통나무집 한 채가 서 있고, 그 앞에서 노인이 낚싯줄을 드리우고 있었다.

노바디는 그 노인에게로 걸어갔다.

"저……."

그때, 낚싯줄이 팽팽해졌다.

노인은 힘껏 당겼지만 오히려 물로 끌려갔다.

옆에 있던 노바디는 엉겁결에 노인과 함께 힘을 합쳐 낚싯대를 당겼다. 한참 실랑이를 한 후에야 1미터나 되는 물고기가 밖으로 끌려 나왔다. 어찌나 힘이 센지 들어 올릴 수도 없었다.

"월척이야, 월척."

노인이 활짝 웃었다.

노바디는 리처드 파인만을 닮은 노인이라고 생각했다.

"……여기는 어딥니까?"

"일단 불이나 피워. 저놈을 구워서 먹고 싶으니까. 아, 불 피우고 나면 저 녀석 손질도 해. 비늘을 벗기고 내장은 꺼내고. 알지?"

그렇게 말한 노인은 통나무집으로 가 버렸다.

노바디는 접속을 끊고 밖으로 나가려다 참았다. 묵묵히 장작을 모아다가 불을 피웠다. 장작 중 단단한 놈을 이용해 물고기를 기절시키고 손질을 마쳤다.

두툼한 물고기 살을 나뭇가지에 꿰어 불 위에 올리고 굽기 시작하자, 노인이 밖으로 나와 양념을 발랐다. 맛과 향이 기가 막혔다.

"먹고 난 후에 알려 주겠네."

노인이 말했다.

두 사람은 뉘엿뉘엿 저물어 가는 햇살을 받으며 고기가 익기를 기다렸다. 노인이 가져온 포도주와 양념을 발라서 잘 익힌 물고기는 잘 어울렸다. 노바디는 상실의 무력감을 털어 버릴 만큼 기분이 좋아졌다.

"난 사라겐이라고 하네. 자네가 가지고 있던 그 손도끼를 만든 장본인이지."

"……네?"

노바디는 깜짝 놀랐다.

"인연이 이렇게 이어지는구먼. 자넨 특별한 관문을 통과했네. 이방인 중에서는 자네가 처음이야. 자, 말해 보게, 무엇을 원하는지. 사라겐의 수부보다 백배나 위력적인 무기를 줄 수도 있네. 수라부월공이 아이들 장난처럼 보이는 신공을 알려 줄 수도 있고."

코는 술로 벌겋게 달아올랐지만, 노인의 눈은 진지했다.

"저를 세와타트 산맥으로 이동시켜 줄 수 있다면, 그렇게 해 주십시오."

"다른 것은 필요 없다?"

"음, 사라겐의 수부는 가지고 싶습니다."

"그보다 좋은 무구를 준다는데도?"

"사라겐의 수부면 충분합니다."

"이유는?"

노인의 눈이 반짝거렸다.

"……대사형이 제게 준 거니까요."

"재미있구먼. 자네가 원하는 대로 해 주지."

노인은 바람과 구름이 그려진 두루마리와 사라겐의 수부를 건넸다. 그리고 말을 이었다.

"그 두루마리를 찢으면서 가고 싶은 곳을 떠올리게."

사라겐의 수부를 허리에 찬 노바디는 눈을 감고 겔란드를, 사형들을, 원정대를 떠올렸다.

노바디가 두루마리를 찢는 순간, 강렬한 섬광이 그를 뒤덮었다.

몸이 길어지는 느낌을 받았고, 눈앞이 형형색색으로 물들며 엄청나게 빠른 속도로 변했다. 기다란 터널을 통과하는 것 같으면서도 어딘가 좁은 곳에 갇힌 느낌이었다.

'혹시 이런 게 웜홀인가?'

노바디는 속으로 웃었다.

그때, 다시 한 번 섬광이 터졌다.

숨을 헐떡거리던 노바디는 자기가 어디 있는지 깨달았다. 제법 높은 언덕 꼭대기에 서 있었다. 저 아래에 천막을 치는 겔란드가 보였다. 뮬란도르의 숲으로 가는 원정대는 야영을 위해 준비하고 있었다.

드디어 돌아왔다!

그때, 메시지 창이 떴다.

—공간 이동술 현섬을 획득하셨습니다.

놀란 노바디는 스킬 창을 띄웠다.

텅 빈 스킬 창 위쪽에 현섬이 나와 있었다. 손을 뻗어 눌러 보니 설명을 볼 수 있었다. 지금은 소멸된 고대의 종족이 남긴 유산 중 하나로 막대한 기가 소모되지만 어디든 원하는 곳으로 갈 수 있는 공간 이동술이라는 내용이었다.

그 두루마리는 일회용이 아니었다. 비록 제대로 익혀서 사용하려면 꽤 시간이 걸리겠지만, 이 넓은 페플 세계에서 매우 유용한 스킬일 것이다.

노바디는 인벤토리 창을 살폈다. 안진후가 알려 준 대로 돈은 500만 골드가 들어와 있었다. 허리에 찬 사라겐의 수부 외

싱크

에 아이템 하나가 인벤토리에 있었는데, 바로 기령환이었다.

　-기령환은 명왕이 직접 만든 반지로 대자연의 기를 응축하여 저장하는 기능을 가지고 있습니다. 생명력을 빠르게 회복시키고 독에 대한 저항력을 높여 줄 뿐 아니라, 잃어버린 왕국의 입구 명왕지문을 여는 열쇠입니다.

　거창한 설명은 치워 버리고 반지를 꺼내어 손가락에 끼웠다. 생생한 감각이 살아나며 주위를 흐르는 기가 선명하게 느껴졌다. 잃어버린 몸을 되찾은 기분이었다.

　"기령환? 왠지 우연히 만들었던 기령과 이름이 비슷하네."

　인벤토리 창에 남은 물건은 이제 둘이었다. 낡은 책 한 권과 부서진 도끼였는데, 노바디는 그중 책을 펼쳤다.

　-무극심법을 획득하셨습니다.

　노바디는 셀레스카르에게서 배웠던 바로 그 무공이라는 사실에 적잖이 놀랐다. 어쩌면 페플 그룹 측이 일부러 과거에 익힌 무공을 보상으로 준 것인지도 몰랐다.

　메시지 창이 떴다. 벨란데르가 보낸 메시지였다. 노바디는 자신의 위치를 메시지로 보냈다.

　곧 벨란데르가 언덕으로 올라왔다.

　"왜 여기 있어?"

　"신기한 일이 있었어."

　노바디는 처음 캐릭터를 만들고 접속했을 때 만난 노인에 대한 일을 벨란데르에게 알렸다. 공간 이동술 현섭과 사라겐의 수부를 받았다는 내용이었다.

"페플이 보상으로 주기로 한 것 아니야?"

"아니, 그건 따로 인벤토리 창에 들어와 있었어."

노바디는 500만 골드, 기령환 그리고 무극심법에 대한 이야기도 들려주었다.

"우와, 땡잡았네. 페플이 널 무척 좋아하는 모양이다. 어쩌면 그 퀘스트에 대한 보상일 수도 있겠다. 아무튼, 축하해."

"고맙다."

"내려가자."

"그래."

노바디는 약간 흥분하며 벨란데르와 함께 언덕을 내려가 원정대 야영지로 들어섰다.

노바디를 본 론투엘이 즉시 검을 뽑았다.

"사형, 누굽니까?"

론투엘은 벨란데르에게 물었지만 눈은 노바디를 빤히 응시하고 있었다. 그 눈에 떠오른 것은 명백한 적대감이었다.

"막내야, 검 내려. 모르겠어? 대사형이잖아. 널 구하려고 대신 데스나이트의 기를 흡수한 대사형 말이야."

"사형, 대체 무슨 말씀을 하시는 겁니까? 데스나이트라고요? 전 태어나서 그 암흑의 마물을 본 적도 없습니다. 그리고 제 사형은 한 분뿐입니다. 대사형이라니요?"

론투엘이 정색했다. 장난치는 분위기가 아니었다.

벨란데르는 노바디를 쳐다봤다. 노바디도 무언가 이상하다는 사실을 깨닫고 벨란데르를 바라보고 있었다.

론투엘의 목소리를 들은 젤란드가 다가왔다.

"무슨 일입니까, 저하?"

"수상한 사람이 있어서요."

론투엘이 노바디를 가리켰다.

젤란드는 노바디를 정면으로 쳐다보았다. 그리고 벨란데르에게 말했다.

"원정대의 일원이라고 해서 아무나 야영지로 데려와서는 곤란해."

할 말을 잃은 벨란데르는 옆에 있는 노바디의 눈치를 살폈다.

노바디는 아무 말도 하지 않다가 사라겐의 수부를 뽑았다. 놀란 론투엘이 검을 들어 올렸지만 젤란드는 그저 노바디를 바라볼 뿐이었다.

"좋은 도끼로군. 균형이 잘 맞아. 허나, 도끼를 주로 다루는 몸치고는 단련이 부족해."

젤란드가 말했다.

"······조언, 감사드립니다."

고개를 숙인 노바디는 몸을 돌려 야영지에서 멀어졌다.

벨란데르가 급히 따라왔다.

"어떻게 된 거야?"

"왠지 모르게 불안했는데, 이것 때문이었어. 노바디는……
페플이라는 세계에서 완전히 지워졌어. 겔란드 대사형에게
노바디와 관련된 기억은 없어. 아마 가쿨라 사사형, 콜마 육
사형도 마찬가지일 거야. 그동안 함께 겪은 시간이 모두……
사라진 거야."

노바디는 울먹거리지 않으려고 애를 썼다.

"말도 안 돼."

"내 말이."

노바디는 억지로 웃었다.

그 이야기를 도저히 믿을 수 없었던 벨란데르는 야영지로
돌아가 사람들을 만났다. 노바디의 판단이 옳았다는 결론에
이르기까지는 얼마 걸리지 않았다.

이제 저들의 기억 속에서, 원정대는 노바디를 뮬란도르의
숲으로 데려가기 위해서 시작된 게 아니었다. 뮬란도르에서
요청이 왔고, 그로 인해 원정대가 시작된 것이다. 기억은 왜
곡되어 있었다. 진실은 묻혔고, 새로운 기억이 진짜를 대체
했다.

벨란데르는 그 언덕으로 올라갔다. 날이 저물어 주위는 어
둑어둑했다. 예상대로 노바디는 거기 앉아 아래를, 불 켜진
야영지를 내려다보고 있었다.

벨란데르는 그 옆에 앉았다. 한동안 아무런 말도 할 수 없
었다. 무슨 말로도 위로가 되지 않을 터였다.

싱크

그러다가 벨란데르가 입을 열었다.

"세와타트 산맥에서 지겹게 비가 내렸잖아. 그거, 너 때문이었어."

"……뭐?"

노바디가 반응했다.

"사실이야. 하도 이상해서 알아봤더니, 미친 신선 하나가 비를 내리는 선녀에게 명령을 내렸더라고. 그 명령이 뭐였는지 알아? 바로 널 따라다니며 비를 뿌리라는 거였어."

"설마."

"진짜야."

"별 이상한 일이 다 있네."

"내 말이."

또 침묵이 흘렀다. 밤하늘에 별이 총총 떴고, 가끔 유성이 긴 흔적을 남기며 타올랐다가 사라졌다.

"이제 어쩌지?"

노바디가 말했다.

"글쎄."

벨란데르는 대답이 궁했다. 뭐라고 말해야 할지 아무리 머리를 쥐어짜 내도 그럴듯한 아이디어 하나 떠오르지 않았다.

그때, 노바디가 탄성을 터트렸다.

"아!"

"왜 그래?"

"내가 왜 그 생각을 못 했지?"

노바디는 인벤토리 창을 열어 부서진 도끼를 꺼냈다. 바로 양날도끼 중거추였다. 겔란드와의 비무 때 노바디가 부러뜨린 바로 그 도끼였다.

"이건 겔란드 대사형의 도끼야. 우리가 세와타트 산맥으로 간 이유가 바로 이 도끼를 수리하려고 불꽃망치 드워프 일족을 만나려는 거였잖아."

"맞아. 그랬지."

"캐릭터를 새로 만들면서 이전에 가졌던 것, 다 잃어버렸어. 사라겐의 수부는 그 노인이 준 거고, 나머지 역시 페플 그룹이 보상으로 준 거야. 한데, 왜 이 도끼는 내 인벤토리 창에 있을까?"

"음."

벨란데르는 시스템이 꼬이면 그런 일도 생긴다고 말하려다 참았다. 눈앞의 노바디에겐 사소한 의미라도 필요했기 때문이다.

"그 퀘스트는 끝나지 않았어. 분명해."

노바디가 부서진 중거추를 양손에 들고 하나로 붙이는 순간, 주위가 갑자기 어두워졌다.

빛은 위에서 내려왔다.

노바디와 벨란데르가 동시에 고개를 들었다.

하늘에서 나풀거리는 옷을 입은 여인이 천천히 내려왔다.

선녀 같기도 하고 천사 같기도 한 여인은 꽤 미인이었다.

"나는 천도에서 내려온 생향이에요. 만물의 생육을 담당하고 있지요. 그대는 이방인답지 않게 생명을 지키려다 자신을 희생했어요. 그 마음에 얼마나 큰 감동을 받았는지 그대는 모를 거예요. 난 그대에게 전생을 회복할 수 있는 기회를 주기 위해 내려왔어요. 그 기회, 받아들이겠어요?"

그 말이 끝나자, 노바디는 메시지 창을 볼 수 있었다.

─전생 퀘스트를 수행하시겠습니까?

노바디는 생향을 쳐다보았다.

"……퀘스트를 완수하면 저 아래에 있는 사람들이 날 다시 알아볼까요?"

"그렇게 될 거예요."

"퀘스트, 수행하겠어요."

"그대에게 운이 따르기를 빌어요."

생향은 하늘로 떠올랐고, 점점 더 빠르게 멀어지더니 하늘의 별처럼 반짝거리는 점이 되었다.

노바디의 몸에서 활력이 넘쳤다.

이 퀘스트를 완료하면 다시 젤란드 대사형의 그 푸근하면서도 거친 미소를 볼 수 있다. 콜마 육사형의 지혜로운 목소리도 들을 수 있고, 약간 차갑지만 그래서 오히려 더 깊은 정이 느껴지는 가쿨라 사사형과도 이야기를 나눌 수 있게 된다.

노바디는 고개를 들어 북쪽을 쳐다봤다. 바로 세와타트 산맥이 있는 방향이다. 마음은 이미 세와타트 산맥 지하로, 불꽃망치 드워프 일족이 있는 곳으로 가는 중이었다.

벨란데르는 한숨을 돌렸다. 어떤 상황에서도 굳은 의지를 앞세우며 돌파하는 그 노바디가 돌아왔다.

"혼자 갈 생각은 꿈도 꾸지 마. 나도 같이 갈 테니까."

"당연하지. 안 갈 생각이었어? 하나밖에 없는 친구를 혼자 보낼 생각이었어?"

"언제 출발할까?"

"일단 준비물 좀 챙기고, 내일 아침에 떠나자."

"좋아."

"난 여기서 몸 좀 풀어야겠다. 이 몸에 익숙해져야 하는데, 좀 시간이 걸릴 것 같아."

노바디는 이미 마보 자세를 취하고 있었다.

그 모습에 벨란데르는 마음 놓고 웃을 수 있었다.

강도진은 천무도의 계승자인 현기명의 거처인 동시에 천무관 본관의 심장부라 할 수 있는 '무재'를 마음대로 들락거리는 이근상이 마음에 들지 않았다.

'노관장님이 또 쓰레기를 주워 오셨어.'

한국뿐 아니라 일본, 중국, 미국, 심지어 유럽에까지 지부가 생긴 천무관에는 절차와 체계가 존재한다. 아무리 강해도, 합기도나 태권도 등을 다 합쳐서 20단이 넘는 무술 경력을 지녔다고 해도 천무관에 입관하는 순간, 잠사부터 시작한다. 잠사는 언제든지 쫓겨날 수 있는 지위, 즉 기업으로 따지면 인턴에 해당된다.

분기마다 시행되는 공식 평가를 통하여 잠사는 범사로 승급할 수 있다. 빠르면 몇 개월 만에, 느리면 몇 년 만에 범사로 올라가지만 힘들다는 핑계로 수련을 빼먹거나 진지한 열의를 보여 주지 않는 잠사는 평가에 의해 퇴출될 수도 있다.

범사는 역사, 고사, 쾌사, 중사를 거쳐 무사에 이른다. 쾌사에 다다라야 사범이 될 수 있다.

무사 위에는 딱 한 사람만 존재한다.

계승자.

다양하면서도 위력 넘치는 무술을 자랑하지만 천무관의 본질은 천무도, 그중에서도 천부선공에서 나온다. 따라서 천부선공의 맥을 잇는 계승자야말로 천무관의 중심이며, 천무관이라는 거대 산맥의 정점이다.

천무관이라는 명예로운 이름을 사랑하는 대부분의 사람들은 계승자라는 지위와 상관이 없다. 그들은 다이어트를 위해서, 혹은 약간의 단련으로 즐거움을 얻기 위해 천무관으로 몰려든다. 그들에게 무술은 취미에 불과하다.

그러나 삶을 천무관에, 무술에, 특히 천무도에 바친 사람들도 있다. 그들이야말로 계승자라는 꼭대기를 향해 쉬지 않고 올라가는 최고의 등반가들인 셈이다.

'나도 그들 중 하나야.'

이런 생각을 할 때마다 자부심으로 가슴이 터져 나갈 것 같다.

강도진이 보기에 이근상이라는 쓰레기는 천무관에 어울리지 않았다. 아니, 천무관의 이름을 더럽히는 사람이었다.

하루하루 땀을 흘리며 한계를 넘기 위해 애를 쓰는 천무관 관원들을 두고 왜 밖으로 나돌며 저런 양아치 녀석에게 관심을 갖는지, 강도진은 노관장을 도저히 이해할 수 없었다.

"이번 타깃은 저놈이야?"

옆에서 장난기 섞인 목소리가 들렸다.

강도진은 이미 누가 다가왔는지 알고 있었다. 수련이 쌓이면 인기척만으로도 상대를 구분할 수 있다. 저 녀석의 경우는 후각이면 충분하다.

"입 냄새 난다."

한 걸음 뒤로 물러서며 강도진이 말했다.

"자장면은 역시 곱빼기거든."

오정목은 씩 웃으며 한 걸음 앞으로 다가섰을 뿐 아니라, 일부러 입을 벌려 '후' 불었다.

강도진이 얼굴을 찡그리며 자연스럽게 자세를 취했다.

오정목은 손사래를 쳤다.

"야, 장난이야, 장난. 왜 이렇게 진지해? 그러니까 그녀가 널 좋아하지 않는 거야."

"뭐?"

"외손녀."

오정목의 말에 강도진은 자신도 모르게 몸을 움찔거렸다. 평소 자랑하던 평정심이 깨진 것이다.

"역시."

오정목은 팔짱을 끼고 의미심장하게 웃었다.

"……아니다."

이미 깨진 그릇이고 쏟아진 물이지만 잠자코 인정할 수는 없다.

"스칼렛은 나처럼 유머러스한 남자를 좋아해. 그녀의 마음을 얻고 싶다면 땀 냄새 풍기며 매일같이 수련하는 것보다 일주일에 적어도 두 번, 날 찾아와서 이 유머 감각을 배우는 게 훨씬 더 빠를 거야."

"스칼렛?"

"다들 그렇게 불러. 몰랐냐? 그러고도 그녀를 사랑한다고 할 수 있을까? 이것 참 걱정되네."

"시끄러."

그렇게 말하면서도 강도진은 그 별명이 꽤 어울린다고 속으로 생각했다. 붉은 도복을 입고 도장에 나올 때마다 남자 관원들의 눈빛이 그녀에게로 쏟아지곤 했다.

"저 녀석, 건드리지 마."

오정목의 분위기가 갑자기 변했다. 장난기를 걷어 내자 천무관 무인 특유의 기세가 흘러나왔다.

"이유는?"

"사부님이 저 녀석을 점찍으셨거든."

"……부관장님께서?"

강도진은 깜짝 놀랐다.

"내 사제가 될 예정이란 거지. 아주 귀여워해 줄 거야. 지긋지긋하도록 말이야."

"말도 안 돼. 저 녀석은……."

"절차를 지키지 않았다는 거지? 나도 그랬어. 사부님도 그러셨고. 내가 알기로 계승자이신 노관장님도 네가 그렇게 좋아하는 절차와 체계를 거치진 않으셨잖아."

"그 시대에는 체계라는 게 없었으니까."

"아무튼 신경 꺼. 건드리지도 말고, 쳐다보지도 마. 괜히 분란 일으키기 싫으면 말이야. 나야 관장이나 계승자 자리에 관심이 없어서 너와 싸워도 잃을 건 없어. 하지만 넌 다르잖아. 천무관 본관을 이끄는 강영준 무사님의 아들이자 앞으로 천무도의 계승자를 꿈꾸는 천무관의 꿈나무니까."

오정목이 어깨에 손을 얹었지만 강도진은 아무 반응도 보이지 않았다. 그 말이 옳았다. 싸우면 열 합 만에 저 건방진 새끼를 묵사발 낼 수 있지만 그랬다가는 높은 자리의 사람들, 특히 괴팍해서 무슨 생각을 하는지 도저히 알 수 없는 노관장의 눈 밖에 날지도 몰랐다.

'그럴 수는 없지.'

"어, 저기 스칼렛이다!"

오정목이 손가락으로 무재와 본관 도장 사이에 자리 잡은 아담한 정원을 가리켰다.

강도진의 눈이 반사적으로 돌아갔지만 거기엔 아무도 없었다.

낄낄 웃는 오정목은 어느새 멀어지고 있었다.

즐겁지?

　안개 낀 새벽 공원의 가로등은 바닷가의 등대처럼 외따로 뚝뚝 떨어진 느낌이다. 천천히 흐르는 안개 위로 솟아오른 채 샛노란 빛을 뿌리지만 실제로 어둠을 쫓아내진 못한다.

　김현은 벤치에 앉아 공원 곳곳에 서 있는 수십 개의 가로등 무리를 바라보고 있었다. 마음을 비운 상태로 딱히 목표를 두지 않고 쳐다보니, 마치 시간을 빨리 돌린 것처럼 바람에 실려 떠다니는 안개의 흐름마저 볼 수 있었다. 신기한 경험이었다.

　날이 밝았다.

　태양이 쏘아 보낸 햇살에 안개는 속절없이 사라졌다. 어느새 산책과 운동을 위해 공원으로 온 사람들이 걷거나 뛰고 있었다. 한쪽에 갖춰진 운동기구에는 주로 할아버지, 할머니들이 자리 잡고 노년의 건강을 위해 애를 쓰는 중이었다.

공원 반대편 입구로 익숙한 사람이 들어왔다.

이근상이었다.

김현은 얼른 몸을 숨겼다. 저 녀석 때문에 일찍 공원에 나왔지만 막상 이근상을 보니 냉정하게 돌아서고 싶었다.

사과하려면 용기가 필요하다는 사실, 사소한 잘못도 되돌리려면 어마어마한 대가를 치를 수도 있다는 사실을 최근에 배우지 않았다면 망설임 없이 집으로 갔을 것이다. 아예 공원으로 나올 생각조차 하지 않았을 터였다.

이근상은 공원을 두리번거리며 소나무 옆 벤치로 다가왔다. 실망한 기색이 역력했다. 벤치에 앉은 이근상은 길게 한숨을 내쉬었다.

김현은 이근상 뒤로 다가갔다. 그리고 마치 이근상을 전혀 보지 못한 사람처럼 벤치에 앉았다.

이근상이 화들짝 놀라 몸을 일으켰다.

"너!"

"새벽마다 나온 거냐?"

"……아마도."

천천히 앉는 이근상의 얼굴이 밝아졌다. 얼굴을 비추는 아침 햇살 때문인지도 모른다.

그 순진한 표정에 김현은 이근상이 확실히 달라졌다고 생각했다. 거칠고 주먹질이 자연스러웠던 그 이근상이 아니었다. 어쩌면 자신은 이근상의 사과가 진심인지 확인하기 위해 이곳으로 나왔는지도 모른다.

"널 용서한 건 아니야."

"알아."

이근상은 차분했다. 화를 내지도 않고, 그렇다고 비굴하게 용서를 구걸하지도 않았다.

그 반응에 김현은 호기심이 생겼다. 동네 양아치의 표본이라고 해도 좋을 녀석이 어떻게 이렇게 바뀌었을까?

"정말 날 괴롭히지 않았으면 네가 왕따가 됐을 거라고 생각해?"

"난 그때 꼬붕이었으니까."

이근상은 씩 웃었다. 지금은 왕따라고 말하려다 참았다.

적룡회에서 쫓겨난 이후, 그토록 살갑게 다가오던 친구들과의 관계가 다 끊겼다. 십중팔구 백정현이 이근상과 친하게 지내면 가만두지 않겠다고 경고했을 것이다.

혼자 보내는 시간이 갑자기 늘어나 버려, 처음에는 무료함에 답답하고 힘들었다. 무릎을 꿇더라도 백정현을 찾아가서 빌고 싶은 마음에 버스를 탄 적도 있었다.

적룡회 아지트 근처까지도 몇 번 갔지만, 매번 이근상을 막은 건 김현에게 맞았을 때 느꼈던 기이한 쾌감이었다. 자극적인 전율이 아니라 편안한 여유가 떠올랐다.

처음 이근상을 과거로 돌아갈 수 없도록 막은 것이 김현의 주먹이었다면 그다음은 천무관이었다. 천무관에 가면 굉장히 강렬한 에너지가 몸으로 느껴졌다. 이근상은 그 에너지를 소유하고 싶었다. 그래서 염치 불고하고 그 어르신을 매일 찾아갔다.

김현은 그 순간 이근상이 말하지 않은 부분을 알아차렸다. 눈빛, 뺨의 움직임, 입가의 긴장을 보고 파악한 게 아니라, 이근상을 둘러싼…… 이근상에게서 흘러나오는 기를 몸으로 느껴서 알게 되었다.

당연히 왕따라는 구체적 상황까지 알 수는 없었다. 그저 말 못 할 어려움이 있구나, 그런데도 꾹 참고 웃는구나 생각할 뿐이었다.

"그 부탁이라는 게 뭐야?"

김현이 물었다.

"널 만나고 싶어 하는 어르신이 계셔."

"어르신?"

"부탁이야. 나랑 같이 가자. 한 번이면 돼."

"언제?"

"지금 어때?"

"……지금?"

이 시간에 문을 연 곳은 밤새도록 술을 퍼마실 수 있는 주점뿐일 텐데. 김현은 잠시 망설였다.

싱크

"그리 멀지도 않아. 걸어서 가면 10분, 15분이면 돼."

"그러지 뭐."

김현은 이근상의 변화가 그 어르신이라는 사람 때문이라고 생각했다. 그래서 어떤 사람인지 보고 싶다는 마음에 선뜻 이근상을 따라나섰다.

공원을 벗어날 즈음, 김현은 외투 주머니에서 지갑과 핸드폰을 꺼내어 이근상에게 던졌다. 지갑, 핸드폰을 엉겁결에 받은 이근상의 눈이 커졌다.

"옛날 생각나서 가져간 거야. 팔아 버리려다가 그냥 참았어."

김현은 괜히 죄를 지은 사람처럼 공원으로 들어오는 사람들을 쳐다보며 말했다.

지갑과 핸드폰을 주머니에 집어넣은 이근상은 아무 말도 하지 않았다. 화가 난 얼굴도 아니었다. 희미한 미소를 머금고 말없이 걸을 뿐이었다.

그 태도에 김현은 고개를 갸웃거렸다. 지금 만나러 가는 사람에 대한 궁금증이 커지고 있었다.

이른 아침인데도 무술 도장에는 사람들이 가득 차 있었다.

삐걱대는 마룻바닥으로 몸을 날리며 낙법을 구사하는 사

람들 중에는 50대 중년 남자, 60대 초반 할머니도 포함되어 있었다. 저 안쪽에서는 스무 명 남짓한 사람들이 사범의 구령에 따라 절도 있게 주먹을 뻗거나 팔을 펼치며 앞으로, 혹은 옆으로 움직이고 있었다. 마치 소림사의 앞마당을 이곳으로 옮겨 놓은 분위기였다.

입구 왼쪽에는 아령, 역기를 비롯해 몸을 단련할 수 있는 운동기구가 갖춰져 있는데, 적지 않은 사람들이 거기서 땀을 흘리며 운동하고 있었다.

줄잡아 백 명이 넘는 성인들이 쉬지 않고 움직이면서 만들어 내는 활력 때문인지 도장 내부의 공기는 후덥지근했다.

"이쪽으로 와."

이근상이 앞장섰다.

김현은 도복을 입고서 유도와 합기도, 태권도 그리고 쿵푸까지 합쳐진 듯한 무술을 수련하는 사람들의 모습을 살피면서 이근상과 함께 안쪽으로, 나뉜 구획 너머로 걸어갔다.

좁은 길이 나왔다. 여러 개의 기둥이 양쪽으로 줄지어 있고, 그 위로 지붕이 달린 길을 통과하자 또 다른 도장이 나왔다. 처음 본 것과 규모는 비슷했지만 내부의 분위기는 완전히 달랐다. 조용해서 텅 빈 느낌마저 주는 곳이었다.

운동기구는 눈을 씻고 찾아도 볼 수 없었다. 이 넓은 곳을 비워 둔다는 게 어쩐지 비효율적일 뿐 아니라 잘못된 일처럼 느껴졌다.

싱크

"여기서 기다리면 나오실 거야."

이근상이 말했다.

"……여긴 뭐야?"

"천무관이야. 한 번도 못 들어 봤어?"

"전혀."

"하긴, 이쪽에 관심이 없으면 그럴 수도 있지."

그렇게 말한 이근상은 천무관에 대해 설명했다.

조선 시대, 고려 시대는 물론 삼국시대 이전까지 거슬러 올라가는 역사를 가진 무술 천무도의 정통을 계승한 천무관은 압도적인 격투 능력 때문에 대통령 경호실은 물론 미국, 유럽 그리고 중동의 경호 기관에까지 교관을 파견하여 가르칠 만큼 어마어마한 명성을 가진 무술 도장이었다. 전통과 형식뿐 아니라 실력도 갖추고 있어, 천무관 출신 중에 이종격투기에서 활약을 거두는 사람도 적지 않았다.

"챔피언 장윤도가 바로 이곳 출신이야."

"처음 듣는 이름인데."

"평소 이종격투기는 안 보지? 그러니까 모르는 거야. 대한민국 남자들 중 장윤도를 모르는 사람은 거의 없어. 동양인의 약점인 작은 체구로 러시아의 곰 같은 놈들도 쓰러뜨린 선수니까. 진짜로 강해."

"그렇게 강해?"

김현은 강하다는 말에 관심이 생겼다. 페플에서 누구든 강한 사람도 맞붙어 보고 싶어 하던 그 갈망은 현실로도 이어지고 있었다.

"직접 보면 오줌 쌀 거야, 너는."

이근상은 가슴을 폈다. 마치 자신이 장윤도라도 된 것처럼.

김현은 천천히 그 광활한 방을 살폈다. 나무 기둥, 마룻바닥 그리고 천장에 이르기까지 모두 정갈했다. 어디 하나 빈틈없지만 또 어디 하나 지나침도 없었다. 이런 방을 설계하고 만든 사람이라면…… 틀림없이 비범한 인물이라는 생각이 들었다.

동시에 김현은 자신의 방을 떠올렸다. 오래되어 색깔이 바랜 붉은 소파 왼쪽에 페플 커넥터가 놓여 있다. 소파 오른쪽에는 지난 4년 동안 그를 지켜 준, 때로는 친구가 되고 때로는 휴식처가 되어 준 책들이 꽂힌 서가가 자리 잡고 있었다.

여기 잠자코 있으니, 그 방을 새롭게 바꿔 보고 싶다는 생각이 저절로 강해졌다. 그만큼 자연스럽게 흘러나오는 이 깔끔한 분위기가 마음에 들었다.

문이 열렸다.

짧은 머리카락을 바짝 세워 약간은 느끼한 분위기를 풍기는 남자가 방으로 들어왔다. 검은색 도복 오른쪽 가슴 부분에 한자가 수놓여 있었다. 김현은 디월드 뎁스 파이브 세계에서 안진후에게 배운 한자 덕분에 그 글자를 읽을 수 있었다.

바로 '외로울 고孤'였다.

싱크

'외롭다고 광고하고 다니는 건가?'

김현은 고개를 돌려 이근상을 쳐다봤다. 이근상은 당황한 얼굴로 주위를 두리번거리고 있었다. 20대 중반 혹은 후반으로 보이는 저 남자가 이근상의 '어르신'은 아닌 모양이었다.

"나는 천무관 본관의 고사 강도진이다. 노관장님을 대신하여 너희의 입관을 환영한다."

"입관?"

김현은 이근상을 노려봤다.

"나, 나도 몰랐어."

그렇게 말한 이근상은 강도진 앞으로 나섰다.

"저, 여기서 노관장님과 만나기로 했는데요."

"노관장님은 평가가 끝난 후에 나오실 예정이다."

강도진이 말했다.

김현은 고개를 흔들었다. 상황을 보니, 전적으로 이근상의 책임은 아니었다. 오히려 이근상을 믿고 여기까지 따라온 자신의 잘못이 컸다. 그놈의 호기심이 문제였다. 이근상의 변화가 자신에게 무슨 상관이 있다고 여기까지 졸졸 따라왔을까.

"난 간다."

김현은 미련 없이 돌아섰다.

강도진이 누군지 알고 있던 이근상도 김현을 잡지 못했다.

그때, 건장한 사내들이 입구로 몰려들었다. 줄잡아 쉰 명에 이르는 사람들이 입구를 막아섰다. 그냥 보내 주지 않겠다는 뜻이다.

"이게 뭡니까?"

김현은 이제 강도진을 향해 말했다.

"자유롭게 들어왔을지 모르지만, 나갈 때는 그럴 수 없지."

"이것 참."

김현은 주머니를 뒤져 핸드폰을 꺼냈다. 조직폭력배 셋과 싸운 후 경찰서를 들락거렸기 때문에 신고 전화는 일도 아니었다.

통화 버튼을 누르려는 순간, 무언가가 날아와 핸드폰을 쳤다. 김현은 핸드폰을 놓치고 말았다.

공중에서 반으로 쪼개진 핸드폰이 잔해를 뿌리며 바닥을 뒹굴었다. 그제야 김현은 기다란 못처럼 생긴 것이 핸드폰에 박혀 있다는 사실을 알아차렸다. 입구를 막은 사내들 중 하나가 손가락 사이에 그 못 같은 것을 끼운 채 실실 웃고 있었다.

김현은 화가 났다. 이미 핸드폰 하나를 망가뜨렸다. 엄마는 괜찮다면서 새 핸드폰을 사 주셨지만 다시는 그런 일이 없을 거라고 속으로 다짐했다.

감히 엄마가 사 준 핸드폰을 부숴?

분노는 두려움보다 강한 감정이었다.

"평가에 통과하지 못해도 천무관은 그 핸드폰보다 훨씬 고가의 핸드폰으로 보상할 것이다."

강도진이 말했다.

"평가라니?"

"오십 고개. 바로 입구를 막은 관원들과 싸우면 된다. 어디까지 버틸 수 있는지가 평가의 핵심이니까 살살 하도록."

강도진은 자신이 선별하여 데려온 관원들을 향해 말한 셈이었다.

그들이 깔깔 웃어 댔다. 그 목소리들이 넓은 도장으로 울려 퍼지며 메아리를 만들어 내자, 김현이 움직였다.

단숨에 거리를 줄여 암기를 던진 사내 앞으로 간 김현은 강도진을 노려보면서 손바닥으로 턱을 올리쳤다. 침을 흘리며 공중으로 떠오른 그를 김현은 발로 걷어찼다. 뒤에 있던 남자들 두 명까지 함께 쓰러졌다.

입구를 막아선 사람들이 한 걸음 뒤로 물러섰지만 다가서는 김현이 훨씬 빨랐다. 그들 속으로 파고든 김현은 수라부월공의 비어초목을 펼쳤다. 앉은 자세로 다리를 뻗어 빗자루를 쓸듯 마룻바닥을 훑자, 네 명이 발목과 다리를 감싸며 신음을 흘렸다.

공중으로 몸을 띄운 김현은 동령고송으로 뒤쪽에 서 있는 덩치 큰 남자를 노렸다. 아래로 내려오면서 손바닥을 둘로 겹쳐서 정수리를 때리자, 그 남자는 뒤로 천천히 넘어갔다.

김현은 맹부단월로 주먹을 내지른 남자의 팔을 내리쳤다. 박비위중으로 파고들어 명치를 노렸다. 작이변풍으로 세 명의 공격을 피한 다음, 그 뒤에서 안심하고 있는 사람들을 쓰러뜨렸다. 불리위구로 비열하게 뒤에서 공격하는 놈들의 사타구니를 강타했다.

반도이폐는 손도끼가 없어서 펼칠 수 없었다. 징칙유원, 불동이경, 불언이신은 현실에서는 무리였다.

수라부월공 여섯 초식을 조합하여 오십여 명의 관원들을 마룻바닥에 쓰러뜨리는 데 한 시간 가까이 걸렸다.

한 번의 도끼질로 몬스터의 숨통을 끊을 수 있는 페플과 현실은 확실히 달랐다. 맷집 좋은 사람들은 몇 번이나 일어나 김현을 괴롭혔던 것이다. 게다가 수라부월공은 도끼를 휘두를 때 장점이 발휘되는 무공이라서 그 위력이 반감된 부분도 있었다.

시간이 흐를수록 몸은 힘들지만 마음은, 무인으로서의 정신은 깨어나고 있었다. 힘을 다하여 겨루는 이 순간이 좋았다. 이곳에 왜 왔는지는 그리 중요하지 않았다. 몸과 몸이 부딪치며 만들어 내는 이 기이한 울림에 깃든 묘한 쾌감에 김현은 젖어들었다.

이근상은 입을 다물 수 없었다.

저 유연하면서도 민첩한 동작, 어디에선가 본 적이 있었다. 페플에서였는데. 이근상은 적룡회가 주도한 퀘스트에서 만난 노바디라는 캐릭터를 생각해 냈다. 보통 게이머의 방식과는 완전히 다른 전투 스타일 때문에 도저히 잊을 수 없었다.

노바디에 대해 검색을 했고, 어렵게 노바디의 전투 동영상을 구할 수 있었다. 그 동영상을 얼마나 자주 봤는지, 눈을 감고도 모든 동작을 떠올릴 수 있었다. 물 흐르는 듯한 유연함, 빈틈이 없는 초식 연결, 상식을 깨는 공격 방식 등 액션 영화에서도 보여 주기 힘든 무언가가 거기 있었다.

'설마, 노바디가 김현이었어?'

추측은 곧 확신으로 변했다.

숨을 헐떡거리면서도 김현은 눈이 휘둥그레진 이근상 뒤에 서서 뒷짐을 진 강도진을 노려보았다. 강도진은 냉정한 눈으로 손에 든 서류에 무언가를 기입하고 있었다.

"합격이다."

"아니, 아직 한 놈 남았어."

"뭐?"

"이리 나와."

마루에 흥건한 땀에 미끄러져 넘어질 뻔했지만 김현은 손가락으로 강도진을 가리켰다.

"재미있군."

강도진은 평가서를 이근상에게 넘기고 천천히 다가왔다.

김현이 먼저 달려들어 맹부단월을 펼쳤지만 강도진은 가볍게 옆으로 피했다. 박비위중, 비어초목 등 줄줄이 수라부월공을 펼치는데도 강도진은 잡히지 않았다. 김현은 그림자나 유령을 상대로 싸우는 기분이었다. 분명히 눈앞에 있는데, 손을 뻗으면 잡을 수 있는데 아무리 애를 써도 옷자락도 건드릴 수 없었다.

지친 김현의 속도가 떨어진 순간을 강도진은 놓치지 않았다. 바로 다가와 오른발을 뻗었다. 허공을 가른 오른발은 김현의 왼쪽 귀를 때렸다. 김현은 오른쪽으로 나뒹굴었다.

강도진은 김현이 일어날 때까지 다가서지 않고 기다렸다.

"넌 스스로 강하다고 생각하지?"

김현은 강도진을 노려보면서 천천히 일어섰다.

"그래 봐야 부처님 손바닥 안이야. 너 같은 놈은 여기 천무관에 널렸어. 어디서 기어올라?"

강도진이 바람처럼 달려왔다.

이번엔 왼발이었다.

김현은 급히 손을 들어 팔로 막았지만 그 타격에 왼쪽으로 날아가 마룻바닥을 두 바퀴나 뒹굴었다.

인정하지 않을 수 없었다. 지쳐서 얻어맞는 게 아니었다. 상대가 강하기 때문이다.

손에 도끼만 있다면.

'아니야, 도끼가 있어도 쉽지 않을 거야. 몸이 가볍고 빨라. 그리고 나보다 훨씬 먼저 움직여. 어떻게 그럴 수 있지? 내 마음을 읽지 않고서야…… 아!'

그 순간, 김현은 왜 강도진에게 당할 수밖에 없는지 깨달았다.

페플에서는 수라부월공을 이리저리 조합하여 사용해도 별

문제가 없었다. 속성 때문에 스켈레톤이나 데스나이트 등 언데드 계열 몬스터를 죽일 수 없을 뿐이었다. 그러나 여기 현실에서 수라부월공의 여섯 초식은 지나치게 단순한 공격 방법이었다.

'내가 쉰 명을 힘겹게 상대하며 수라부월공을 펼치는 걸 저 녀석은 지켜봤어. 난 그것도 모르고 신나게 내 기술을 보여 준 거야. 저 새끼, 진짜 교활한 놈이야.'

김현은 난감했다.

수라부월공에 모든 것을 쏟아부었다. 마보로 기초를 단련했지만 실전에서 사용할 수 있는 기술은 수라부월공뿐이었다. 상대에게 간파당할지도 모른다는 가능성은 아예 생각조차 하지 않았던 것이다.

이제 남은 건, 하나였다.

'여기서도 그게 가능할까? 휴우, 무조건, 무조건 성공해야 돼. 저 녀석의 콧대를 확 꺾어 놓아야 하니까.'

김현은 눈을 감았다. 마음을 가라앉히자 기로 감지할 수 있는 범위가 대략 5미터로 늘어났다.

청명의 장점은 전후좌우를 가리지 않는 인식 범위였다. 뒤에서 공격해도 얼마든지 피하면서 반격할 수 있을 것이다.

"포기한 건가?"

"입 다물고 덤비기나 해."

김현은 손가락을 까딱거려 강도진을 도발했다.

강도진이 기척도 없이 뒤로 돌아가자 김현이 자연스럽게 몸을 돌렸다. 강도진은 적잖이 놀랐다.

　'기를 느끼는구나!'

　그 감탄은 질투로 변했다. 저런 재능을 가지고 있기 때문에 노관장의 눈에 띈 것이다. 이대로 내버려 두면 노망이 들었을지도 모르는 늙은 계승자가 덜컥 제자로 삼을지도 몰랐다. 그런 일이 벌어지면 천무관 전체가 흔들리고 말 터였다.

　강도진은 3미터 거리에서 가볍게 몸을 날렸다. 마치 중력을 거스르는 것처럼 김현 앞으로 날아간 강도진의 무릎이 김현의 얼굴을 노렸다.

　무릎치기가 성공하기 직전, 김현이 옆으로 돌아섰다. 강도진은 손을 뻗어 김현의 머리카락을 움켜쥐려 했으나 이미 김현은 뒤로 한 걸음 물러섰다. 그 타이밍이 절묘해 처음으로 강도진은 허깨비를 상대하는 느낌을 받았다.

　'표슬을 알고 있나? 혹시, 노관장님이 벌써 천무관의 기술을 저 녀석에게 전수하신 건가? 그렇다면 말이 된다! 맞아, 저 녀석은 표슬을 알고 있어. 실전에 사용할 수준은 아니겠지만.'

　강도진은 분노로 활활 타올랐다. 그가 15년 가까이 피땀 흘려 익힌 기술이 끝도 없이 뿜어져 나왔다.

　이근상은 탄성을 연발했다. 공격하는 강도진의 화려한 기술에 놀라고, 눈을 감은 채 갈대처럼 유연하면서도 아슬아슬하게 피하는 김현의 몸놀림에 경악했다.

강도진이 지쳐서 숨을 돌리는 순간, 김현이 앞으로 한 걸음 내디디며 발을 굴렀다.

쿵.

셀레스카르가 노바디에게 보여 주었던, 무극심법의 발 구르기 타각이었다!

묵직한 울림이 마룻바닥을 통해 퍼져 나갔다. 마루에서 딱딱 기괴한 소리가 들렸고, 점점 커졌다. 마치 수백 개의 자갈 위로 파도가 치는 것 같은 소음이었다.

심상찮다고 생각한 강도진이 위로 훌쩍 뛰었지만 그 진동에서 벗어날 수는 없었다.

강도진은 발바닥을 타고 올라와 무릎을 흔드는 그 진동에 현기증을 느꼈다. 풍랑 주의보가 내려진 바다를 조그만 어선 한 척에 올라타 가로지를 때도 이처럼 어지럽지 않았다.

강도진은 무릎을 꿇었다.

'일어나야 돼!'

이를 악물었지만 다리가, 무릎이 말을 듣지 않았다. 오히려 그 진동은 허리를 타고 위로 올라와 가슴을 쳤다.

강도진은 그 깊은 울림을 이기지 못하고 뒤로 넘어갔다. 머리가 깨질 듯 아팠지만 누워 있으니 살 것 같았다.

높은 천장이 보였다. 졌다는 사실이 실감 났다.

일곱 살 이후 이렇게 처참한 패배는 처음이었다. 오늘 처음 천무관에 들어선 녀석에게 질 줄이야.

'아니야. 저 녀석은 노관장님이 숨겨 둔 제자야. 분명해. 저런 녀석 따위에게 이런 고급 기술이 있을 리 없어. 이건……분명히 진기공이야. 그것도 대자연의 기를 움직이는 천부선공 같은.'

강도진은 눈을 감았다. 눈물이 흘러내렸다.

이제야 알 것 같았다. 왜 자기가 저 녀석에게 패했는지. 노관장이 저 녀석에게 천무도, 그중에서도 핵심인 천부선공을 전수한 것이다. 천무관 관원이면 누구나 배우고 익힐 수 있는 공개된 천부선공이 아니라, 소수의 계승자 후보에게만 허락된 진짜 천부선공을 저 녀석은 체득한 것이다.

처음부터 상대가 안 되는 대결이었다.

분노가 들끓었다.

이 부조리한 세상을 무너뜨리고 싶었다.

노관장도, 저 새끼도 모조리 죽이고 싶었다.

이토록 깊고 처절한 증오와 살심은 그도 처음이어서 놀랐지만, 곧 가슴 깊이 파고들었다. 무엇을 위해 살아야 하는지 그 순간 결정되었다. 아니, 강도진 스스로 결정했다. 이후의 삶이 어떻게 되더라도 저 새끼를 잘근잘근 씹어 먹고 말리라.

쉽고 간단한 복수는 생각조차 하지 않았다. 저 녀석이 가장 찬란하게 빛날 때까지 기다려야 한다. 조금은 저 녀석을 도와 줘야 할지도 모른다. 혼자 힘으로 그 정점에 이를 수는 없을 테니까. 그러다가 때가 오면 놈의 심장에 검을 꽂으리라.

천장을 올려다보면서 강도진은 호탕하게 웃었다. 그 자신
도 지금 이 순간, 이런 생각을 하게 될 줄은 몰랐다. 마치 김
현이라는 녀석이 뿜어낸 기가 자신을 이런 길로 걷도록 강요
한 느낌마저 들었다. 저 녀석을 만나지 않았다면, 저 녀석이
여기 천무관으로 기어들어 오지 않았다면, 어둠의 길이 아니
라 빛의 길을 걸었을 텐데.

천장을 배경으로 김현이 보였다.

강도진은 몸을 일으켜 도장을 빠져나갔다. 비틀거리지 않
으려고 애를 썼다. 돌아서고 싶은 충동과도 싸웠다. 김현을
보는 순간, 체면이고 자존심이고 다 집어던지고 달려들 것
같았다.

김현은 털썩 주저앉았다.

"어떻게 된 거야?"

이근상은 강도진이 왜 쓰러졌는지, 왜 벌떡 일어나 말없이
도장을 빠져나갔는지 알 수가 없었다. 무엇보다 누가 이겼는
지 몰라서 답답했다.

"너, 죽었어."

숨을 헐떡거리던 김현이 이근상을 노려봤다.

"……미안하다. 난 정말 몰랐어. 근데, 누가 이긴 거야?
네가 이긴 거 맞지? 그렇지?"

김현은 힘겹게 웃었다.

그제야 이근상은 김현의 승리를 확신했다.

그때, 황갈색 도복을 입은 노인이 벽에 난 조그만 문을 열고 도장으로 들어섰다.

이근상은 즉시 몸을 일으켰다.

김현은 천천히 일어섰지만, 동시에 눈살을 찌푸렸다. 공원에서 봤던 할아버지였다.

고개를 돌려 이근상을 쳐다봤다. 이근상은 마치 교주를 숭배하는 신도처럼 조금은 과한 눈빛으로 노인을 바라보고 있었다.

'역시 여긴 이상한 곳이었어. 무술 도장처럼 꾸며 놨지만 저 노인은 사이비 교주야.'

현기명은 아직도 도장 입구에 쓰러져 있는 관원들을 바라보았다. 뼈가 부러지거나 내장이 상한 사람은 없지만 모두 정신을 잃을 만큼 강력한 타격에 당했다.

자존심 센 강도진은 일부러 모른 척했지만 오십 고개를 넘을 뿐 아니라 천무관의 미래라 불리는 강도진과 정면으로 상대해서 꺾어 버릴 줄은 생각도 못 했다.

"즐겁지?"

현기명이 물었다.

불만으로 입술이 튀어나와 있지만 김현은 아니라고 대답할 수 없었다. 온몸의 피가 뜨거워 도무지 식지 않았다. 아무리 지쳐도 조금 전 그런 경험을 다시 할 수 있다면 활짝 웃을 수 있을 것 같았다.

그러나 김현은 이근상의 부탁을 들어주기 위해 이곳에 왔다가 어떤 일을 당했는지 잊지 않았다.

천무관은 매우 위험하고 거친 사람들이 우글대는 곳이 분명했다. 페플에서의 단련이 현실로 이어지지 않았다면, 디월드 뎁스 파이브에서 13년 가까이 수련을 하지 않았다면, 정신을 잃고 쓰러진 사람은 바로 자신일 터였다.

이곳은 페플이 아니다. 죽어도 페널티만 있을 뿐 마음대로 부활하는 페플이 아님을 절대 잊어선 안 된다.

"밥 먹고 가거라."

싫다고, 집에 돌아가서 먹겠다고 대답하려는데, 위장이 도와주지 않았다. 조용한 도장에 꼬르륵 소리가 울려 퍼진 것이다.

"따라오너라."

현기명은 웃으며 도장 벽에 난 조그만 문으로 걸어갔다.

밥만 먹고 가리라 마음먹은 김현은 현기명을 따라 그 문밖으로 나가서 아담한 정원을 가로질렀다. 이근상이 김현 옆으로 와서 속삭였다.

"네가 노바디지?"

김현이 그 자리에 딱 멈췄다.

"그 무술 보고 알아본 거야. 도대체 어떻게 한 거야? 페플에서 배운 무술을 여기서도 연습한 거야?"

"……어쩌다 보니."

김현은 얼버무렸다.

"대단했어, 너. 정말 최고였어."

이근상은 흥분이 가시지 않은 얼굴로 떠들었다.

인자한 인상의 아주머니가 김현과 이근상을 서재로 안내했다. 좌식 책상이 놓인 서재에는 온통 한자로 된 고서 수천 권이 여기저기 쌓여 있었다. 붓과 벼루까지 갖춰져 있어서, 선비 특유의 올곧으면서도 여유로운 분위기가 느껴졌다. 왠지 충동적이고 제멋대로인 그 노인과는 어울리지 않는다고 김현은 생각했다.

"그런데 내가 널 페플에서 만난 적 있어?"

김현이 물었다.

이근상은 웃음을 터트렸다.

"적룡회가 룬트란 왕국의 왕세자를 습격했을 때, 널 상대한 게 바로 나였어."

"그 무거운 망치 들고 다니던?"

"맞아. 내가 바로 토르야."

"우와."

김현은 깜짝 놀랐지만 한편으로는 이 순간이 즐겁고 재미있었다. 페플에서 우연히 본 상대 게이머가 과거 자신을 괴롭혔다가 최근에 와서 성격까지 바뀐 이근상이었다니.

그때, 문을 열고 서재 안으로 한 사람이 들어왔다. 초미니

핫팬츠를 입고 하얀 라운드 티를 입고 있어서 잘못 보면 아래는 벗고 있는 느낌의 여자였다.

"밥 먹으러 와. 어?"

"알았어요. 이쪽은 내 친구예요. 이름은……."

"김현."

그 여자가 말했다.

"어떻게 알아요?"

"커피숍에서 날 버리고 간 녀석이거든. 안녕, 김현."

홍유정은 김현을 향해 손을 흔들었다.

김현은 버스에서 우연히 만난 그를 커피숍까지 끌고 갔던 여대생을 떠올렸다. 그 사람을 여기서 보게 될 줄은 상상도 못 했다.

"어떻게?"

"아마도 외할아버지가 널 무척 마음에 들어 하신 모양이야."

"외할아버지?"

"밥 먹으러 가자. 외할아버지는 기다리는 걸 별로 좋아하지 않으셔."

홍유정이 재촉했다.

서재 밖으로 나온 김현 옆으로 이근상이 다가왔다. 이번에도 목소리를 죽여 속삭였다.

"어떻게 된 거야?"

"정말 그 할아버지의 손녀야?"

"응. 사람들 사이에서는 저 누나가 여기 천무관을 이어받을지도 모른다는 소문이 돌고 있어."

"이거 참."

"왜?"

"아무것도 아니야."

김현은 자신을 중심으로 세계가 돌고 있다는 묘한 착각에 빠졌다.

영화든 드라마든, 주인공은 모든 이야기의 핵심이다. 그 세계가 주인공에게 도움을 주든 고통을 가하든, 태양계의 행성처럼 주인공 주변을 돌 수밖에 없었다.

물론 그게 사실이 아니라는 점은 누구보다도 잘 알았다. 4년 동안 혼자 있으면 누구나 자신이 주인공은커녕 지나가는 '행인1'만도 못하다는 사실을 뼈저리게 실감하게 된다.

아침상은 반찬이 단순했지만 맛이 있었다. 문제는 힐끔거리는 홍유정의 시선이었다.

현기명이 외손녀를 바라보았다. 눈빛에는 질문이 담겨 있었다.

"지난번에 말씀드렸잖아요. 마음에 드는 남자를 찾았는데, 너무 어리다구요."

"고등학생이랬지, 아마."

현기명은 고등어 살을 입에 넣고 오물거렸다.

"할아버지는 그 이야기를 듣고 껄껄 웃으셨죠. 사람 보는 눈이 없다고 하시면서요."

"웃을 만하니까."

"할아버지, 그 남자가 여기 와 있네요."

"이 녀석은 아니겠지?"

현기명은 젓가락으로 이근상을 가리켰다.

"당연히 아니죠."

홍유정의 말에 이근상은 고개를 푹 숙였다.

현기명은 젓가락을 든 채 김현을 쳐다보았다. 성격이 자신과 비슷해서 유달리 아끼는 외손녀와 아는 사이라니. 마치 하늘이 천무관을 위해 점지한 인재 같았다. 타고난 자질이야 이미 검증했지만 인성은 또 다른 영역이다. 그러니 시간을 두고 지켜본 후에 결론을 내려야 할 것이다.

'음, 현재까진 이 녀석만 한 놈은 없었어.'

김현은 그 눈빛이 불편했지만 꾹 참고 밥을 먹었다.

"내일도 오너라."

현기명이 무심한 척 시래깃국에 밥을 말며 말했다.

"시간이 없어요."

김현도 시금치나물을 오물거리며 답했다.

"오늘처럼 새벽에 들러서 땀 좀 빼다가 아침을 먹고 가면 된다. 어려운 일은 아니야."

"어려운 일인데요."

"이유나 들어 보자."

"아침은 편하게 먹고 싶으니까요."

"조금만 참으면 익숙해진다."

현기명은 막무가내였다.

"익숙해지고 싶지 않아요."

김현도 고집을 부렸다.

그 도장에서의 싸움 같은 대련에서 느낀 그 쾌감을 다시 경험하고 싶지만, 왠지 한번 시작하면 꽤 깊은 늪에 빠져서 벗어나기 힘들 것만 같았다. 무엇보다 아침은 출근하는 엄마와 함께 보내는, 포기할 수 없는 시간이었다.

이미 한번 전투의 기쁨을 추구했다가 큰 대가를 치렀다. 김현은 그 실수를 반복하고 싶지 않았다.

"……그러면 저녁에 오너라. 저녁에는 올 수 있지?"

현기명이 뜻을 굽히자, 함께 식사하던 홍유정은 물론 홍유정의 어머니까지 깜짝 놀랐다.

"저녁에도 바빠요."

"이 애송이 녀석."

화가 난 현기명이 젓가락을 던졌다. 김현이 살짝 피하자 젓가락은 뒤쪽 나무 기둥에 푹 박혔다. 현기명이 김현을 힘으로 굴복시키려고 일어서는 순간, 부드러운 목소리가 들렸다.

"아버지."

홍유정의 어머니였다.

"……에이, 알았다."

현기명은 가족이 모여서 사는 집에서는 절대 물리적 힘을 쓰지 않겠다고 딸과 약속했다. 약속하지 않으면, 그 약속을 지키지 않으면 나가서 따로 살겠다고 선언한 딸의 성격을 알기에 현기명은 참을 수밖에 없었다. 딸이 나가면 외손녀도 나가서 살 테고, 그러면 이곳 무재는 텅 빈 폐가처럼 쓸쓸한 곳이 되고 말 것이다.

"저, 사실 김현은 제 부탁을 받고 여기 왔어요. 어르신께서 김현을 데려와야 제게 무술을 가르쳐 주신다고 해서, 제가 억지로 데려온 거예요. 김현은 아무것도 모르고 왔어요."

이근상이 말했다.

현기명은 김현을 바라보았다.

"너도 느끼지 않았느냐? 그 뜨거움 말이다. 아니라고 할 수는 없겠지. 한 번도 경험하지 못한 사람은 절대 이해할 수 없어. 내가 너라면 그 즐거움을 위해서라면 무엇이든 할 수 있을 게다. 쫓아내도 어떻게든 여기 들어오려고 애를 쓸 거야."

김현은 현기명을 정면으로 쳐다보며 말했다.

"아무래도 할아버지는 욕구 불만 같아요."

눈앞의 할아버지를 보고 있으니, 싸우기 위해서 그 즐거움을 맛보려는 마음으로 사제를 두고 지하로 뛰어든 자신의 모습이 생각났다.

"뭐?"

원목 테이블에 올려 둔 손에 힘이 들어가자 나무 표면이 움푹 파였다.

"마음껏 싸우고 싶으신 거잖아요."

"……까놓고 말하면, 그렇지."

현기명은 솔직했다.

"그러면 페플에 접속하세요. 거기에서라면 어르신도 있는 힘껏 싸울 수 있어요."

"페플은 게임이 아니냐?"

"단순한 게임은 아니에요."

김현은 현기명에게 페플을 통해 자신에게 일어난 변화를 들려주고 싶었다. 그 이야기를 들으면 두말 않고 페플로 들어가 마음껏 전투의 쾌감을 만끽할 것이다.

물론 실제로 비밀을 알려 줄 생각은 없었다.

현기명은 시간을 두고 천천히 이 문제를 해결하리라 결심했다. 강하게 나가면 안 된다. 오히려 역효과만 생긴다. 살살 꼬드겨야 한다. 길게 생각하자. 그래야 저 녀석의 마음을 얻을 수 있다. 그 어떤 것도 무술의 즐거움을 이길 수 없으니, 저 녀석은 결국 천무관으로 들어올 것이다.

식사가 끝났다.

김현은 고개를 숙이고 천무관의 본가를 떠났다. 현기명은 밖으로 나오지도 않고 서재에 앉아 있었다. 홍유정이 서재로 들어왔다.

"섭섭하세요?"

"그 페플이라는 거, 나도 할 수 있는 거냐?"

"물론 하실 수 있어요. 하지만……."

"하지만 뭐?"

"주로 젊은 사람들이 즐기는 게임이니까요."

"오늘부터 시작해 봐야겠다. 그러니까 어떻게 해야 하는지 네가 좀 알려 줘야겠어."

"아, 네. 그럴게요."

홍유정은 깜짝 놀랐다.

외할아버지는 쉽게 변하는 사람이 아니었다. 천무관 그리고 천무도 자체가 역사와 전통을 중시하기 때문에 새로운 변화를 받아들이는 행위 자체를 혐오하거나 싫어했다. 그래서 '요즘 젊은것들은, 쯧쯧.' 같은 말이 입버릇처럼 튀어나오곤 했다.

오늘 처음 온 김현 때문에 외할아버지가 첨단이라 할 수 있는 페플을 시작하다니. 정말 상상도 못 한 일이 벌어지고 있었다.

시간 대기하기로 유명한 페플 디바이스 센터에 전화를 건 홍유정은 큰맘 먹고 최고급 콕핏형 커넥터를 주문했다. 외할아버지로부터 받은 재산 중 일부를 사용할 생각이었다.

오랜만에 몸을 풀고 싶어서 진홍색 도복으로 갈아입었다.

홍유정이 도장에 나타나자 사범들이 잔뜩 긴장했다. 홍유정은 주로 사범들과 대련을 했던 것이다.

"최성준 사범님, 부탁해요."

"저는 며칠 전에 교통사고가 나서……."

"그러면 이재명 사범님이 절 도와주세요."

"감기로 며칠 동안 고생을 하는 바람에……."

"역시 박형석 사범님뿐이네요."

홍유정의 말에 박형석은 무뚝뚝한 표정을 유지한 채 앞으로 나왔다. 홍유정이 씩 웃자 바위 같은 박형석도 움찔 몸을 떨었다.

갱도는 어두컴컴했다. 벽과 천장을 이루는 커다란 암석과 흙더미가 당장이라도 와르르 무너져 내릴 것 같은 불안감 때문인지, 가슴이 답답했다.

벨란데르는 옆에 서 있는 노바디를 살폈다. 노바디는 멀쩡해 보였다. 어딜 가나 적응력 하나는 최고인 놈이었다.

"이 지하 갱도를 만든 게 불꽃망치 드워프라는 거지?"

"아마도."

노바디는 사라겐의 수부를 휘휘 돌리며 말했다. 손도끼의 자루가 손에 익도록 하기 위해서였다.

"페플은 정말 대단해. 이런 지하까지 정교한 세계로 구축

해 놓다니 말이야. 깊은 땅속으로 내려오는 게이머의 비율은 아주 낮을걸. 내가 페플을 만들었다면 지상, 특히 도시 위주로 역량을 집중했을 거야."

"다행이야, 네가 만든 게 아니라서."

노바디가 씩 웃었다.

그때, 스켈레톤 세 마리가 땅을 뚫고 올라왔다. 벨란데르가 그란투모스를 뽑으며 한 걸음 나서자 노바디가 말렸다.

"내게 맡겨 줘."

"그럴까?"

"난 연습이 필요하잖아."

"그러지 뭐."

벨란데르는 물러섰다.

앞으로 달려 나간 노바디는 몸을 공중으로 띄워 아래로 떨어지며 선두에 선 스켈레톤의 두개골을 손도끼로 내려쳤으나, 그 스켈레톤이 들어 올린 낡은 검과 부딪친 순간 사라겐의 수부를 놓치고 말았다. 그 충격을 버티지 못한 것이다.

뒤로 튕겨서 넘어진 노바디는 벨란데르를 향해 말했다.

"……오지 마. 내가 해."

"알았어."

벨란데르는 아예 그란투모스를 검집에 꽂고 팔짱을 낀 채 노바디의 고군분투를 지켜보았다.

답답해서 미칠 지경이었다. 그란투모스를 휘두르고 파르

노엘을 불러내어 뜨겁게 불길 한번 일으키면 끝일 텐데.

새로운 몸에 익숙해지려는 노바디의 의도는 알고 있지만 스켈레톤 백 마리를 한꺼번에 상대했던 벨란데르로서는 좀이 쑤셔서 힘이 들었다.

"잠깐 나갔다 올게."

"그, 그래."

노바디는 스켈레톤 세 마리의 협공 때문에 고개를 돌릴 수도 없었다.

접속을 끊기 직전, 벨란데르는 불의 정령을 소환하여 아무것도 없는 갱도 벽을 향해 화염을 뿜도록 명령을 내렸다. 이곳 페플에서 힘을 다 쏟아 내야 현실에서 난동을 부리지 않는다는 사실을 경험으로 알게 된 것이다.

혼자 있으면 쿠션에 불이 붙어도 물을 끼얹어 끄면 그만이지만, 이제 호텔에 곰처럼 생긴 경호원이 들어와 있으니 조심할 필요가 있었다.

커넥터 밖으로 나온 안진후는 여전히 스위트룸 입구에 서서 철통처럼 경계하는 경호원 강무석을 힐끔 쳐다봤다.

"여기 소파에 앉아 있어도 돼."

"괜찮습니다, 도련님."

"냉장고에 맥주도 있으니까 목마르면 마셔."

"임무 수행 중에는 술을 마시지 않습니다."

싱크

강무석은 단단한 만큼 고지식한 사람이었다. 융통성이라고는 찾으려야 찾을 수 없었다.

"맘대로 해."

냉장고에서 맥주 캔 하나를 꺼내어 유리문을 열고 베란다로 나간 안진후는 온기를 머금은 바람에 눈을 감았다. 매끄럽고 기분 좋은 향을 품은 바람이었다. 따스한 햇살도 딱 좋았다.

강무석은 언제 왔는지 대략 3미터 남짓 떨어진 곳에 석상처럼 서 있었다. 근거리 경호는 그의 지론이었다.

빌딩의 옥상이 눈에 들어왔다. 잔디밭이 깔려 있고, 조그만 연못이 있으며, 그늘이 지도록 소나무 몇 그루가 심겨 있었다. 커피를 손에 든 회사원들이 잠시 벤치에 앉아서 쉬고 있었다. 재미있는 농담이라도 했는지 웃음이 여기까지 희미하게 들렸다.

'슈뢰딩거.'

안진후는 마음으로 불의 정령을 불렀다.

-여기 있어요.

오스트리아의 물리학자 슈뢰딩거는 양자역학 사고실험에 고양이를 도입했는데, '슈뢰딩거의 고양이'로 유명했다. 슈뢰딩거가 고양이를 물리학 연구에 이용했으니, 고양이 느낌을 주는 불의 정령 이름으로도 사용해도 슈뢰딩거 본인이 섭섭할 리는 없다고 안진후는 생각했다. 그 이름을 발음할 때의 느낌도 마음에 들었다.

'너와 비슷한 정령들은 얼마나 많아?'

─저는 혼자였어요.

'좀 외로웠겠네.'

─오빠가 불러 줘서 이젠 외롭지 않아요.

슈뢰딩거가 속삭였다.

안진후는 웃음을 터트렸다. 주인님 대신 오빠라고 부르라고 했는데, 들을 때마다 기분이 좋았다.

옆에서 강무석이 안진후를 쳐다봤지만 곧 위험 요소가 있는지 살피기 위해 위, 아래, 좌우로 시선을 옮겼다.

손바닥이 따뜻해졌다. 슈뢰딩거의 기운이었다. 안진후는 꿈을 꾸는 것만 같았다.

현대 과학으로는 설명할 수 없는 현상이 지금 벌어지고 있다. 인류는 지능을 가진 생명체를 찾기 위해 우주 저 끝에서 날아오는 전파를 정밀하게 측정하고 분석하여 저마다 독특한 주장을 펴고 있지만, 정작 이렇게 가까운 곳에 대화가 가능한 존재가 있다고는 상상도 못 할 것이다.

슈뢰딩거의 실존을 과학으로 증명하여 그 과정과 결과를 논문으로 작성한다면, 그 논문을 네이처 같은 학술지에 보내면 어떤 일이 벌어질까? 과학계가 뒤집어질 테고, 타임즈 같은 신문이 그 내용을 대중적으로 다룰 것이다. 어떤 타이틀이 붙을지 안진후는 상상했다.

마법은 실제로 존재한다

부제로 '패닉에 빠진 과학계' 정도가 좋을 것 같다.

자유로운 상상은 곧 현실적이고 진지한 고민으로 바뀌었다.

과거라는 거대한 시공간에 대한 기록으로서의 역사는 슈뢰딩거 같은 존재는 없다고 말한다. 엄밀한 실험의 학문인 과학은 정령은 존재할 수 없으며, 존재한 적도 없다고 단언한다. 정령은 종교와 신화의 영역이며, 일부 문학에서나 등장할 뿐이다.

정령의 등장은 세상을 어떻게 바꿀까?

인류는 어떻게 진화할까?

누구나 정령을 소환할 수 있게 된다면?

그래서 유치원에 간 아이들 곁에 정령이 하나씩 있고, 그 아이들을 가르치는 유치원 교사에게도 정령이 있다면?

수학과 영어를 배우고 익히듯 중고등학교에 정령학 수업 시간이 생긴다면?

우주로 날아가는 로켓에 탑승한 우주인 옆에 정령이 있다면?

상상도 못 할 세계가 펼쳐질 것이다. 19세기 사람들이 지금의 핸드폰, 인터넷망, 우주 시대를 꿈조차 꾸지 못한 것처럼, 정령과 마법이 현실이 된 시대를 지금 사람들은 믿지도,

받아들일 수도 없을 것이다.

　유쾌하면서도 깊이도 있는 생각으로 시간을 보내자 맥주 캔 하나는 금세 비워졌다.

　안진후는 안으로 들어갔다.

　"편히 있어. 먹고 싶은 건 뭐든 먹고."

　"알겠습니다, 도련님."

　대답하는 모습을 보니, 입구에서 조금도 벗어나지 않을 것 같았다.

　안진후는 고개를 흔들며 커넥터로 향했다.

　벨란데르는 할 말을 잃었다.

　노바디는 녹색 약병을 마시며 스켈레톤의 검을 피하고 있었다. 벽에 꽂혔던 사라겐의 수부를 언제 뽑았는지 다시 휘두르긴 하는데 그 힘이 너무 약해서 스켈레톤은 휘청거릴 뿐 부서지지도 않았다. 치열한 공방전이 벌어지고 있었지만, 벨란데르는 기가 찼다.

　더 이상 기다릴 수는 없다.

　벨란데르는 그란투모스를 뽑아 앞으로 달려들었다. 단번에 스켈레톤들을 부순 다음 슈뢰딩거를 소환했다. 불 뿜기를 좋아하는 슈뢰딩거는 몸을 부풀리며 스켈레톤을 모조리 태웠다.

　슈뢰딩거는 빨간 불꽃이 몸을 감싼 귀여운 고양이였다. 파

싱크

르노엘이 안진후의 머릿속에 있는 고양이 이미지를 흉내 낸 것이다.

"휴우, 너 안 왔으면 죽을 뻔했다. 왜 이렇게 오래 걸렸어? 혹시 변비?"

노바디는 뒤로 물러서더니 다리 힘이 풀린 듯 주저앉았다.

벨란데르는 기가 막혀서 웃었다.

"좀 쉬어도 되지?"

노바디가 헐떡거리며 말했다.

"그래, 쉬자, 쉬어. 쉰다고 뭐 세상이 무너지는 것도 아니고."

벨란데르는 노바디 옆에 앉았다.

슈뢰딩거는 스스로 두 사람 사이에 자리를 잡고 형태를 바꾸었다. 모닥불이 된 것이다. 장작이 필요 없는, 아주 간편한 불이었다.

노바디는 녹색 물병을 꺼내어 벌컥벌컥 마셨다. 생명력이 빠르게 올라갔지만 레벨도 낮고 수련량도 적어서 그리 효과적이진 않았다.

"레벨 올려 줘?"

벨란데르가 물었다. 파티를 맺은 상태에서 벨란데르가 압도적인 능력으로 사냥을 하면 노바디의 레벨은 저절로 올라갈 것이다.

"싫다."

"레벨이 올라가면 좀 편할 텐데."

"편한 걸 좇으면 계속 그쪽으로 갈 테니까."

"하긴."

벨란데르는 속으로 감탄했다. 저런 이야기를 아무렇지 않게 할 뿐 아니라, 실제로 그렇게 행동한다.

그때, 노바디가 몸을 일으키더니 마보 자세를 취했다.

벨란데르는 더 이상 웃지 않았다. 모닥불로 온기를 퍼트리던 슈뢰딩거를 불러 그 나름대로의 수련을 시작했다.

현재 슈뢰딩거를 소환하면 유지 시간이 3분 남짓이다. 화염을 한꺼번에 터트리면 30초도 못 되어 돌아가야 한다. 슈뢰딩거의 레벨을 높이면 더 오랫동안 소환할 수 있고, 더 강력한 공격을 가할 수도 있을 것이다.

각자의 수련에 깊이 빠져들어 두세 시간이 지날 무렵, 땅이 흔들렸다. 벽에 금이 가고 천장에서 흙이 떨어졌다.

그러더니 벽을 뚫고 촉수가 날아와 벨란데르를 노렸다.

노바디가 사라겐의 수부로 그 촉수를 내리쳤지만, 손도끼는 피부에 흠집을 낼 뿐이었다. 대신 옆으로 살짝 피한 벨란데르가 그란투모스를 휘둘러 촉수를 잘랐다. 슈뢰딩거는 떨어져 꿈틀거리는 촉수를 향해 화염방사기처럼 불을 뿜었다.

끝이 잘린 촉수가 벽 안쪽으로, 구멍 저쪽으로 달아났다.

노바디가 구멍으로 달렸다.

곧 벨란데르가 노바디를 앞질렀다.

촉수가 뚫은 구멍에서 빠져나오자 천장까지의 높이가 10 미터에 달하는 커다란 동굴이 보였다. 동굴의 왼쪽으로 물이 흐르고 있었다. 꽤 깊은지 표면은 거무스름했다. 오른쪽은 매끈한 석회석 재질의 벽과 바위였다.

노바디가 먼저 물로 뛰어들었다. 다행히 물은 허리 부근에서 찰랑거렸다. 물살도 그리 빠르지 않았다.

벨란데르는 물에 들어가는 게 싫었지만 엠모르타의 촉수를 쫓기 위해서는 어쩔 수 없다고 생각했다. 그러다가 왜 엠모르타를 쫓아야 하는지 생각했다.

목표는 불꽃망치 드워프를 만나서 중거추를 수리하는 것이다. 그 이야기를 하고 싶지만 이미 엠모르타 사냥에 몰입해 버린 노바디를 보고는 고개를 흔들었다.

한편으로는 부러웠다. 한 가지 일에 저토록 깊이 빠져들 수 있다니.

주위 사람들에게 천재라고 불렸지만 안진후는 칭찬이나 탁월하다는 평가가 좋았을 뿐, 진심으로 무엇인가를 하고 싶다는 생각은 거의 해 본 적이 없었다.

노바디는 몸을 왼쪽, 오른쪽으로 비틀면서 물살을 가르고 움직였다. 힘이 들지만 수련이라고 생각하니 참을 만했다.

조급해지려는 마음을 참는 게 더 어려웠다. 잃어버린 그 몸에 대한 아쉬움이 클수록 하루라도 빨리 그런 몸을 만들고 싶은 마음도 커졌다.

스켈레톤 세 마리를 상대로 거의 한 시간 가까이 싸워도 이길 수 없다는 사실을 인정하고 싶지 않을 뿐 아니라, 그 광경을 벨란데르에게 보여 주고 싶지도 않았다.

명상록의 한 구절이 떠올랐다.

네가 옳은 일을 하고 있다면, 나머지에 대해서는 생각하지 마라. 네가 생각할 일은 지금 하고 있는 일, 바로 그것뿐이다.

대충 그런 내용이었다.

몸에 힘을 주어 한 걸음, 한 걸음 앞으로 나아가는 일에만 집중하자. 벨란데르가 무슨 생각을 할지, 과거엔 어떤 몸이었는지에 대해서는 무시하자.

마음이 한결 편안해졌다.

노바디는 현제라 불리는 로마의 황제 마르쿠스 아우렐리우스를 직접 만나고 싶을 만큼 그가 쓴 글에서 도움을 많이 받았다.

4년 전에 명상록을 읽었다면 지난 삶이 달라졌을까? 그럴 수도 있지만, 그렇지 않을 가능성이 훨씬 높을 것이다.

'그땐 아무것도 눈에 들어오지 않았을 거야.'

지금 이 순간에 집중하면서 앞으로 발을 내딛는데, 차갑고 기다란 것이 다리를 휘감고 아래로 당겼다. 노바디는 중심을 잃고 물에 빠졌다. 손을 뻗어 다리에서 그것을 떼어 내려는데, 뱀처럼 미끄럽고 꿈틀거리는 그것은 오히려 더 강하게 다리를 죄고 있었다.

벨란데르에게 오지 말라고 경고할 수도 없었다.

갑자기 물에 빠져 허우적대는 노바디를 향해 달려간 벨란데르도 기다란 뱀 같은 마물에 다리가 묶였다. 뒤로 넘어진 벨란데르는 연거푸 물을 마시면서도 두 팔로 물을 헤치며 일어서려 했지만 이번에는 목과 어깨를 그 차가운 줄 같은 것이 휘감고 옥죄기 시작했다.

불의 정령 슈뢰딩거를 소환했지만 무용지물이었다. 물속이라서 화염을 퍼부어도 수면만 뜨거워질 뿐이었다. 슈뢰딩거는 물 안으로 들어올 수 없었다.

바닥에 가라앉은 노바디는 저항을 멈췄다. 힘으로 이 정체불명의 뱀 같은 몬스터를 이길 수는 없다. 대신 마음을 가라앉혔다. 명상록의 그 내용을 되새기며 무엇을 해야 할지에 집중했다.

기령환을 낀 오른쪽 가운뎃손가락이 놈의 피부에 닿자 그 마물은 몸을 부들부들 떨더니 저절로 다리에서 떨어져 나갔다. 짧은 순간이지만 노바디는 기를 흡수하여 저장하는 기령환의 능력 때문이라고 판단했다.

오른손으로 다리를 휘감은 녀석을 꽉 움켜쥐자, 미꾸라지

같던 녀석이 꿈틀거리며 달아났다.

팔다리가 자유로워졌지만 사라겐의 수부를 사용할 수는 없었다. 물속에서 휘둘러 봐야 속도가 나지 않을 터였다.

주위에는 달라붙어서 피를 빨고 생명력을 흡수하기 위해 호시탐탐 기회를 노리는 놈들이 많았다. 뱀장어처럼 생긴 것들은 빠르게 헤엄쳐 눈으로는 좇기도 어려웠다.

노바디는 오른쪽 발을 들어 올렸다가 앞으로 무게중심을 옮기며 바닥을 굴렀다. 무극심법 중 두 번째 관문인 '각문'에 속하는 타각을 펼쳤다. 익숙지 않은 몸이어서 그 효과를 기대하긴 어렵지만, 저 거머리 같은 놈들을 쫓아내기엔 충분할 것 같았다.

쿵.

물속으로 퍼져 있던 대자연의 기가 노바디에게로 몰려왔다.

타각은 발을 굴러서 기를 불러 모으는 동작으로, 셀레스카르가 펼쳤을 때에는 수십 그루의 나무가 앙상한 가지로 변했었다.

기를 빼앗긴 놈들은 서둘러 달아나 버렸다. 노바디의 예상이 적중했다. 벨란데르를 옥죄던 놈들도 꽁무니를 내뺐다.

물 밖으로 나와 숨을 헐떡거리는 벨란데르의 어깨 위로 슈뢰딩거가 내려섰다.

"죽는 줄 알았다."

"나도."

노바디는 굳이 자기가 그 녀석들을 쫓아 버렸다는 말을 할 생각이 없었다.

"뭐였을까?"

"글쎄."

어깨를 으쓱 추켜올린 노바디는 다시 전진했다.

벨란데르는 한숨을 내쉬며 그 뒤를 쫓았다. 돕기로 결정하고 따라왔으니 최선을 다할 생각이었다. 노바디도 정면으로 부딪쳐서 제대로 깨지고 나면 정신을 차릴 테니까.

배반한 흙의 정령

다섯 드워프들이 엠모르타와 싸우고 있었다.

엠모르타의 본체가 내뿜는 새까만 연기는 슬금슬금 퍼져 나갔지만 드워프들을 뒤덮은 새하얀 구름 같은 빛에 닿자마자 기분 나쁜 소리를 내며 사라졌다. 마치 살아 있는 구름처럼 형체와 질감을 갖춘 그 빛은 드워프들이 어디로 움직이든 마치 그림자처럼 따라다니고 있었다.

은마궁이 도끼 염뇌월을 휘두르자 무시무시한 번개가 엠모르타의 대가리로 내리꽂혔지만, 피부가 타 버려 까맣게 변한 곳에서 금세 새살이 돋았다. 엠모르타는 두껍고 긴 다리를 들어 자신을 공격하는 드워프를 내리쳤다.

야계중이 만들어 낸 흙벽이 이글루 형태로 엠모르타를 공격하는 드워프들을 덮자, 그 위로 엠모르타의 두툼한 다리가 떨어졌다.

쾅.

흙으로 지어진 이글루의 천장이 갈라졌지만 붕괴되지는 않았다.

몸이 크고 단단한 야계중은 대사형 주야뭉을 쳐다보며 선수를 쳤다.

"아무 말도 하지 마셔."

"좀, 잘해라."

주야뭉이 말했다.

"알았다니까."

야계중은 토벽만에 주입하는 내공의 양을 두 배로 늘렸다. 이글루를 이루는 흙은 서로 뭉쳐지더니 수백 개의 정육면체 벽돌로 변했다. 엠모르타의 다리가 연이어 이글루를 때려도 끄떡도 없었다.

"어쩌죠?"

은마궁이 대사형을 쳐다봤다. 염뇌월의 번개로도 막강한 재생 능력을 지닌 엠모르타를 죽일 수 없다는 사실은 분명했다.

주야뭉은 힐끔 넷째를 쳐다봤다.

바마퉁은 엠모르타가 뿜어내는 죽음의 연기 사혈분무를 추영으로 막아 내느라 여념이 없었다. 그 구름 같은 빛이 바로 추영이었다.

"아무래도 토룡휘를 불러내야겠어."

"토룡휘의 문을 열었어요? 언제 열었어요?"

은마궁이 흥분했다.

은마궁과 달리 둘째 야계중은 일그러진 얼굴로 대사형을 노려보고 있었다. 토룡휘는 붉은망치 일족 중에서도 소수만이 도달한 토법이었다.

"시간이 필요하다."

주야뭉은 야계중을 쳐다봤다.

"얼마든지."

야계중은 죽을힘을 다해서 익힌 토벽만에 자부심을 가지고 있었다. 엠모르타 따위가 무너뜨릴 수는 없다.

그때, 바마퉁의 얼굴이 새하얗게 질렸다.

"아래쪽에……."

그 말을 들은 주야뭉이 땅바닥에 손바닥을 댔다.

"이런."

그때, 엠모르타의 다리가 바닥을 뚫고 올라왔다. 토벽만으로 만들어 낸 이글루의 약점을 제대로 찌른 것이다.

다섯 드워프들은 사방으로 흩어졌다. 대사형 주야뭉과 이사형 야계중은 왼쪽으로, 삼사저 은마궁과 오사매 은도뭉은 오른쪽으로 뛰었다. 바마퉁은 즉시 판단을 내려 오른쪽으로 몸을 날렸다.

빛의 구름 추영은 바마퉁을 따라서 움직여 은마궁과 은도뭉을 덮었다. 그로 인해 주야뭉과 야계중은 엠모르타의 사혈분무에 노출되었다.

"대사형!"

은마궁이 소리쳤다.

씩 웃은 주야뭉이 두 팔을 벌리며 화구막을 펼쳤다. 몸에서 뿜어져 나온 기가 붉게 타오르며 반투명한 막을 형성하여 주야뭉과 야계중을 에워쌌다. 검은 연기는 화구막에 닿기도 전에 타 버렸다. 견고한 화구막은 엠모르타의 다리 공격도 막아 낼 수 있었다.

주야뭉이 웃으며 바라보자 야계중의 얼굴이 일그러졌다. 초보적인 실수를 저지르다니.

"저 녀석은 내게 맡기고 넌 동생들을 보호해라."

"……알았어."

야계중은 주야뭉이 화구막을 풀자 몸을 날려 사제, 사매들이 있는 곳으로 달렸다.

그사이, 주야뭉은 땅에서 뽑아낸 칼 염규거도를 손에 쥔 채 엠모르타를 향해 돌진했다. 자기 키보다 두 배가 큰, 대략 3미터에 달하는 검붉은 칼을 두 손으로 꽉 잡은 주야뭉은 다가오는 사혈분무를 피해 공중으로 뛰어올랐다.

무려 20미터나 날아오른 드워프는 공중에서 엠모르타를 향해 염규거도를 휘둘렀다.

염규거도에서 붉은 기운이 뿜어져 나와 엠모르타를 내리 쳤다. 다리 같은 촉수 두 개가 잘렸지만 여전히 꿈틀거렸다.

주야뭉은 엠모르타의 본체를 내려다보았다. 잘린 다리로 인해 고통스러운지 세 개의 눈이 어지럽게 돌고 있었다. 눈들 중 하나가 가까워지는 주야뭉을 봤지만 이미 늦었다. 주야뭉이 쥔 염규거도가 두 개의 눈을 단번에 내리친 것이다.

염규거도의 표면에 닿은 눈알은 순식간에 터졌다. 수백 도, 때로는 수천 도까지 온도가 올라가는 염규거도의 열기 때문이었다.

엠모르타는 온몸으로 사혈분무를 토해 냈다. 어마어마한 압력으로 뿜어져 나온 그 검은 돌풍이 주야뭉을 집어삼켰다.

"대사형!"

"안 돼!"

야계중은 달려가려는 은마궁의 앞을 막았다.

"대사형이 위험해요."

"저런 가루 따위에 죽을 드워프라면 진작에 죽었어."

"그래도……."

은마궁은 애절한 눈빛으로 검은 돌풍을 바라보았다.

시꺼먼 연기가 몰려왔다. 바마퉁이 움직이는 추영은 더욱 밝아지면서 사혈분무로부터 드워프들을 보호하고 있었다.

일정한 시간이 지나면 소멸되는 사혈분무가 사라지자, 벽에 박힌 대사형 주야뭉의 모습이 보였다. 다행히 화구막을 형성시켜 사혈분무에 피부가 닿지는 않은 모양이었다.

엠모르타의 다리들이 공중으로 올라갔다. 빙글빙글 돌면서 힘을 짜낸 다리가 창처럼 주야뭉을 찔렀다. 화구막으로 그 힘을 막았지만, 주야뭉은 더 깊이 박혔다.

쿵쿵, 다리가 때릴 때마다 벽과 바닥이 울렸다. 다리 세 개가 연이어 두들기는 바람에 주야뭉은 화구막을 풀고 밖으로 빠져나올 타이밍을 놓친 것이다.

은마궁이 염뇌월을 앞으로 내밀어 뇌격을 퍼부었지만 교활한 엠모르타는 주야뭉만 공격했다. 번개로는 치명적인 피해를 입히지 못한다는 사실을 알아차린 것이다.

"이사형."

은마궁은 야계중을 쳐다봤다.

야계중은 고개를 흔들었다. 자신의 토벽만과 바마퉁의 추영으로 겨우 버티고 있었다. 대사형을 도와준답시고 엠모르타에게 달려들면 이 중 가장 약한 오사매 은도뭉은 단번에 죽을 테고, 방어가 허술한 바마퉁도 오래 살지는 못할 것이다. 일단 바마퉁이 죽으면 사혈분무에 노출되어 자신도, 은마궁도 살아서 이곳을 빠져나가지 못할 터였다.

이런 결과를 예상했기에 처음부터 이번 사냥에 반대했었다. 대사형이 무리하게 결정을 내리는 바람에 억지로 따라왔지만, 마음이 편치 않았던 것도 이런 예감 때문이었다.

붉은망치 일족에게는 전통적인 사냥법이 있다. 각자의 역할을 제대로 수행하면 성공하는 사냥법인데, 주야몽은 언제부터인가 그 지혜를 무시하기 시작했다. 능력에 걸맞은 사냥감을 택해야 하건만, 기본적인 상식까지 어기는 바람에 이 지경에 이른 것이다.

"쟤네들, 드워프 맞지?"

벨란데르였다.

동굴 끝에 선 노바디는 대략 50미터 아래에서 벌어지는 전투를 내려다보며 고개를 끄덕였다.

드워프 다섯이 지난번에 노바디가 봤던 놈보다는 작지만 그래도 어마어마한 덩치를 자랑하는 엠모르타와 싸우고 있었다.

노바디는 심장이 쿵쿵 뛰고 몸이 뜨거워지는 느낌이었다. 당장 뛰어내리고 싶지만, 지금 자신의 능력을 잘 알기에 참고 있었다.

그런 노바디를 본 벨란데르는 한숨을 내쉬며 인벤토리에서 밧줄을 꺼냈다. 한 묶음에 30미터짜리였으니 두 묶음이면 충분할 것이다. 이은 밧줄을 아래로 던지자 출렁거리며 긴 줄이 거의 바닥까지 내려갔다.

"싸우는 게 그렇게나 좋아?"

"그래 보여?"

"광기가 느껴질 정도야."

"싸울 때는 내가 진정으로 살아 있다는 느낌이 들어. 분명히 꿈이 아니라는 사실을 알지만, 그래도 정령이 튀어나오고 초능력 비슷한 것을 발휘할 수 있는 현실은 아무리 생각해도 꿈 같잖아. 그 꿈에서 깨어날지도 모른다는 두려움에서 벗어날 수 있다면 난 무엇이든 할 수 있어."

그 말에 벨란데르는 입을 다물었다.

동네 양아치나 깡패처럼 그냥 치고받는 일에 열광하는 게 아니었다. 벨란데르 역시 그 두려움을 잘 알았다. 다시 과거로, 그처럼 끔찍한 상황으로 돌아가지는 않을까 무서워서 잠이 안 올 때가 요즘에도 있었다.

"내려가. 난 뒤따라갈게."

"고맙다."

노바디는 얼른 밧줄을 잡고 허공에 매달렸다. 특공대원처럼 다리를 위로 들어 'ㄴ' 자를 만들며 손을 풀자 몸이 빠르게, 안정감 있게 아래로 내려갔다.

엠모르타의 공세가 강력해졌다.

드워프들은 피하기에 급급했다.

밧줄은 바닥에까지 이어져 있지만, 노바디는 돌출된 바위로 몸을 던졌다.

아슬아슬하게 바위 끝자락을 잡고 위로 올라선 그는 아래를 쳐다봤다. 10미터 아래에서 엠모르타가 촉수를 휘두르며 드워프들을 위협하고 있었다.

노바디는 위를 올려다보았다.

벨란데르가 천천히 내려오고 있었다. 서두르는 법이 없고 꼼꼼해서, 무슨 일이든 믿고 맡길 수 있는 사람이었다.

노바디는 사라겐의 수부를 꽉 잡고 바위 끝으로 갔다. 마치 다이빙대 끝으로 걸어가는 다이빙 선수가 된 기분이었다.

"뭐 하는 거야?"

벨란데르였다.

노바디는 씩 웃으며 아래로 뛰어내렸다.

무언가가 떨어졌다.

야계중은 작은 도끼를 손에 든 인간이 엠모르타의 본체 위에 사뿐히 내려앉는 모습을 보고 깜짝 놀랐다. 이 깊은 곳에 인간이 나타나다니.

그 인간은 조그만 손도끼로 하나밖에 남지 않은 눈을 찔렀다. 주야뭉에게 집중하느라 또 다른 존재를 놓친 엠모르타는 고통으로 몸부림치며 사혈분무를 뿜어냈다.

"저런."

야계중은 혀를 찼다.

갑옷처럼 단단한 외피를 자랑하는 투후(다 자라면 2미터에 육박하는 대형 육지 게)도 사혈분무에 휩싸이면 녹아내리고 만다. 그러니 인간은 닿자마자 녹아내려 한 줌의 액체가 되고 말 터였다.

역시, 그 인간은 어디에도 없었다.

눈을 잃어도 엠모르타는 발달된 후각 덕분에 여전히 위험했다. 엠모르타를 잡으려면 다리를 모조리 잘라 낸 다음 본체를 뒤집어 아래에 숨겨진 약점, 흑구를 도끼로 찍어야 한다.

"어?"

은마궁의 눈이 커졌다.

발악하던 엠모르타가 갑자기 축 늘어졌다.

아무도 움직이지 않았다. 움직일 수 없었다. 엠모르타가 죽은 척한다는 이야기는 들은 바가 없지만, 교활하기로 유명한 마물이라면 충분히 그런 행동도 가능할 것이다.

속으로 백까지 센 은마궁은 은색 날의 도끼 염뇌월을 꽉 잡은 채 추영에서 벗어나 대사형이 처박힌 벽으로 달렸다. 이번에는 야계중도 막지 않고 뒤따랐다. 바마퉁과 은도뭉도 뛰기 시작했다.

"대사형!"

염뇌월을 던져서 벽 중간에 박은 은마궁은 몸을 날려 그 도끼를 발판으로 삼았다. 대사형이 처박히는 바람에 생긴 조그만 동굴 입구에 선 은마궁은 안쪽을 쳐다보았다.

대사형은 왼손을 오른쪽 어깨에 올린 채 오른팔을 돌리며 동굴 입구로 걸어 나왔다.

"어떻게 된 거냐?"

"괜찮아요?"

"엠모르타 따위가 날 죽일 순 없어."

주야뭉은 죽은 엠모르타를 노려보았다.

세 개의 눈을 다 터트려도 엠모르타는 죽지 않는다. 불사의 마물이라 불리는 엠모르타가 왜 갑자기 축 늘어졌을까?

혹시 저 덜떨어진 사제가 특별한 토법을 펼쳤을까? 주야뭉은 이쪽을 쳐다보는 야계중의 눈빛을 살폈다.

'음, 저 녀석은 아니야. 그럼, 누구지?'

그 순간, 엠모르타 본체의 옆구리를 뚫고 한 사람이 밖으로 나왔다. 손에 영롱하게 빛나는 재생석을 든 녀석은 인간이었다. 몸은 엠모르타의 검은 피로 덮여 있었다.

주야뭉은 깜짝 놀랐다. 엠모르타의 피는 사혈분무의 재료이자 그 죽음의 가루보다 훨씬 강력한 독으로 알려져 있다. 저 평범한 인간이 어떻게 엠모르타의 피를 뒤집어쓰고도 죽지 않았을까?

아래로 뛰어내린 주야뭉은 그 인간 앞으로 다가간 후에야 그 의문의 답을 찾아냈다. 흐릿한 빛이 인간의 몸을 에워싸고 있었다.

주야뭉은 그 인간의 손에 있는 암회색의 반지에 주목했다.

그 반지 덕분에 저 녀석은 운 좋게도 살아남은 것이다.

'아마도 건방진 이방인이 재수 좋게 성스러운 반지를 얻은 모양이구나. 음, 이를 어쩐담?'

좋은 생각이 떠올랐다.

"당신은 율법을 어겼소."

주야뭉이 말했다.

"율법?"

"저 엠모르타는 우리가 사냥 중이었소. 인간, 엘프, 아니 드래곤이라고 해도 우리 드워프가 사냥을 시작한 마물을 빼앗아 갈 수는 없소."

"그래서요?"

"그 돌, 넘기시오."

근엄한 주야뭉의 태도에 노바디는 피식 웃었다.

"싫다면요?"

"이곳을 빠져나가지 못할 것이오."

주야뭉은 땅바닥에 손을 얹었다. 곧 거기서 염규거도를 뽑아서 두 손으로 쥐었다. 거대한 칼이 뿜어내는 열기에 공기가 뜨거워졌다.

그때, 강렬한 불꽃이 주야뭉과 노바디 사이를 갈랐다. 걸어오는 벨란데르의 어깨에 있던 슈뢰딩거가 입을 벌려 화염을 토해 낸 것이다.

주야뭉을 비롯한 드워프들이 또 다른 인간을 보고는 뒤로 물러섰다. 특히 주야뭉은 불의 정령 파르노엘을 알아보고는 속으로 적잖이 놀랐다.

벨란데르는 노바디 옆에 섰다.

"불꽃망치 일족입니까?"

노바디가 물었다.

주야뭉은 아무 말도 하지 않았다.

"그렇소."

두 걸음 뒤에 있던 야계중이 대답했다.

노바디는 재생석을 야계중에게 던졌다. 놀란 야계중이 엉겁결에 재생석을 받았다.

"수리해야 할 도끼가 있는데, 공짜로 해 줄 리는 없으니 어쩐지 귀중해 보이는 이 돌로 수리비를 퉁치고 싶습니다만."

노바디는 오만한 주야뭉을 무시하고 야계중을 향해 말했다.

"재생석은 어마어마하게 비싼 돌이오."

야계중은 솔직했다.

"저 드워프 말처럼 사냥 중에 끼어든 내 잘못도 있는 셈이니, 도끼를 제대로 수리해 준다면 상관없습니다."

"뭐, 그럽시다."

야계중은 어쩐지 이 인간이 마음에 들었다. 재생석의 가치를 알고 나면 태도가 바뀔지도 모르지만 왠지 저 인간만은 변하지 않을 것 같았다. 대사형 주야뭉의 콧대를 제대로 꺾어 버렸기 때문에 좋아진 것인지도 몰랐다.

노바디를 쏘아보던 주야뭉은 염규거도를 던져 버리고 몸을 돌려 거대한 공동의 출구로 걸었다. 염규거도는 스르르 땅바닥으로 스며들었다. 눈치를 보던 은마궁은 야계중이 고개를 끄덕이자 대사형을 따라갔다.

"도끼는 어디 있소?"

야계중이 물었다.

노바디는 인벤토리에서 부서진 중거추를 꺼냈다.

허공에서 커다란 양날도끼가 나타나자 야계중은 눈앞의 인간이 불사의 존재 이방인이라는 사실을 알아차렸다.

둘로 쪼개진 도끼를 살피던 야계중의 눈빛이 달라졌다. 불꽃망치 일족 중에서도 그 능력을 인정받은 일곱 명의 대장장이가 만들었다고 해도 될 만큼 정교하면서도 강력한 무기였다. 예술품이라고 해도 될 만한 물건을 인간이, 그것도 이방인이 지니고 있다니.

"음, 누클레륨이 필요하니 투월령까지 내려가야 합니다."

야계중이 말했다.

노바디는 벨란데르를 쳐다봤다. 불꽃망치 드워프 일족의 왕국이자 수도라 알려진 투월령으로 같이 가자는 눈빛이었다.

벨란데르는 고개를 끄덕였다. 여기까지 와서 안 된다고 할 수는 없다.

거대한 불덩이처럼 활력을 내뿜는 노바디는 같이 있는 것만으로도 기분 좋은 사람이지만, 뭐랄까…… 조금은 무거운 행복이었다. 노바디의 의지에 끌려다니는 느낌이었다.

그래도 스스로 내린 선택이다. 만약 동행할 수 없다고 말한다면 노바디는 싫은 기색 하나 내비치지 않고 혼자 지하로 내려갈 것이다. 벨란데르는 페플에서 반드시 하고 싶은 일을 찾기 전까지는 노바디를 따라다닐 생각이었다.

시선을 느낀 벨란데르가 고개를 돌렸다. 이쪽을 쳐다보던 드워프 바마퉁이 화들짝 놀라며 딴청을 피웠다.

야계중이 나섰다.

"야계중이오. 이쪽은 바마퉁, 은도뭉이오. 대사형 주야뭉과 삼사저 은마궁은 조금 전에 봤을 거요."

"나는 노바디, 여기는 엘프 벨란데르입니다."

노바디가 벨란데르 대신 소개했다.

벨란데르는 바마퉁이라 불린 드워프에게서 눈을 떼지 않았다. 소심해 보이는 저 드워프는 어딘지 모르게 표정이나 행동이 어색했다.

"갑시다."

야계중이 앞장섰다.

갱도는 안으로 들어갈수록 커졌다.

3미터 남짓이던 천장의 높이는 곧 10미터가 되었고, 급기야 100미터에 이르렀다. 더 이상 갱도나 굴이라 부를 수 없는 규모의 공간이 펼쳐져, 노바디는 지하 깊은 곳에 이처럼 거대한 구조물을 만들고 유지하는 드워프 일족의 능력에 깊이 감탄했다.

아치 형태의 구름다리가 까마득히 높은 곳을 가로지르고 있었다. 구름다리는 한두 개가 아니었다. 어마어마하게 두껍고 견고한 중앙 기둥을 중심으로 부채꼴처럼 구름다리가 이어졌고, 놀랍게도 구름다리에는 갈림길이 있어서 둘로 혹은 셋으로 나뉘기도 했다.

난간도 없는 구름다리로 오가는 드워프들 중 다수가 아래를, 이제 막 드워프 왕국 투월령으로 들어서는 두 명의 인간을 내려다보고 있었다. 벽이라고 생각했던 곳에서도 시선이 느껴졌다. 그 벽 너머에 복잡하면서도 정교한 건축물이 있으리라고 벨란데르는 확신했다.

"저게 무너지면 볼만하겠다."

벨란데르가 중얼거렸다.

"저길 봐."

노바디가 왼쪽을 가리켰다.

거대한 두더지가 벽에 구멍을 내고 있는데, 그 위에 드워프가 앉아 있었다. 마치 드워프가 코끼리보다도 몸집이 큰 두더지를 조종하고 있는 느낌이었다.

그 옆에서는 몸이 하얀 뱀이 정육면체로 잘라 낸 암석을 투월령 내부 필요한 곳까지 끌고 가는 중이었다. 그 뱀의 머리 위에도 드워프가 서 있었다.

통로가 끝나자 끝도 없이 펼쳐진 대도시가 눈에 들어왔다.

빌딩처럼 한눈에 띄는 고층 랜드 마크는 없지만 중앙에는 모스크처럼 생긴 궁전이 아름다운 자태를 드러내고 있었고, 이탈리아 베네치아처럼 거미줄 같은 운하로 연결되어 있었다. 공중에 박힌 초대형 야명석은 마치 태양처럼 도시를 밝히고 있는데, 운하에 비친 야명석의 빛 덕분에 도시 전체가 하나의 보석처럼 빛을 발했다.

노바디는 할 말을 잃었다.

벨란데르도 입을 벌린 채 투월령이 주는 아름다움에 푹 빠졌다.

"불꽃망치 일족의 도시 투월령에 온 것을 환영하오. 갑작스러운 비 때문에 잠시 피난을 떠나기도 했지만 보다시피 원상회복된 지 꽤 됐소."

야계중이 자랑스럽게 말했다.

곤돌라를 닮은 배 세 척이 빠르게 다가와 선착장에 멈췄다. 그 배에서 은색의 갑옷과 창, 검으로 무장한 드워프들이 뛰어나와 노바디와 벨란데르 앞으로 다가왔다.

"아무래도 궁에서 소식을 듣고 근위기사단을 보낸 모양이오. 엘프 여왕이 이곳을 방문했을 때도 저처럼 근위기사단이 달려왔었소. 이 도끼는 수리하고 있을 테니, 알현을 마치면 중앙 화로가 있는 누클레룸으로 오시오."

야계중은 중거추를 들어 보이며 말했다.

"알겠습니다."

짧게 대답한 노바디는 근위기사단을 바라보았다. 확실히 전투 흔적이 없는, 새것 같은 갑옷과 무기였다.

덩치가 유달리 좋은 드워프가 앞으로 나왔다.

"투월령의 근위기사단을 이끄는 마룽이오. 국왕 전하께서 두 분 이방인을 기다리고 계시오."

"갑시다."

노바디는 근위기사단을 따라가 곤돌라에 올랐다.

팔뚝이 노바디의 허벅지보다 두꺼운 드워프 기사가 기다란 막대를 쥐고 세게 밀자, 배는 빠르게 움직였다. 운하 양쪽 건물의 창이란 창에서는 모두 커다란 머리가 밖으로 나와 아래로 지나가는 인간을 구경하고 있었다.

"이런 도시가 있다는 거, 알고 있었어?"

노바디가 벨란데르에게 물었다.

"이름은 들었지. 이런 반응은 전혀 몰랐고."

효율성이라는 측면을 본다면 페플 시스템은 낙제점이다. 극소수의 게이머를 만족시키기 위해 이 어마어마한 도시를 지하 깊이 만들다니. 관점을 바꾼다면 페플 시스템은 환상적이며 아름답기까지 하다. 아름다운 것일수록 효율성과는 거리가 먼 법이다.

근위기사단의 배가 지나갈 때까지 운하의 길목은 통제되어, 다른 배들은 모두 대기하고 있었다. 배에 탄 드워프들도 근위기사단 사이에서 불쑥 튀어나온 키 큰 인간들을 쳐다보느라 정신이 없었다.

"동물원에 갇힌 느낌이다."

벨란데르가 말했다.

"조금은."

노바디는 점점 커지는 궁전으로 고개를 돌렸다. 도시 입구에서 본 것보다 훨씬 규모가 컸다. 라마간이라는 도시를 통째로 넣어도 될 만큼 거대한 궁전일 것 같았다.

왕실 전용 선착장에 배가 닿자, 근위기사단이 먼저 배에서 내려 도열했다. 노바디와 벨란데르는 천천히 그 사이로 걸어서 대리석 기둥이 줄지어 서 있는 회랑으로 들어섰다.

알현 절차는 까다로웠다. 몸에 지닌 무기는 모조리 압수당했다. 나중에 돌려준다는 말을 들었지만 실제로 그럴지는 의문이었다. 그래도 반지는 가져가지 않았다.

"여기에도 이방인이 있을까?"

"없을 거야. 있다면 소문이 났겠지. 이렇게 멋진 도시가 이렇게나 깊은 곳에 있다면 구경을 위해서라도 사람들이 몰렸을 거야. 드워프를 택하는 게이머는 대부분 바위 도시 람코에서 시작해. 엘프의 시작 도시가 빛의 도시 엘루마인 것처럼."

노바디는 그 설명에 고개를 끄덕였다.

세와타트에 자리 잡은 불꽃망치 일족에 대해 검색을 해 봤지만 두루뭉술한 내용이 대부분이었다. 퀘스트를 위해 산맥으로 오는 게이머들이 있지만, 후기를 쓴 사람들 중 이곳 투월령으로 내려온 사람은 없는 모양이었다.

"아, 어쩌면 메이저 업데이트 때 공개하려고 준비 중인지도 모르겠다."

벨란데르가 속삭였다.

"그렇다면 들어올 수 없어야 정상이지 않을까?"

"음, 엠모르타를 비롯해 고약한 몬스터 때문에 어떤 게이머도 여기까지 내려올 수 없을 거라고 페플 개발진이 판단한 모양이지. 우리도 중간에 드워프를 만나지 못했다면, 그들의 안내를 받지 못했다면 절대 이 은밀한 도시를 찾아내지 못했을걸."

"그건 그래."

노바디는 그 설명에 수긍했다. 충분히 가능한 일이었다. 버그로 인해 캐릭터를 통째로 빼앗길 수도 있으니, 아직 정식으로 공개되지 않은 도시에 우연히 들어올 수도 있다.

"따라오시오."

마룽이 말했다.

노바디와 벨란데르는 근위기사단장 마룽을 따라서 거대한

기둥이 줄지어 선 복도를 걸었다.

키는 1미터 50센티미터도 채 안 되면서 기둥은 수십 미터나 된다. 노바디는 작은 키로 인한 열등감 때문에 도시를 이토록 거대하게 만든 게 아닐까 생각했다.

알현실도 예상대로 컸다. 국왕이 앉아 있는 보좌까지의 거리가 거의 100미터였다. 국왕이 어떻게 생겼는지 알아보기도 어려웠다.

30미터까지 접근하자 마룽이 앞을 막았다.

"거기서 무릎을 꿇으시오."

노바디와 벨란데르는 서로를 쳐다보고 뜻을 하나로 모았다. 로마에 가면 로마법을 따른다. 둘은 동시에 무릎을 꿇었다.

저 멀리서 묵직한 목소리가 들렸다.

"그대 이방인들은 왜 자유와 평화의 도시, 흙과 바위의 도시, 진리가 살아 숨 쉬는 도시, 영광과 명예가 서린 도시로 내려왔는가?"

수식어가 엄청났다.

노바디는 팔꿈치로 벨란데르의 옆구리를 꾹 찔렀다. 벨란데르는 웃으며 입을 열었다.

"자유와 평화의 도시, 흙과 바위의 도시, 진리가 살아 숨 쉬는 도시, 영광과 명예가 서린 도시로 내려온 이유는 바로 드워프의 솜씨가 깃든 무기를 수리하기 위해서입니다."

늙은 왕은 흡족한 듯 껄껄 웃었다.

"그대는 지혜로운 이방인이군."

"감사합니다, 전하."

"수리하기 원하는 무기는 어디 있나?"

"이곳으로 오는 길에 만난 드워프 야계중에게 맡겼습니다. 누클레룸으로 무기를 찾으러 오라는 이야기를 들었습니다."

"음, 야계중이라…….."

왕 옆에 있던 신하가 귀에 대고 야계중이 누구인지 알려 주었다.

"아, 야투뭉의 아들 야계중! 좋은 녀석이지. 야계중의 토 벽만은 무엇이든 다 막아 낼 정도로 튼튼하니까."

왕은 흥분했다.

그때, 매혹적인 여인이 보좌 왼쪽 문을 열고 들어왔다. 붉 은 옷을 입은 그 여자는 드워프가 아니었다. 늘씬한 키는 대 략 180센티미터는 될 것 같았다. 그 여자는 왕 앞에 무릎을 꿇었다.

"전하, 신탁이 내려왔사옵니다."

"오호, 신탁이! 어서 말해 보라."

왕이 재촉했다.

여신관의 검붉은 눈이 은회색으로 바뀌자 목소리까지 변 했다. 굵고 탁하며 울림이 있는 목소리는 마치 성능 좋은 스 피커를 통해 알현실을 가득 채우는 느낌이었다.

"이방인이되 이방인이 아닌 자가 조각난 도끼를 들고 지하

싱크

로 내려올 것이다. 그자는 신의 길을 걷는 중이다. 그로 인해 불꽃은 소멸될 것이며 망치는 부서질 것이다. 그로 인해 투월령은 멸망할 것이다. 그는 이미 악의 화신이며 죽음의 사자다. 배반한 흙의 정령이 그를 도울 것이다. 막아야 한다. 막아야 한다."

여신관은 몸을 부르르 떨더니 그대로 축 늘어져 기절했다. 신하 몇 명이 여신관의 팔다리를 잡고 알현실 밖으로 옮겼다.

"아무래도 널 말하는 것 같은데."

벨란데르가 소곤거렸다.

"조짐이 좋지 않아."

노바디는 은연중 에워싸며 다가오는 근위기사들을 보고 있었다.

예상보다 일찍, 쉽게 중거추를 수리하여 전생 퀘스트를 완수하리라 기대했는데 역시 만만한 퀘스트가 아닌 모양이었다. 신탁이라니.

"저 악마를 잡아라!"

왕이 명령을 내렸다.

노바디와 벨란데르는 즉시 몸을 일으켜 보좌 반대쪽으로 달렸지만 출구는 이미 근위기사들에 의해 막혀 있었다.

노바디는 허리를 더듬은 후에야 사라겐의 수부를 압수당했다는 사실을 깨달았다. 맨손으로 저 강인한 드워프 기사들을 뚫을 수 있을까? 벨란데르의 정령이라면 가능할지도 모른다.

"소환 안 해?"

"……그게, 여기선 부를 수가 없어."

벨란데르는 난감한 표정을 지었다. 처음 있는 일이었다. 슈뢰딩거를 아무리 불러도 소용이 없었다.

노바디는 달려드는 근위기사를 발로 걷어찼지만 이내 옆에서 봄을 날린 드워프에게 밟혀서 쓰러졌다. 벨란데르는 더 길게 저항했지만 결과는 마찬가지였다. 두 사람은 쇠사슬에 꽁꽁 묶여 알현실에서 끌려 나갔다.

호기심 어린 시선은 적대적인 눈초리로 바뀌었다. 점잖게 걷는 신하들은 물론 귀족으로 보이는 드워프들도 노바디와 벨란데르를 마치 불구대천의 원수처럼 노려보고 있었다.

왕궁 지하 깊은 곳으로 끌려간 두 사람은 붙어 있는 두 개의 감옥에 각각 갇혔다.

"이것도 퀘스트의 일부겠지?"

벨란데르가 물었다.

"아마도."

몸을 일으킨 노바디는 견고한 철창문을 흔들었다. 드워프의 솜씨가 담긴 구조물이라서 그런지 꿈쩍도 하지 않았다.

이제야 대답하고 나타난 슈뢰딩거가 벨란데르의 지시대로 불을 내뿜었지만 철창문은 벌겋게 달구어질 뿐 휘거나 녹지는 않았다. 힘을 다 써 버린 슈뢰딩거는 자기 세계로 돌아가

싱크

야 했다.

"이제 어쩌냐?"

"지금은 기다리는 수밖에."

노바디는 적당한 곳에 자리를 잡고 마보 자세를 취했다.

"설마 또 수련하는 건 아니지?"

노바디가 뭘 하는지 볼 수는 없지만 왠지 알 것만 같은 벨란데르가 물었다.

대답은 돌아오지 않았다.

방에서 불안하게 왔다 갔다 하던 바마퉁은 문을 부수고 들어온 근위기사들에게 붙잡혔다. 이유를 물을 엄두도 나지 않았다. 끌려가는 그를 본 은도뭉이 비명을 질렀다.

"대사형, 이사형에게 알려 줘."

바마퉁은 겨우 그렇게 말할 수 있었다.

거칠고 힘이 센 근위기사들에게 끌려서 간 곳은 지하 감옥 중에서도 감시가 삼엄한 제3구역이었다. 주로 평생 빛을 볼 수 없거나 처형을 앞둔 중죄인이 갇히는 곳이어서, 바마퉁은 크게 당황했다. 자기가 왜 이곳에 갇혀야 하는지 이해할 수 없었다.

맞은편에 이방인들이 갇혀 있었다.

그들을 본 순간, 바마퉁은 화가 났다. 저 멍청이들 때문에 자신까지 피해를 입은 것이다.

"어, 당신도 끌려왔습니까?"

엘프가 물었다.

"대체 뭘 한 거야!"

바마퉁이 창살을 잡고 흔들며 외쳤다.

"뭘 하다니?"

"너희 때문이잖아."

"대체 무슨 소리야?"

"너희 때문이야!"

그렇게 말한 바마퉁은 접속을 끊었다.

박용준은 숨을 헐떡이며 커넥터 밖으로 나왔다.

그리 크지 않은 방은 깨끗했다. 벽은 하얀색이었고, 침대도 호텔처럼 시트를 매일 갈기 때문에 더없이 청결했다. 흰색 책상과 의자 그리고 옷장이 갖추어져 생활하는 데 전혀 불편함이 없지만, 그 외에는 모든 것이 부족한 곳이 바로 이곳이었다.

박용준은 시계를 올려다봤다. 평소보다 일찍 나온 셈이었다. 그 때문인지 좀 걷고 싶었다.

손잡이를 돌려서 문을 열었다. 그리고 복도로 나갔다.

특별 병동에는 환자가 그리 많지 않다. 붐비지 않아서 좋지만 한편으로는 사람이 무척이나 그리워진다. 물론 박용준에게는 해당 사항이 없는 일이었다.

"안녕. 오늘은 일찍 나왔나 보네."

간호사가 말을 걸었다.

"네."

작년부터 일하기 시작한 저 간호사와 이틀 혹은 사흘에 한 번 이런 식으로 간단한 대화를 나누지만 이름조차 알지 못했다. 박용준은 개인적인 친분을 쌓고 싶지 않았다.

이곳 정신병원에는 두 종류의 환자가 존재한다. 난동을 부리거나 정신에 이상이 있어서 잡혀 들어온 환자, 그리고 스스로 혹은 가족의 판단에 의해 갇힌 자. 박용준은 후자였다. 물론 그 스스로 자신을 이곳에 가두지는 않았다.

닌자가 걸어왔다.

30대 후반의 남자인 닌자는 제 발로 이곳 병동에 입원한 사람이었다. 하도 신출귀몰해서 간호사들이 닌자라는 별명을 붙였다. 환자들까지도 닌자는 자신이 원하면 언제든지 이곳을 떠날 수 있는 사람이라고 말했다.

"멋진데."

닌자가 박용준을 힐끔 쳐다봤다.

박용준은 아무 말도 하지 않았다. 닌자와 얽히고 싶지 않았다. 아니, 누구도 자기 내부로 받아들일 생각이 없었다.

"추영 말이야."

닌자가 속삭였다.

박용준은 눈이 커져 옆을 스치고 지나간 닌자를 노려보았다. 잘못 들었을까? 아니면 저 닌자는 자신이 누구인지, 페플에서 무엇을 하고 있는지 알고 있을까?

불러 세워서 묻고 싶지만 박용준은 그 기회를 놓쳤다. 닌자는 씩 웃으며 손을 흔들더니, 모퉁이 너머로 사라졌다.

'잘못 들은 거야. 그래, 잘못 들었어.'

박용준은 뜰로 나갔다. 해는 졌지만 온기는 조금 남아 있었다. 곧 벚꽃이 필 모양인지 나뭇가지에 좁쌀 같은 순이 돋아나 있었다.

벤치에 앉았다.

맞은편 병동을 바라보았다. 거기 복도에 서 있는 진짜 환자들 수십 명이 자유롭게 바깥 공기를 마시는 박용준을 노려보고 있었다. 약을 복용하지 않으면 날뛰는 환자들의 시선에서 광기와 살의가 묻어났다. 자신들이 가지지 못한 자유를 가졌기 때문이다.

박용준은 그 눈빛을 무시했다. 이곳은 무시해야 할 것들이 참 많다. 일일이 다 신경 쓰다 보면 저들 중 한 명이 될지도 모른다.

다른 간호사가 다가와 큼지막한 가방을 내려놓았다.

싱크

"어머님이 두고 가셨어요."

"네."

간호사는 박용준을 내버려 두고 사라졌다.

박용준은 그 가방을 열지도, 내용물을 확인하지도 않았다. 여느 때처럼 그냥 두고 갈 생각이었다. 저기 어딘가에서 기다리고 있을 간호사들은 박용준이 떠나면 가방을 가져다가 그 안에 있는 도시락과 정갈한 음식들을 신나게 먹어 치울 것이다.

날이 쌀쌀해졌지만 박용준은 좀 더 버텼다. 오늘은 그러고 싶었다. 그놈들을 생각하니 화가 나서 열불이 났다.

페플을 시작한 지는 4년이나 되었다. 처음은 우연이었지만 끈질긴 노력으로 불꽃망치의 일원이 된 지는 2년이 넘었다. 박용준, 아니 바마퉁은 게이머라고는 한 명도 없는, 순수한 NPC들의 왕국인 투월령에서 깊은 안도감과 묘한 소속감을 느낄 수 있었다.

드워프들처럼 살았다. 새벽에 접속해서 늦은 밤에 되어서야 그 접속을 끊었다. 그를 불꽃망치 일족으로 받아 준 스승 반룽을 비롯해 몇 명만이 바마퉁이 이방인이라는 사실을 알고 있을 뿐, 나머지는 바마퉁을 진짜 드워프로 알고 있었다.

2년이 넘도록 쌓아 올린 정성이 오늘 단숨에 무너졌다. 그 두 놈 때문이었다.

도저히 참을 수가 없었다. 박용준은 커넥터가 있는 방으로 향했다. 대체 왜 자기가 제3구역 감옥에 갇혀야 했는지 이유라도 알기 위해서였다. 방구석에 놓인 콕핏형 커넥터로 들어간 박용준은 즉시 접속했다.

"봐, 저 녀석은 게이머야. 내 말 맞지?"

벨란데르가 손가락으로 바마퉁을 가리켰다.

마보 자세를 유지하며 가쁘게 숨을 쉬던 노바디도 갑자기 나타난 바마퉁을 놓치지 않았다.

"야, 이것들아! 대체 무슨 짓을 한 거야? 무슨 짓을 했기에 근위기사들이 나까지 여기 가둔 거냐고!"

바마퉁이 고래고래 소리를 질렀다.

노바디는 그 질문에 대답할 가치를 느끼지 못했다. 그도 몰랐던 것이다.

노바디는 바마퉁의 행동에는 눈을 감고 수련에 몰두했다. 조금이라도 더 강해져야 희미한 기회라도 붙잡을 수 있을 터였다.

벨란데르가 나섰다.

"미친 여자가 와서 신탁 어쩌구저쩌구 지껄이다가 쓰러졌다. 잠시 후, 미치광이 왕이 우리를 잡으라고 소리쳤고. 그게 전부야."

"신탁?"

바마퉁이 눈을 껌벅거렸다.

"음, 내용이 뭐였더라. 그래, 이거였어. 이방인이되 이방인이 아닌 자가 조각난 도끼를 들고 지하로 내려올 것이다. 그자는 신의 길을 걷는 중이다. 그로 인해 불꽃은 소멸될 것이며 망치는 부서질 것이다. 그로 인해 투월령은 멸망할 것이다. 그는 이미 악의 화신이며 죽음의 사자다. 배반한 흙의 정령이 그를 도울 것이다. 막아야 한다. 막아야 한다."

벨란데르는 여신관이 말한 내용을 정확히 기억해 냈다. 토씨 하나 틀리지 않았다.

"그걸 다 외웠어?"

"웬만한 건 한 번 들으면 다 외울 수 있지. 그보다, 대체 무슨 일이야?"

"……신탁 때문이었어."

바마퉁은 고개를 푹 숙였다.

"네가 배반한 흙의 정령인 거야?"

벨란데르가 물었다.

"나를 항상 따라다니는 추영은 한때 투월령의 영웅이었다가 배반자가 된 벨몽의 것이었어."

바마퉁이 손을 들어 올리자 황금빛의 구름이 일어나 그를 에워쌌다. 시시각각 색깔이 바뀌는 그 영롱한 구름은 곧 바마퉁의 그림자 속으로 사라졌다.

"넌 우리를 오늘 처음 봤잖아."

"드워프들은 그걸 몰라. 아니, 알아도 상관없을 거야. 신탁은…… 절대적인 명령이니까."

"말도 안 돼."

"그게 여기 불꽃망치 일족의 법이야."

바마퉁은 얼마나 불합리한 일인지 잘 알고 있었다. 그러나 이 거대한 조직이 제대로 굴러가기 위해서는 악한 법이라 해도 필요했다.

게다가 아무리 절대적이라고 해도 해석하기 까다로워서 유야무야되기 마련인 신탁의 내용이 실제로 영향을 미치는 일은 드물었다. 신탁은 주로 투월령과 불꽃망치 일족 전체의 나아갈 방향에 도움을 주는 수단이었다. 오늘 같은 경우는 처음이었다.

"여기 내려온 지 얼마나 됐어?"

벨란데르는 그 점이 궁금했다.

"2년 정도."

"뭐? 여기서 2년이나 있었다고?"

"그쯤 될 거야."

"……너, 뭐냐?"

벨란데르는 눈을 가늘게 뜨고 바마퉁을 쳐다보았다.

"보통 사람들과 다르다고 해서 이상한 건 아니야."

바마퉁은 무뚝뚝했다.

싱크

"그건 그래."

금세 수긍하는 벨란데르. 그 자신이 학교에 다닐 때, 속으로 항상 간직했던 생각이다.

그 목소리에 깃든 진심이 느껴지자 바마퉁은 기분이 풀렸다. 적어도 이 녀석들 때문에 자기가 이곳 지하로 끌려온 것은 아니었다. 그제야 바마퉁은 엉거주춤한 자세로 가만히 있는 이방인을 보았다.

"왜 저러는 거야?"

"아, 저거? 수련하는 거야. 저 녀석은 무공에 미쳤어."

바마퉁은 노바디를 살폈다. 대화의 주제가 되었는데도 전혀 개의치 않는지, 아니면 아예 들리지 않는지 노바디는 이쪽을 힐끔거리지도 않았다.

"퀘스트 때문에 온 거지?"

"당연하지."

"……그러면 앞으로 더 많은 게이머들이 내려오겠네?"

"당분간은 아닐 거야. 우리도 운이 좋아서 투월령에 도착한 거니까. 엠모르타와 싸우는 너희를 만나지 못했다면 투월령을 찾기는커녕 실컷 죽다가 올라갔을지도 몰라. 뭐, 한번 결심하면 어떻게든 이루는 저 녀석의 성격을 생각하면 어떻게든 내려왔을 수도 있지만 말이야."

"아, 그렇구나."

바마퉁은 속으로 다행이라고 생각했다. 그러나 곧 우울해졌다.

신탁에 의해 이 녀석들과 하나로 묶인 셈이니, 그 처벌은 상상 이상일 것이다. 어쩌면 추방당할지도 모른다.

게이머들이 득실거리는 저 지상은…… 바마퉁에게 지옥이나 다를 바 없었다.

"미안하다."

노바디였다.

"……뭐가?"

바마퉁은 잘못 들은 게 아닐까 생각했다.

"우리 때문에 네가 휘말린 셈이잖아."

"꼭 그런 건 아니야."

"가능할지 모르겠지만 네게 피해가 가지 않도록 애를 써 볼게."

조심스러운 태도, 진지한 목소리 때문인지 바마퉁은 절대 피해 없이 지나갈 수 없다는 사실을 알면서도 노바디의 말이 고마웠다. 마치 지하 깊숙한 NPC의 도시에 처박혀 혼자 지낸 이유를 알고 있는 것만 같았다. 물론 그럴 리는 없겠지만.

"판결은 며칠 후에 날 거야."

바마퉁이 말했다.

"그러면 적어도 내일 아침까지는 쉬어도 된다는 거네."

벨란데르였다.

"응."

"노바디, 난 먼저 나간다. 내일 일찍 보자."

"그래."

노바디의 대답을 들은 벨란데르가 접속을 끊었다. 노바디는 여전히 수련 중이었다.

주위가 조용해졌다.

바마퉁은 추영을 불러내어 비행기도 만들고 건담 형태로 바꾸기도 하며 시간을 보내는 와중에 노바디를 힐끔힐끔 살폈다. 노바디는 흔들림 없이 그 자세를 유지했다. 가끔 땀을 닦기 위해 팔을 들어 올릴 뿐이었다.

'정말 무공에 미친 걸까?'

바마퉁도 페플 밖으로 나갔다.

싱크 현상

    새로 단장이 끝난 페플파크의 집으로 들어갔지만 안진후는 설레지도 기분이 나아지지도 않았다. 소파의 색깔이 바뀌었다. 텔레비전의 인치가 늘어났다. 옷 방 가득 멋진 재킷과 바지 등이 채워졌지만 안진후는 들여다보지도 않았다.

    김현은 어머니가 기다리는 집으로 간 지 오래였다. 호텔에서의 합숙, 그 즐거운 시간은 론투엘을 구해 냄으로써 마무리됐기 때문이다. 잡고 싶었지만 어머니가 홀로 계시는 김현에게 그런 이야기를 꺼낼 수는 없었다.

    또한 안진후는 혼자 있기 싫어하는, 유치한 감정에 휘둘리고 있음을 김현에게 알리고 싶지 않았다.

    안진후는 푹신한 등받이에 기대고 소파에 앉아 호텔에서

도, 여기에서도 입구 앞에 서서 모든 가능성을 고려하는 경호원을 바라보았다. 전혀 흔들림 없는 저 남자를 보면 페플에서의 노바디가 떠오른다. 뒤는 물론 옆도 돌아보지 않고 앞을 향해 달려가는 노바디.

'노바디, 노바디……'

벨란데르는 불꽃망치의 도시 투월령의 지하 감옥에 갇혀 있었다.

벌써 사흘째였다.

노바디는 불평 한마디 하지 않고 수련 중이었다. 바마퉁과 몇 마디 이야기를 나누었지만 별로 재미가 없었다. 소심한 데다 의존적이라서 대화를 할수록 기운이 빠지는 느낌이었다.

벨란데르가 감옥에서 아무것도 하지 않은 지 하루가 지났을 무렵, 안진후는 큰맘 먹고 새로운 캐릭터를 만들었다. 엘프가 아니라 인간으로. 이름은…… 그냥 노바디라고 정했다. 재미 삼아 곰 인형 얼굴을 택했다.

라마간의 광장에서 시작했는데, 처음 두세 시간은 꽤 재미있었다. 도시를 구경하고, 소소한 퀘스트를 완수하면서 얻는 기쁨은 꽤 즐길 만했다.

그러나 곧 지루해졌다.

대체 여기서 뭘 하나 싶었다. 라마간의 시민, 그러니까 인공지능으로 움직이는 NPC를 진짜 사람으로 믿고 행동하기도 했지만, 그걸 믿고 나갈 의지가 안진후에겐 없었다. 애를 쓸수록 의문만 늘었다. 그러면서 바보짓을 한다는 결론에 이르렀다.

인정하고 싶지 않지만, 김현이 없는 이곳 라마간은 가상현실, 즉 가짜 세상에 불과했다. 짜릿하면서도 왠지 모르게 가슴 깊숙한 곳에서 천천히, 묵직하게, 그러면서도 힘 있게 솟아오르는 쾌감이 느껴지지 않았다. 그 에너지는 스스로 짜낼 수 있는 종류의 기운이 아니었다.

이름을 노바디라 붙여도, 곰 인형 얼굴을 해 봐도 마찬가지였다. 그래서 때려치웠다. 노바디라는 캐릭터도 삭제했다. 그게 바로 오늘 아침에 벌어진 일이었다.

안진후는 강무석을 쳐다봤다. 얼굴만 보면 40대라고 해도 되겠지만 저 단단한 가슴과 빠른 몸놀림을 고려하면 20대 중반 혹은 후반일 것이다.

"형이라 불러도 돼?"

"……강 대리라고 부르시면 됩니다, 도련님."

안진후는 저 경호원을 만난 이후 처음으로 감정의 변화 비슷한 것을 느꼈다.

"형이 낫겠어."

예상대로 강무석의 눈썹이 희미하게 출렁거렸다. 형이라는 호칭이 불편했던 것이다.

강무석은 모른 척했다.

소파에서 몸을 일으킨 안진후는 강무석 앞으로 걸어갔다.

강무석은 처음으로 뒤로 한 걸음 물러섰다.

"형은 언제 경호원이 되기로 마음먹은 거야?"

"……어릴 때부터 꿈이었습니다, 도련님."

"어릴 때? 중학교 때?"

"초등학교 때부터입니다."

"그렇게나 일찍?"

"부친께서도 경호원이셨습니다."

"아버지의 모습이 멋지다고 생각한 거네."

"그렇습니다."

단호한 그 대답에 안진후는 더 이상 장난스럽게 말할 수 없었다. 노바디가 부러웠던 것처럼, 이번에는 강무석이 보여 주는 태도와 마음가짐 그리고 저 철벽같은 표정이 탐났다.

'아버지의 모습이 멋져? 말도 안 돼.'

안진후에게 아버지는 상상할 수 있는 악당을 모두 합친 것 보다 더 못된, 사악한, 비열한 인간이었다. 세상에 아버지보 다 객관적으로 더 악한 인간도 있겠지만, 저 멀리 있는 사자 보다 여기 가까이 있는 늑대가 훨씬 위험하고 무서운 존재인 것이다.

재미를 잃은 안진후는 강무석을 놓아주고 서재로 들어갔 다. 오래전에는 미친 듯이 공부했다. 그게 유일한 돌파구였 다. 책을 읽고 그 깊고 복잡한 지식의 체계 깊숙이 빠져들 때 면 살아 있는 느낌을 받았다. 게다가 엄마라는 최고의 동기가 있었다.

그러다가 언제부터인가 책을 손에서 놓았다. 아니, 책은 여전히 들여다봤지만 그 즐거움은 영영 잃고 말았다. 아마도 엄마에게 실망한 후부터일 것이다. 아버지뿐 아니라 엄마도 자신을 버렸다는 사실을 알게 된 후일 것이다.

안진후는 서가 앞에 섰다.

두 권의 책이 눈에 들어왔다.

로마의 황제 마르쿠스 아우렐리우스가 쓴 《명상록》과 이탈리아의 사상가 니콜로 마키아벨리의 역작 《군주론》이었다.

아버지는 《군주론》을 자주 읽었다. 어릴 때 아버지의 손에 들려 있던 그 얇은 책이 지금도 기억이 난다. 가끔 아버지는 두 종류의 얼굴을 가져야 한다는, 수수께끼 같은 말을 했다.

지금은 무슨 뜻인지 안다. 아버지답다는 생각이 든다.

둘 중 어느 책을 뽑을까 생각하던 안진후는 《군주론》을 택했다. 목차를 훑는데 초인종 소리가 들렸다.

서재 밖으로 나간 안진후는 긴장한 자세로 문 앞에 서 있는 강무석을 발견했다. 안진후가 고개를 끄덕이자 강무석이 문을 열었다.

복도에는 김현이 서 있었다.

"너?"

안진후는 깜짝 놀랐다.

"이사한 건 아니지만 인테리어를 싹 바꿨다고 해서 사 온 거야."

김현은 양손에 두루마리 화장지 열두 개짜리 팩을 하나씩 들고 있었다.

안진후는 킬킬 웃었다.

"집들이라도 온 거냐?"

입구 옆에다 화장지를 내려놓은 김현은 산뜻한 거실을 둘러보았다.

확실히 부잣집 도련님의 집은 달랐다. 11층에서 난 화재는 거의 17층까지 번졌지만 22층은 멀쩡했다. 보통 사람이라면 대충 청소하고 끝냈을 텐데, 페플 그룹의 도련님 집은 집 자체를 바꾼 느낌이었다.

"손님이 왔으면 주스라도 가져와야지."

소파에 앉은 김현이 말했다.

"알았다, 알았어."

안진후는 주방으로 가서 유리잔에 오렌지 주스를 따랐다.

손가락 끝이 짜릿했다. 김현 때문이었다. 지루함은 사라진 지 오래였다.

유리 테이블에 유리잔을 내려놓고 맞은편에 앉은 안진후가 퉁명스럽게 물었다.

"시간 아깝게 왜 여길 온 거야? 수련해야지, 수련. 페플에서 말이야."

"쫓겨났어."

"······뭐?"

"엄마."

"아."

김현 어머니라면 온종일 커넥터에 들어앉아 가상의 세계에 푹 빠진 아들을 가만히 내버려 두지 않을 것이다.

"그리고 여기 와 보고 싶기도 했고."

"그래?"

"배고프다. 햄버거 먹으러 가자."

김현은 그렇게 말하며 한쪽 눈으로 윙크했다. 집에도 먹을 게 많다고 대답하려던 안진후는 김현이 원하는 게 햄버거가 아니라고 생각했다.

"그럴까?"

외투를 가져온 안진후는 김현과 같이 복도로 나갔다. 당연히 경호원 강무석이 따라왔다.

엘리베이터에 탄 안진후는 김현의 속셈을 알 수가 없었지만 그래도 김현을 믿고 가만히 있었다. 김현은 강무석을 힐끔 살피고 있었다.

근처 맥도날드로 들어선 김현은 주문부터 했다. 햄버거 세트가 나오자, 마치 다른 의도는 없는 사람처럼 신나게 햄버거를 먹고 콜라를 마셨다. 안진후는 아까 잘못 본 게 아닐까 생각할 만큼 어리둥절했다. 강무석은 출구를 비롯해 주위가 잘 보이는 곳에 앉아 있었다.

"이제 나가자."

김현은 씩 웃으며 맥도날드 밖으로 나섰다. 안진후는 김현이 뭘 하려는지 예상조차 할 수 없었다.

제법 오가는 사람들이 많은 거리로 들어섰다. 걷기에는 불편하지 않지만 뛰어야 한다면 행인들로 붐벼서 어깨나 몸이 부딪칠 것이다.

그때, 한 사람이 빠르게 걸어왔다. 바로 이근상이었다. 이근상은 강무석을 보고는 즉시 다가갔다.

"이 사기꾼! 잡았다!"

다짜고짜 강무석의 멱살을 잡은 이근상이 소리쳤다.

"뭡니까?"

강무석은 그 소동에 이쪽을 쳐다보는 안진후에게서 시선을 떼지 않았다.

"오호, 이제 날 모른 척하겠다? 어이, 경찰 불러! 당장 경찰 부르라고! 감히 내 돈 30만 원을 떼먹어? 그러고도 잘 살 수 있을 거라고 생각했어? 그럴 수는 없지. 어서 경찰 부르라고!"

사람들이 삽시간에 모여들었다.

김현은 안진후의 팔을 잡고 그 사람들 사이로 스며들었다.

놀란 강무석이 이근상을 밀치려 했지만 의외로 끈질겼다.

팔꿈치와 어깨를 동시에 잡고 비틀자 이근상이 비명을 질렀다.

싱크

"아아악! 범죄자가 사람을 치네! 전과자가 사람을 쳐!"

어떤 사람은 이미 경찰에 신고하는 중이었고, 또 다른 사람은 강무석의 얼굴을 핸드폰으로 찍고 있었다.

강무석은 이근상을 옆으로 밀어 버리고 안진후를 찾으려 했으나, 몰려든 사람들이 너무 많았다. 그들 사이로 뛰어들자 놀란 여자들이 소리를 질러 댔다. 화난 남자들이 강무석을 에워쌌다. 멀지 않은 곳에서 경찰차 사이렌 소리가 들리기 시작했다.

건물 모퉁이에 숨어서 이 소동을 지켜보던 김현이 씩 웃었다.

"됐다."

"뭐야?"

"그동안 답답했지? 이 대사형이 널 구하러 온 거야."

"그러면 경호원에게 달려든 사람이⋯⋯?"

"당연히 내가 부른 사람이지. 맥도날드는 그 녀석이 올 때까지 시간을 벌기 위해 들어간 거고. 급히 연락했거든."

"너, 엄청나다."

"이제 뭘 할까?"

김현은 지나가는 경찰차를 향해 손을 흔들었다. 뒷좌석이 비좁을 정도로 덩치가 큰 강무석이 김현과 그 옆에 있는 안진후를 보고는 눈을 크게 떴다.

"글쎄."

답답하다고만 생각했을 뿐, 뭘 하고 싶은지 생각해 본 적은 없었다.

그때, 김현이 눈을 부릅떴다.

화려한 간판, 투명한 전면 유리창 그리고 깔끔한 인테리어를 자랑하는 상가가 흐릿해졌고, 크고 작은 건물의 윤곽이 안개라도 낀 것처럼 어렴풋해졌다. 파란 하늘에서 그 시원한 색깔이 빠져나가 버려 흑백이 되었다. 오가는 사람들도 회백색의 유령으로 변해 버린 느낌이었다. 안진후만이 색깔과 형태를 온전히 유지하고 있었다.

대신 여러 개의 세로줄이 나타났다. 두 개의 사진을 하나로 합치는 과정 같았다. 현실이 사라지고 또 다른 세계가 그 위로 겹쳐지는 느낌이랄까.

그 세로줄이 무엇인지 곧 알 수 있었다. 바로 불꽃망치 일족의 지하 감옥 철창살이었다.

김현은 손을 들어 창살을 만졌다. 단단한 감촉이 느껴졌다. 표면에 슨 녹 특유의 가루 같은 느낌도 감지할 수 있었다.

안진후 역시 창살 너머에 갇혀 있었다.

"……뭐야?"

맞은편 감옥에 있던 바마퉁이었다.

"우리가 보여?"

김현이 물었다.

"당연히 보이지. 근데, 너희 누구야? 여긴 어떻게 온 거

싱크

야? 그 옷차림은 뭐야?"

우울한 정신병원 특유의 분위기보다는 이곳 감옥이 낫다고 여긴 바마퉁은 추영과 시간을 보내고 있다가 갑자기 나타난 두 사람을 본 것이다.

바마퉁의 눈길을 끈 것은 김현, 안진후의 옷차림이었다. 페플이 아무리 리얼해도 보통은 중세 스타일의 갑옷이나 가죽 재질의 편한 옷이 대부분이었다. 청바지에 운동화, 거기에 파카를 입는 게이머는 없다.

바마퉁에게 설명할 여유, 김현에겐 없었다. 꿈이어야 한다. 자고 일어나면 참 이상한 꿈도 다 있구나 중얼거리며 화장실로 가야 한다. 그러나 여전히 말이 없는 안진후를 보면 꿈이 아니라는 사실이 확 다가온다.

다시 감옥이, 창살이 흐릿해졌다.

현실이, 행인들과 건물들이 다시 나타났다.

툭.

핸드폰을 보고 걷다가 갑자기 나타난 김현에게 부딪힌 젊은 여자가 신경질적인 반응을 보였다. 김현은 미안하다고 말한 다음, 주저앉은 안진후에게로 뛰었다.

김현이 안진후를 일으켜 세웠다.

"괜찮아?"

"……아니. 안 괜찮아."

"집으로 가자."

"그래. 그게 좋겠어."

김현은 안진후를 부축했지만 곧 그럴 필요가 없었다. 기운을 회복한 안진후도 그 기이한 현상을 비교적 객관적으로 파악했던 것이다.

그러나 둘 다 페플파크의 집으로 들어서기 전까지 아무 말도 하지 않았다.

냉장고 문을 열어 주스를 꺼낸 안진후는 컵에 따르지도 않고 벌컥벌컥 마셨다. 그리고 병째로 김현에게 건넸다. 유리컵이 바로 앞에 있었지만, 김현도 사용하지 않았다.

"우리, 커넥터도 없이 페플에 접속한 거 맞지?"

안진후가 물었다.

"확인해 봐야지."

"아, 맞아. 그 방법이 있구나."

안진후와 김현은 커넥터 두 대가 놓인 방으로 들어갔다.

벽에 기댄 채 추영으로 자유롭게 이것저것 만들던 바마퉁은 노바디와 벨란데르가 동시에 나타나자 몸을 일으켰다.

"조금 전에 이상한 놈들이 왔었어."

"어떤 놈들인데?"

노바디가 물었다.

"음, 고등학생 둘이었어."

바마퉁은 그들이 입은 옷에 대해 상세하게 설명했다.

노바디도 벨란데르도, 알 수 있었다. 둘만의 착각 또는 오해가 아니었다. 저 바마퉁이 증인이다. 그렇다면 커넥터 없이 페플에 접속이 가능하다는 뜻이며, 실제로 그런 일이 벌어졌다는 뜻이다.

"또 보자."

벨란데르가 접속을 끊었다.

노바디는 손을 흔들며 사라졌다.

"……재들, 뭐야?"

바마퉁은 황당했다.

김현은 콕핏형 커넥터 앞에 서 있었다. 손을 뻗어 그 유선형의 몸체를 쓰다듬었다.

플라스틱과 금속 중간 어디쯤에 있을 만한 감촉이 느껴졌다. 한 대에 수천만 원에 달하는 이 커넥터를 거치지 않고 바로 페플에 접속했다는 사실이 믿기지 않았다.

한편으로는 그리 놀랄 만한 일이 아니라는 점도 알고 있었다.

그저 손으로 어루만졌을 뿐인데 죽어 가던 화초가 되살아날 뿐 아니라 몇 배나 빠르게 자랐다. 씨앗에 불과하던 상추가 며칠 만에 튼실한 잎을 드러냈다. 그리고 가스레인지의 불꽃에서 불의 정령이 튀어나왔다.

세상은 이러이러한 방식으로 움직인다는 상식이 하나씩

무너지고 있었다.

김현은 그 점이 두려웠다. 앞으로 무슨 일이 벌어질지 짐작조차 할 수 없기 때문이다.

안진후가 다가왔다.

"차근차근 생각하는 게 좋을 것 같다. 어머니께서 걱정하시겠다. 넌 얼른 집으로 가."

"그래."

김현은 일부러 활짝 웃었다. 그래야 힘을 낼 수 있을 것 같았다. 안진후가 옆에 있어서 다행이라는 생각이 들었다. 혼자 그런 일을 당했다면 안절부절못했을 것이다.

엘리베이터에 탄 김현은 눈을 감았다. 과연 같이 탄 사람들의 기가 느껴졌다.

페플에서처럼 강렬하지는 않지만 몽글몽글 움직이는, 시시각각 형태와 성질이 바뀌는 연기나 안개 같은 기운이 사람들에게서 흘러나왔다가 되돌아가고 있었다.

눈을 뜨지 않아도 주위를 볼 수 있었다. 눈을 꼭 감고도 편안하게 걸을 수 있었다. 적어도 반경 5미터 남짓은 마치 눈으로 보는 것처럼 파악할 수 있었던 것이다.

눈을 감아야 알 수 있는 것도 많았다. 눈으로 보는 사람과 귀로, 온몸으로 감지하는 사람은 완전히 달랐다. 눈으로는 얼굴을 보고, 표정을 읽고, 눈빛으로 상대의 마음을 짐작하지만, 귀와 몸으로는 심장박동을 듣고 몸속의 혈류를 느낄 뿐 아니라 뇌파를 감지할 수 있었다. 보다 더 직접적이고, 보다 더 확실한 인지 방식이었다.

김현은 자신의 심장이 얼마나 탁월한 마라토너인지 알 수 있었다. 엘리베이터에 탄 사람들의 심장박동에 비하면 훨씬 힘 있고, 훨씬 안정적이었다. 그에 반해, 몸에서 질색할 만큼 담배 냄새가 많이 나는 중년 남자의 심장박동은 이상하리만큼 빨랐다.

엘리베이터에서 내려 로비를 거쳐 입구로 걸어가던 그 남자가 가슴을 움켜쥐고 쓰러졌다.

김현은 남자가 신음을 흘리기도 전에 119에 전화를 걸고 있었다.

밤은 조용해서 좋으면서도 지나치게 적막해서 싫었다.

침대에 누워 팔베개를 한 박용준은 창문을 통해 비쳐 드는 달빛을 바라보고 있었다. 머릿속에서 음악이 들렸다. 베토벤 피아노 소나타 14번 월광.

그 선율을 떠올리면 왠지 모르게 파르르 물결로 떨리는 호수와 그 위를 비추는 창백한 달빛이 생각난다.

그 달빛은…… 조금씩 살아난다.

페플에서 봤던 그 두 사람을 떠올렸다. 처음엔 몰랐지만 생각할수록 노바디, 벨란데르라는 확신이 들었다. 페플이 '모드'를 지원하도록 만드는 방법을 그들이 찾아냈는지도 모른다.

모드는 기존 게임을 바꾸는 행위를 뜻한다. 캐릭터의 외모, 능력을 비롯해 게임의 룰까지 수정할 수도 있다. 심지어 완전히 다른 게임으로 만들 수도 있다. 물론 그 게임이 모드를 지원할 때나 가능한 일이지만.

페플이 모드를 지원한다는 이야기는 들어 본 적이 없다. 워낙 견고한 시스템이라서 해커들도 속수무책이라는 소문만 무성했다. 누군가 페플 시스템을 뚫어서 모드를 지원하도록 만들었다면 삽시간에 전 세계로 그 소식이 퍼질 터였다.

노바디, 벨란데르가 누구도 해내지 못한 일을 이룰 만큼 탁월한 사람들일까? 그럴지도 모른다.

그 둘은 아직 제대로 오픈되지 않은 지하 세계로 깊이 내려왔다. 그 행동만으로도 보통 사람은 아님을 알 수 있다.

박용준은 기가 죽었다. 어릴 때부터 그랬다. 잘난 사람들 앞에서는 고개도 들기 어려웠다.

"추영."

그 이름을 부르는 것만으로도 박용준은 웃을 수 있었다.

추영은 바마퉁이 불꽃망치 일족의 도시 투월령을 떠나지 않는, 떠날 수 없는 가장 큰 이유였다. 비록 말은 없지만 항상 따라다닐 뿐 아니라 바마퉁이 특별하도록 만들어 준다.

싱크

지금도 왜 추영이 자기를 주인으로 선택했는지 바마퉁은 알지 못했다. 배반한 흙의 정령이라 불리는 추영이 자신을 주인으로 택하지 않았다면 투월령에 이토록 오랫동안 남아 있지 못했을 것이다. 아무리 애를 써도 그는 이방인이니까.

"그렇지?"

박용준은 페플에 있는 것처럼 추영에게 말을 걸었다. 추영은 그의 그림자인 동시에 마음을 터놓을 수 있는 친구였다.

달빛이 반짝거렸다. 마치 은빛의 알갱이들이 공중에 떠 있는 것처럼.

박용준은 몸을 일으켰다.

"아."

추영이었다.

허공에서 하나로 뭉쳤던 추영은 흩어지면서 박용준의 얼굴을 흉내 내고 있었다. 추영이 만들어 낸 박용준의 얼굴은 달빛을 받아 그 어느 때보다 찬란하면서도 쓸쓸하게 빛나고 있었다.

"……어떻게?"

박용준은 믿을 수가 없었다.

여기는 페플이 아니다. 현실이며, 정상인 사람이 와도 우울해져서 입원할 것 같은 정신병원이다!

혹시 진짜로 병에 걸렸을까? 그래서 헛것을 보고 있을까?

뺨을 사정없이 때렸다. 눈물이 글썽거릴 만큼 아팠다. 그래도 추영은 사라지지 않았다. 오히려 평소 박용준이 바마통으로서 자주 만들었던 건담 형태가 되어 공중을 날고 있었다.

웃음이 흘러나왔다.

눈물도 함께.

이런 게 병이라면, 그 병을 기꺼이 환영하겠다. 박용준은 그렇게 생각했다. 추영이 곁에 있으면 이곳 현실도 페플에서처럼 외롭지 않을 테니까.

'저기 놓인 물컵을 갖다 줘.'

박용준이 마음으로 부탁하자 추영은 가늘고 긴 손이 되어 물컵이 놓인 탁자로 날아갔다. 그리고 가볍게 물컵을 쥐고 돌아왔다.

물을 벌컥벌컥 마신 박용준은 꿈도, 환상도 아니라고 확신했다.

이유는 모르지만 추영이 현실로 나타났다. 이 일을 누구에게도 알릴 생각은 없다. 간호사들이나 이곳 운영을 책임진 의사들이 듣는다면 당장 박용준에게 온갖 약을 먹이려 할 터였다.

실로 오랜만에 박용준은 편안하게, 두려움 없이 잠이 들었다. 박용준 곁에서는 추영이 몽마를 내쫓는 천사처럼 날아다니고 있었다.

싱크

안진후는 퇴락한 정원 너머 저택을 바라보았다. 어둠이 내려앉았지만 1층 서쪽 방 창에서는 불빛이 흘러나왔다.

예전과 다를 바 없었다. 온갖 종류의 책으로 뒤덮인 서재와 그 서재 창가의 무거운 책상에 웅크리고 앉아 있을 교수님을 생각하니, 안진후는 5년 전으로 돌아간 기분이었다.

주위를 살핀 안진후는 초인종을 눌렀다. 아무런 반응도 없었다. 소리도 들리지 않았다. 고장 나지 않았을까 싶은 순간, 삐 소리가 나며 문이 열렸다.

안진후는 잡초가 무성한 디딤돌 위를 걸어가면서 과거를 떠올렸다.

대략 5년 전쯤 이곳은 소담한 정원이었다. 달마다 색과 향이 다른 꽃이 만개했고, 나비와 벌이 날아다니는 천국 같은 곳이었다. 교수님은 탁월한 학문적 성취를 이뤄 냈지만 실제는 정원 가꾸는 일에 푹 빠진, 약간은 괴짜에 가까운 과학자였다.

현관문이 삐걱거리며 열렸다.

교수님이 동그란 안경을 밀어 올리며 밖으로 나왔다.

"후후, 나도 많이 늙었어. 자네를 보니 이렇게 반가울 줄 몰랐으니. 자, 들어오게."

최영우 교수는 안진후를 데리고 조용하고 어두컴컴한 복

도를 지나 그 서재로 들어섰다.

안진후의 예상대로 서재에는 각종 논문과 책이 크고 작은 석탑처럼 쌓여 있었다. 안진후의 몸에 닿은 책 더미 하나가 와르르 무너졌다. 최영우는 힐끔 쳐다볼 뿐이었다.

"신경 쓰지 말게. 쌓아 올렸으면 붕괴되는 게 이치니까. 차 한 잔 주지. 거기 앉게."

"네, 교수님."

안진후는 두껍지만 낡아서 여기저기 흠집이 난 원목 책상을 쳐다봤다. 최근에 교수님이 무엇을 연구하는지 알고 싶어서였다. 대학에서 쫓겨나다시피 떠났지만 교수님은 연구를 멈출 사람이 아니었다. 연구야말로 최영우의 본능이었다.

'여전히 인공지능에 관심이 많으시구나.'

안진후는 한때 노벨상에 가장 근접한 한국 과학자 열 명 안에도 들었던 최영우가 탁월한 과학자로서의 대접은커녕 강의할 곳도 잡지 못한 채 집에 처박힌 이유를 알고 있었다.

영원히 풀리지 않을지도 모를 만큼 난제로 알려진 가상현실 관련 문제는 엉뚱한 곳에서 해결되었다. 바로 인공지능이었다. 양자 컴퓨팅, 신경 시스템, 다중화 등 첨단 기술을 집약해서 만들어진 인공지능은 사람이 현실이라고 착각할 만큼 실제적이고 생생한 가상의 세계를 만드는 데 핵심적인 역할을 하게 된 것이다.

페플을 비롯해 다양한 회사들이 그 기술을 상용화하려고

애를 썼다. 그리고 여기저기서 괄목할 만한 성과가 발표되었다. 실제로 페플은 가상현실을 게임에 접목하여 공전의 히트를 쳤다. 페플은 전 세계적으로 선풍적인 인기를 끌었고, 접속한 사람들로 하여금 특별한 삶을 살도록 만들었다.

페플이 시작된 지 6년째에 접어들 무렵, 최영우는 신문에 칼럼을 쓰고 방송에 직접 나가는 등 평소 질색했던 언론 활동으로 가상현실 시스템을, 페플에 접목된 인공지능 테크닉을 비난하고 나섰다.

단순히 위험성을 알리는 정도가 아니었다. 페플이 성공을 거두면 인류가 멸망할지도 모른다는 극단적 경고였다.

과학기술계의 주류가 인공지능과 가상현실을 차세대 주력 연구 분야로 설정했을 뿐 아니라 정계와 재계까지 권력과 돈을 긁어모을 수 있는 그 영역을 지지했기 때문에 최영우의 주장은 곧 고독하며 힘겨운, 패배가 확실한 싸움이 되었다.

결국 각계각층에서 쏟아지는 비난에 못 이긴 대학 측이 최영우 교수를 내보냈다. 이슈를 일으켜 재미를 본 언론도 더 이상 최영우를 만나지도, 그의 글을 싣지도 않았다.

페플 그룹을 이끄는 아버지와 자신을 과학계로 이끌어 준 스승이라 할 수 있는 최영우 사이에서 안진후는 난감했다. 그런 안진후에게 먼저 연락해서 앞으로는 찾아오지 말라고 말한 사람이 바로 최영우 교수였다. 어렸던 안진후는 그렇게 하겠다는 말밖에 다른 말을 할 수가 없었다.

'괜히 왔는지도 모르겠다. 교수님께 사실을 있는 그대로 말씀드리면, 페플의 후유증이라면서 방송국을 찾아갈 수도 있으니까.'

그래도 안진후는 이곳을 찾아올 수밖에 없었다. 지금 김현과 자신에게 벌어지는 현상에 대해 조언을 구할 사람은 최영우 교수뿐이었다.

최영우 교수는 노벨상에 근접했다는 평가를 받을 정도로 정통 과학자로서 명성을 굳혔지만 또한 UFO의 존재를 믿으며, 오파츠라 불리는 시대를 앞선 물건에 대해 깊은 관심을 가진 괴짜로도 많이 알려진 사람이었다.

대학에서 쫓겨나기 전에 쓴 마지막 논문에서 그는 페플과 같은 방식의 가상현실이 세상을 뒤덮으면 진짜 현실과 가상현실 사이에 간섭이 생길 수 있으며, 그로 인해 교란이 뒤따를 것이라고 경고했다.

최영우 교수는 논문을 통하여 분명히 말했다. 사람의 머릿속에는 단 하나의 세계만 존재할 수 있다고. 만약 또 다른 세계가 머릿속으로 파고들면 결국 기존의 세계와 새로 밀고 들어온 세계가 충돌할 테고, 그로 인해 작게는 개인의 정신 붕괴…… 크게는 인류의 멸절에 이른다고 경고했다.

운이 좋다면, 최영우 교수가 싱크SYNC라고 명명한 현상, 즉 두 세계의 동기화 혹은 중첩화가 이뤄질 거라고, 그러나 마지막은 같을 거라고 논문은 결론 내렸다.

싱크

"싱크 현상이 시작됐나?"

향이 좋은 녹차를 안진후 앞에 내려놓으며 최영우가 물었다.

"……무슨 현상 말씀인가요?"

안진후는 일부러 모른 척했다.

"난 자네를 잘 알지. 아무런 목적도, 이유도 없이 갑자기 생각나서 날 찾아올 사람은 아니야. 꽤 오랜 시간이 흘렀어. 자네를 조금 전 봤을 때 깜짝 놀랐거든. 이목구비의 흔적이 남아 있지 않았다면 자네를 몰라봤을 거야."

최영우는 녹차를 한 모금 마셨다.

"그냥, 교수님이 보고 싶어서 온 것뿐입니다."

"자네 이야기를 듣고 광분해서 기자들에게 연락할 일은 없을 테니까, 솔직하게 말해 봐. 그래야 자네 얼굴에 드리운 그림자를 걷어 낼 수 있지 않겠나? 그래야 자네가 가상현실 분야 최고 전문가 중 하나인 아버지를 찾아가지 않고, 야심한 시간에 나를 찾아온 이유가 설명되지 않겠나?"

최영우는 안진후의 마음을 꿰뚫고 있었다. 비록 서재에서, 이 낡은 집에서 벗어나지 않고 시간을 보내지만 그의 안목은 여전히 예리했다.

"교수님이 말씀하신 그 싱크 현상이 실제로 벌어진다면, 만약에 그 일이 현실로 나타난다면 불가능한 일, 예를 들어 커넥터를 거치지 않은 상태로 가상현실에 접속할 수도 있을까요?"

안진후는 조심스러웠다. 상대는 말 한마디로 백 마디, 천 마디의 진실을 끌어낼 수 있는 천재였다.

"물론."

"어떻게 그런 일이 가능한가요?"

"더 이상 가상현실이 아니니까 가능하다네."

"……더 이상 가상현실이 아니다? 무슨 뜻입니까?"

"자네는 가상현실 구현 방식에 대해 잘 알고 있겠지?"

"그렇습니다만."

"가상현실은 어디에 있나? 자네가 페플에 접속했을 때 볼 수 있는 세상의 실체는 어디에 있다고 생각하나?"

"그야 페플 서버에서……."

"아니야. 바로 자네 머릿속에 있네. 물론 페플 서버에서 복잡한 신호를 커넥터로 쏘겠지. 커넥터는 그 신호를 해석하여 자네 머리로 밀어 넣을 테고. 그러나 진정한 가상현실은 뇌에서 펼쳐지고 있지. 페플 서버도, 커넥터도 그처럼 생생한 가상현실을 만들어 낼 수는 없어. 지금보다 열 배나 네트워크 속도가 빨라져도 한 사람의 현실조차 가상화할 수 없네. 지금의 가상현실은 마치 사람의 뇌를 컴퓨터처럼 사용하는 방식이야. 그렇지 않나?"

"페플 가상현실의 실제적 구현은 서버와 커넥터에서 이루어진다고 생각합니다."

싱크

안진후는 최영우의 말에 동의하지 않았다. 그 주장은 페플을 음해하고 비난하려는 사람들의 단골 메뉴였다. 소위 사람의 뇌를 직접 건드려 게이머의 허락도 받지 않고 두뇌가 가진 어마어마한 능력을 사용한다는 게 그들의 논리였다.

그 논리가 합리적이라면 자동차 회사 역시 같은 이유로 비난을 받아야 한다. 자동차가 움직이려면 핸들을 돌리고 액셀이나 브레이크를 밟아야 하니, 사람의 골격과 근육을 허락도 받지 않고 사용하는 셈이니까.

"그게 사실이라면 자네가 여기 내 앞에 올 리가 없겠지. 그렇지 않나?"

안진후는 아무 말도 하지 않았다.

최영우 교수의 주장을 받아들이지 않으면, 기존의 논리와 입장을 고수하면 김현과 자신에게 벌어진, 또한 앞으로 벌어질 그 기이한 현상을 도저히 설명할 수 없다. 일단은 고정관념을 버려야 무엇이든 실마리를 잡을 수 있을 터였다.

"좋아요. 제 머릿속에 가상현실이 있다고 쳐요. 그렇다고 물리적인 신호가 필요한 페플 접속이 가능할 수는 없어요."

"그 확신에는 문제가 있네."

최영우 교수는 웃고 있었다. 선생님이 미숙한 학생을 대하는 듯한 표정이었다.

"문제라니요?"

"일단 자네 머릿속에서 만들어진 가상현실은 완전히 다른 세계라네. 물리적 신호 따위는 필요 없지."

"……이해할 수 없습니다, 교수님. 페플은 엄연히 중앙 서버에서 돌아가고 있어요. 그렇지 않으면 다른 게이머와의 협동 플레이는 불가능하니까요."

"싱크 현상이 무엇인가?"

"그건 서로 다른 세계의 간섭현상으로 동기화되는…… 아! 세계와 세계가 서로 연결된다면 물리적 신호는 필요 없겠군요."

안진후는 깜짝 놀랐다. 싱크 현상은 그가 생각했던 것보다 광범위한 사실을 포함하고 있었다.

"자넨 역시 똑똑해."

"어떻게 사람의 두뇌가 새로운 세상을, 이 현실과 완전히 다른 세계를 만들어 낼 수 있을까요?"

안진후는 이 질문을 던지는 순간, 두근거리는 심장박동을 느꼈다. 핵심을 꿰뚫는 질문이었다.

"다시 물어보게. 과학자답게."

최영우는 차를 마셨다. 천천히.

"가상현실을 통해서 만들어진 새로운 세계가 실제로 존재한다는 증거, 어디 있습니까?"

"적절한 질문이야."

최영우는 몸을 일으켜 책상으로 걸어갔다. 두툼한 서랍을 열어 엉망진창인 내용물을 살피더니, 거기서 구겨진 쪽지를

싱크

꺼냈다. 그 쪽지를 안진후에게 건넸다.

"이 사람을 찾아가 보게. 그러면 답을 얻을 수 있을 거야."

그 쪽지에는 주소와 이름이 적혀 있었다.

"자니?"

엄마 목소리가 문밖에서 들렸다.

붉은 소파에 누워 팔베개를 한 채 천장을 올려다보던 김현은 즉시 몸을 일으켰다.

"아직."

"엄마랑 맥주 한잔할래?"

"맥주?"

"캔 하나 정도는 괜찮지 않을까?"

엄마는 윤태희를 통해 김현이 술을 할 줄 안다는, 조금은 즐긴다는 사실을 알고 있었다.

"알았어."

밖으로 나온 김현은 식탁에 앉았다.

안주는 오징어였다. 잘 구워서 찢은 오징어를 마요네즈와 고추장 그리고 엄마만의 특제 양념을 넣어서 만든 소스에 찍어서 입에 넣고 오물거리면 그 맛이 기가 막혔다.

엄마는 냉장고에서 맥주 캔 두 개를 가져왔다. 아들에게 하나를 건넨 엄마는 캔을 쭉 들이켰다.

"무술 도장에 관심이 있다면서?"

"······뭐?"

김현은 맥주를 뿜을 뻔했다.

"오늘 노관장님이 찾아오셨어. 아까 너 진후 만나러 나갔을 때. 네가 도장에 나와서 땀도 쏟고 무술을 배우고 싶어 하는데 주저하는 것 같아서 직접 오셨대. 혹시 부모가 운동, 특히 무술 익히는 걸 반대하고 있나 생각하신 모양이야. 만나 뵈니 아주 좋은 분이시더라."

"그랬어?"

김현은 속으로 현기명을 욕했다.

"난 네가 하고 싶다면 뭐든 찬성이야. 진심으로. 오랫동안 방에 있었고, 지금도 페플에 오랫동안 머물고 있으니까 그분 말씀대로 도장에 나가서 몸을 움직이는 것도 좋을 것 같아. 어떻게 생각하니?"

"······엄마가 좋다면."

김현은 엄마의 마음을 알기에 싫다고 말할 수 없었다.

"엄마도 모험을 하기로 했어."

"모험?"

"페플에 대안 학교가 만들어진다는 공문이 내려왔어. 모집 교사 관련 내용을 살펴보니 엄마도 자격이 충분해서 말이야. 재택근무고, 연봉도 꽤 좋아. 처음 적응이 쉽지 않겠지

싱크

만, 뭐 살면서 쉬운 일은 없으니까. 무엇보다 우리 아들이 푹 빠진 페플이 어떤 곳인지 엄마도 알고 싶어서 지원했어."

"우와."

김현은 엄마를 잘 알기에 감탄했다. 핸드폰도 어쩔 수 없이 스마트폰으로 바꿨지만 가능하면 옛날 방식을 고수하는 스타일이었다. 잘 다니던 학교를 그만두고 페플에 생기는 대안 학교로 이직하는 일은 엄마에겐 어마어마한 결단이었을 것이다.

"엄마도 꽤 대담하지?"

"축하해."

김현은 맥주 캔을 앞으로 내밀었다.

가볍게 캔을 부딪치는 엄마.

두 사람은 함께 웃었다.

김현은 대여 형식으로 페플 그룹이 콧픽형 커넥터를 무상으로 보내 준다는 엄마의 이야기에 또 한 번 놀랐지만, 곧 시간을 내어 엄마가 페플에서 잘 적응하도록 돕겠다고 약속했다.

엄마는 마룬타 대륙, 룬트란 왕국, 라마간 도시가 존재하는 게임월드가 아니라 은행과 관공서, 각종 기업의 서비스 센터가 들어선 소셜월드로 주로 접속하겠지만 가상현실 자체에 대한 이해는 김현이 훨씬 깊었던 것이다.

기분 좋게 가벼운 술자리를 끝내고 방으로 돌아온 김현은 마음 한구석으로 밀어 놓았던 불안이 조금씩 커지고 있음을 알아차렸다.

그 기이한 현상은 페플 접속 이후에 생겼다. 지금까지 과학이나 상식으로 설명할 수 없는 일이 벌어질 때마다 특별한 존재가 된 것 같아서 기뻤지만, 길거리에서 저절로 접속되자 더 이상 기분 좋게 받아들일 수 없었다.

다행히 정신에 문제가 생긴 건 아니었다. 누구보다 똑똑하고 자신만만한 안진후 역시 같이 접속했기 때문이다. 게다가 안진후는 불의 정령까지 현실에서 불러낼 수 있다.

눈을 감고도 주위를 파악할 수 있는 이 기이한 능력은, 갖고 싶으면서도 한편으로 무서워서 포기하고 싶었다. 페플에 접속하지 않으면 이런 능력이 사라지지 않을까 생각했지만, 페플에 들어가지 않고서 평범하고 정상적인 삶을 살 수 있을까는 또 의문이었다.

'아직은 자신이 없어.'

김현은 곧 결론에 도달했다.

그 문제에 대해서는 안진후가 깊이 알아볼 것이다. 페플 그룹 총수의 아들인 안진후가 나서면 웬만한 문제는 해결되거나, 적어도 그 원인은 찾아낼 테니까.

"내가 할 일은…… 컨트롤이야."

그렇게 중얼거린 김현은 소파에 누워 눈을 감았다. 그리고 정신을 집중하여 페플 접속을 시도했다. 의도치 않은 접속을 막으려면 커넥터 없는 페플 접속이라는 이 낯선 변화를 컨트롤해야 한다.

밤 2시를 넘어 3시에 이를 무렵, 몽롱하여 정신이 이완된 순간, 김현은 푹신한 붉은 소파가 아니라 딱딱한 감옥 바닥에 누워 있었다. 놀라서 정신을 차리자 그는 투월령의 지하 감옥이 아니라 아파트 방 소파에 누워 있었다.

꿈이 아니었다.

"마음 자세가 중요한 건가?"

김현은 심호흡으로 흥분을 가라앉혔다.

이전보다 훨씬 쉬웠다. 바로 자신이 뿜어내는 기를 느낄 수 있었기 때문이다. 그 기를 통하여 김현은 자신의 마음을 깊이 들여다볼 수 있었다.

바람 불지 않는 날, 잔잔한 호수가 구름 흐르는 하늘을 그림처럼 담아내는 것처럼, 몸에서 흘러나오는 기가 고요해지는 순간 김현은 붉은 소파에서 벗어나 불꽃망치 드워프 일족의 감옥으로 갈 수 있었다.

김현은 그 접속의 순간을 면밀히 살폈다. 그래야 언제 접속이 되는지, 어떻게 하면 접속을 막을 수 있는지 알 수 있을 것이다.

커넥터 없이 페플을 들락날락하면서 조금씩 그 과정을 몸으로 익힐 수 있었다. 그뿐 아니라 페플에서의 외모도 원하는 대로 바꿀 수 있었다.

왜 커넥터를 거치지 않고 접속이 가능한지 김현은 별로 궁금하지 않았다. 그 이유보다는 어떻게 이 변화를 받아들이고 사용할 것인가에 관심이 많았다. 커넥터가 고장이 났을 때, 혹은 외출했다가 급히 페플에 접속할 필요가 생겼을 때, 이 능력은 요긴하게 쓸 수 있을 것이다.

새벽 동이 틀 무렵, 김현은 만족해하며 잠이 들었다.

김현은 늘어지게 하품을 했다.

더 자고 싶지만 엄마를 이길 수는 없었다. 눈물이 나도록, 입이 찢어지도록 한 번 더 하품을 하면서 현관문을 나선 김현은 깜짝 놀라 뒤로 한 걸음 물러섰다.

"안녕."

이근상이 엘리베이터를 잡아 놓고서 기다리고 있었다. 열림 버튼을 계속 누르는 바람에 엘리베이터 문만 열렸다 닫혔다 했다.

"뭐야?"

"노관장님께서 널 데리고 오라는 엄명을 내리셨거든."

"그 할아버지, 참 끈질긴 분이시네. 아 참, 어제는 고마웠어."

"그런 일이라면 앞으로도 얼마든지 불러."

이근상은 웃으며 손으로 엘리베이터를 가리켰다.

김현은 고개를 흔들며 엘리베이터에 탔다. 이근상이 들어와 1층 버튼을 눌렀다. 엘리베이터는 내려가기 시작했다.

빛과 어둠이 반반 섞여 있지만 점점 태양이 힘을 발휘하고 있었다. 이른 아침인데도 출근길을 서두르는 사람들이 꽤 많았다. 밤새 아파트 주차장을 가득 메웠던 차들도 줄지어 도로로 나가는 중이었다.

두 사람은 공원을 가로질렀다. 귀에 이어폰을 꽂고 음악을 들으면서 산책하는 사람들이 꽤 많았다.

"그 도장엔 언제부터 다닌 거야?"

김현이 물었다.

"얼마 안 됐어."

이근상은 김현에게 맞아서 기절한 바로 그날 처음 천무관에 가 봤다는 말을 하고 싶진 않았다. 천무관에서의 수련은 어렵고 힘겨웠지만 왠지 모르게 빠져드는 맛이 있었다.

이근상은 김현을 이길 만큼 강해지고 싶었다. 김현을 괴롭히고 싶다는 뜻이 아니라, 김현을 목표로 삼고 하루하루 수련을 할 생각이었다.

어느새 이근상에게 김현은 롤 모델로 자리 잡은 것이다.

"노관장님 말씀으로는 어릴 때부터 수련했을 거라던데, 정말이야?"

이근상이 물었다. 그 말을 들었을 때, 이근상은 속으로 의

심했다. 10년 이상 무술을 익혔다면 4년 전 그 사건은 일어나지 않았을 것이다.

"그 할아버지 말은 믿지 마."

"그러면 어떻게 그렇게나 강할 수 있어?"

천무관에서 수련을 시작하면서 이근상이 배운 지혜 중 하나는 시간의 가치였다.

아무리 출중한 재능을 지니고 태어났다고 해도 시간을 들여 배우고 익히지 않으면 무술은 그 신비를 보여 주지 않는다. 노관장이 젊은 사범들을 상대로 가볍게 이기는 이유는 단 하나, 축적된 수련의 양이었다. 그건 바로 수련에 들인 시간의 양이기도 했다.

김현은 아무 말도 하지 않았다. 페플에서의 성장이 현실로 이어진다는 말을 할 수는 없다. 페플에서 13년이나 갇혀 수련만 했다는 이야기도 들려줄 수 없다.

천무관 입구가 보였다.

겉으로 보기엔 멀쩡한 건물이었다.

문제는 육중해 보이는 저 건물이 정신병원이라는 점이었다. 안진후는 다시 한 번 최영우 교수가 건넨 쪽지를 확인했다. 이곳이 분명했다. 그렇다면 정신병원에서 일하는 의사인지도 모른다.

안진후는 건물 내부로 들어가 안내 데스크로 다가갔다. 문용필 씨를 만나고 싶다고 말하자 즉시 반응이 있었다.

"아, 닌자요?"

미인은 아니지만 인상이 좋은 여자의 입에서 나온 단어는 예상 밖이었다. 안진후는 잠시 귀를 의심했다.

안진후의 표정을 봤는지 그 여자가 설명을 붙였다.

"워낙 신출귀몰해서요."

"혹시 환자입니까?"

"네. 모르고 오셨어요?"

"아는 사람 소개로 왔거든요."

안진후는 속으로 최영우 교수를 욕했다. 교수님은 문용필이 이곳 정신병원에 수용된 사람이라는 사실을 잘 알고 있을 것이다.

"잠깐만 기다리세요. 곧 담당자가 올 거예요."

여자는 사근사근 웃었다.

의외였다.

안진후는 정신병원에 입원한 환자의 경우 보호자의 동의가 반드시 필요하다는 사실을 잘 알았다. 아무리 친해도 보호자와 같이 와야 환자의 얼굴이라도 볼 수 있었다. 면회로 인해 벌어질 수도 있는 사태의 책임 소재 때문에 병원은 보호자 동의를 중요하게 생각할 수밖에 없었다.

'ㄷ'자 형태로 된 건물 배치도를 쳐다보던 안진후는 왼쪽 그리고 오른쪽으로 뻗어 나가는 복도를 살폈다.

오른쪽은 평범한 복도였지만 왼쪽은 아니었다. 일단 체구가 좋은 경비원이 입구를 지키는 철창이 복도를 막았고, 철창에 튼튼한 문이 달려 있어서 그 문으로 사람들이 오갈 수 있었다.

'음, 환자를 두 종류로 나누는 모양이야. 왼쪽은 격리가 필요한 환자들이겠지? 그렇다면 면회에 보호자 동의가 필요 없는 문용필은 오른쪽이겠구나.'

슬슬 눈치를 보던 안진후는 오른쪽 복도로 접어들었다. 환자복을 입었을 뿐 표정도 밝고 발음도 또렷한 사람들 몇 명이 옆을 지나갔다. 그들은 의사나 간호사와도 매우 친한 듯 손을 흔들며 인사를 나누기도 했다.

"넌 누구지?"

휜칠하고 잘생긴 의사가 다가오면서 물었다.

"문용필 씨를 뵙고 싶습니다만."

"최 교수가 보냈군."

"……네?"

"내가 문용필이야."

"문용필 씨는 환자라고 들었는데요."

"맞아. 난 환자야, 의사 가운을 입고 있는. 따라와. 좀 조용한 곳에서 이야기를 나누는 게 좋을 테니까."

싱크

문용필은 앞서 성큼성큼 걸었다.

뒤따라가면서도 안진후는 과연 이곳까지 찾아온 게 잘한 일인지 확신하기 어려웠다.

생각해 보면 최영우 교수도 비정상에 가까운, 어쩌면 입원 해야 할지도 모르는 사람이었다. 상식으로는 도저히 풀 수 없는 문제에 맞닥뜨리지 않았다면 이런 곳에 발을 들이지 않 았을지도 모른다.

꽤 넓은 방은 텅 비어 있었다. 중앙에 예닐곱 개의 의자들 이 반원형으로 놓여 있을 뿐이었다.

"집단치료실이야. 앉아."

문용필은 그 의자 중 하나에 앉더니 다리를 꼬았다. 그리 고 하얀 가운의 주머니에서 담배와 라이터를 꺼냈다.

담배에 불을 붙여 맛있게 피우는 모습에 안진후는 기가 막 혔다. 심지어 문용필은 담배 연기로 크기가 다른 도넛 세 개 를 만들기도 했다.

사람을 잘못 찾아왔다는 생각이 강해지는 순간, 문용필이 안진후를 쳐다보며 말했다.

"파르노엘과 계약을 맺었네?"

"……."

안진후는 아무 말도 못 했다.

"불러 봐. 불의 정령을 직접 본 적은 없거든."

"당신, 뭐야?"

안진후는 흥분했다.

"최 교수가 보낸 거 아니야? 아, 최 교수가 아무런 설명도 해 주지 않은 모양이구나. 음, 난 이런 사람이야."

문용필이 고개를 갸웃거리자 집단치료실은 사라졌다.

안진후는 웃자란 풀이 바람에 흔들리는 대초원에 앉아 있었다. 의자는 그대로였다. 사방을 쳐다봐도 온통 연두색의 지평선뿐이었다. 얼룩말 무리가 멀지 않은 곳에서 달리고 있었고, 그 때문에 먼지가 구름처럼 일어났다.

깜짝 놀랐지만 꼴사나운 추태는 보이지 않았다. 어제 길거리에 있다가 불꽃망치 드워프 일족의 지하 감옥으로 순식간에 접속한 경험 때문인지도 몰랐다.

"오호, 의외로 담담하네?"

문용필이 씩 웃자 대초원 대신 집단치료실이 나타났다.

"싱크 현상, 진짜라고 생각합니까?"

"네가 더 잘 알 텐데. 파르노엘과 계약을 맺었으니까."

"나는……."

안진후는 말을 잇지 못했다.

이미 자신은 싱크 현상을 현실로 받아들이고 있었다. 다만, 좀 더 과학적인 설명이 필요했을 뿐이다.

증거는 이미 충분하다. 증거만 원했다면 이곳까지 올 필요가 없다. 김현의 손에서 더 생생하게 변한 장미, 가스레인지의 불꽃에서 튀어나온 불의 정령 그리고 어제의 그 접속까지.

문제는 일련의 증거를 하나로 묶어서 설명할 수 있는 근본 원리였다. 왜 이런 현상이 일어나는지 알고 싶었다.

"나도 몰라, 이유는."

"……그렇습니까?"

안진후는 적잖이 실망했다. 그래도 최영우 교수가 만나 보라고 한 사람이기에 실마리를 가지고 있을 줄 알았다.

"어떤 사람은 양자역학인지 뭔지를 끌어다가 설명을 하더군. 세상은 모조리 정보라나 뭐라나. 뛰어난 가상현실을 통해 이 거대한 정보 덩어리를 근본적으로 바꿀 수 있는 방법이 우연히 발견됐다는 게 그 사람의 주장이었어. 난 당최 무슨 말을 하는지 이해할 수 없었지만 말이야."

"아, 정보!"

양자 정보이론을 연구하는 학자 중 일부는 우주 전체를 하나의 거대한 양자 컴퓨터로 간주한다. 우주 전체가 정보를 저장하고 처리하는 거대한 컴퓨터라면, 비록 현실적으로는 어렵다고 할지라도 그 정보의 수정 가능성은 존재한다.

마찬가지로 정보는 또 다른 정보와 융합될 수도 있다.

"결론은 정보가 아니야. 무지지. 우린 아무것도 몰라. 그저 결과만 주어졌을 뿐이야. 왜 이렇게 됐는지, 무엇이 세상을 이 지경으로 만들었는지 설명할 수 있는 누군가가 있다면, 그건 인간이 아니야. 신이지."

문용필은 피우다 만 담배를 아무렇게나 던졌다. 반쯤 탄 담배는 바닥에 떨어지기 전 지우개로 지워 버린 것처럼 사라졌다.

"언제부터 그런 능……력이 생긴 겁니까?"

"너도 알잖아. 페플이지 뭐."

문용필은 이제 껌을 꺼내어 씹기 시작했다.

"왜 여기 있는 거죠?"

"그걸 이해할 수 없다면, 넌 아주 운이 좋은 거다."

문용필의 얼굴에서 웃음기가 사라졌다.

"무슨 뜻이죠?"

"불의 정령이 현실로 나왔다면 다른 것들도 나올 수 있지 않겠어?"

'다른 것들'이라는 말에 몸이 먼저 반응했다.

안진후는 그다음에야 의미를 파악할 수 있었다. 게이머들이 페플에서 지겨울 정도로 만나는 몬스터 역시 현실로 튀어나올 수 있다는 뜻이다.

믿기지 않았다. 믿고 싶지도 않았다. 그러나 안진후는 진실임을 이미 알고 있었다.

무엇보다 문용필에게서 느껴지는 저 감정은…… 짙은 공포였다. 문용필이 이곳 정신병원에 스스로 갇힌 이유는 바로 그 몬스터를 피하기 위해서였다. 그에게 이곳은 은신처였던 것이다.

"놈들은 날 찾고 있어. 벌써 4년이 지났는데도 말이야. 다행히 난 놈들의 눈과 귀와 코를 피할 방법을 알아냈지. 바로 여기야. 이유는 모르지만, 진짜로 미친 사람들 사이에 숨으면 놈들의 이목을 속일 수 있어. 너도 오래 살고 싶으면 페플 따위는 당장 끊고 이곳으로 기어들어 오는 게 좋을 거야. 너무 늦기 전에."

"무슨 일이 있었습니까?"

"말했잖아, 페플에 있어야 할 놈들이 튀어나온다고!"

문용필은 신경질적으로 고함을 질렀다. 그 소리가 커다란 방 벽에 부딪치고 돌아오며 기묘한 울림을 만들어 냈다. 이 방 어딘가에 공포의 존재가 나타난 느낌이었다.

문용필은 고개를 돌려 벽을 바라보았다. 마치 그 너머까지 들여다보는 듯한 시선이었다.

"쳇, 난 가야겠다."

문용필의 몸이 희미해지다 사라지는 순간, 간호사가 집단 치료실로 들어왔다.

간호사가 뭐라고 하기 전, 안진후가 선수를 쳤다. 그냥 한 번 들어와서 둘러봤을 뿐이라고.

정신병원 정문으로 나온 안진후는 한숨을 내쉬었다. 날뛰는 불안을 잠재울 수 있는 답을 찾기 위해 이곳으로 왔건만, 스멀스멀 피어오르는 두려움이라는 짐만 얻었다.

안진후는 병원을 올려다보았다. 공간을 자유자재로 이동하는 능력을 가지고도 무서워서 숨을 만큼 압도적인 존재가 페플에서 이곳 현실로 나올 수 있다니. 문용필의 이야기가 사실일까? 아니면 초능력을 얻었으나 정신을 잃어버린 미치광이의 수다에 불과할까?

제법 따스한 봄 햇살이 비치는데도, 안진후는 오한을 느꼈다.

다음 권으로 이어집니다